Die Kripobeamtin und Fallanalytikerin Anni Schenk lässt sich nach der Trennung von ihrem Freund in Wien wieder nach Schmörgl in Tirol, den Ort ihrer Kindheit, versetzen.

Kaum angekommen, explodiert im Hotel Alpenrose eine Bombe, die wie durch ein Wunder nur die schicke neue Snow-Bar erwischt, aber niemanden ernsthaft verletzt. Es wurde mit einer Spraydose „No to snow" an eine Wand gesprüht. Am Tatort trifft Anni Schenk auf ihren alten Bekannten Chefinspektor Harald Hofer.

Hofer hat eine Schwäche für seine langbeinige unkonventionelle Kollegin, gleichzeitig irritiert sie ihn maßlos.

Gemeinsam fangen sie an zu ermitteln, was sich als ausgesprochen schwierig herausstellt. Denn die Schmörgler sind ein eigenes Völkchen: Umweltschützer gegen Ski-Pistler und Hoteliers, Grundbesitzer gegen Künstler, Einheimische gegen Fremde.

Als eine zweite Bombe explodiert, eskaliert die Stimmung in Schmörgl. Und dann ist da auch noch der Liftbesitzer, Annis Jugendliebe, der ihr wieder zu gefallen beginnt...

Alles läuft auf ein hoch emotionales Finale zu. Humorvoll, schräg, schmörglerisch!

Ditta Zimbal ist das Pseudonym eines Autorenduos. Die beiden Autoren, Cousine und Cousin, sind in Deutschland und Österreich zu Hause.

Ditta Zimbal

SCHMÖRGL
Wo der Tod dich küsst

Ein Alpenkrimi

Bibliografische Information der Deutschen Nationalbibliothek:

Die Deutsche Nationalbibliothek verzeichnet diese Publikation in der Deutschen Nationalbibliografie, detaillierte bibliografische Daten sind im Internet über http://dnb.dnb.de abrufbar.

Herstellung und Verlag:
BoD – Books on Demand, Norderstedt

ISBN 978 3 735 78876 4

1

Feierabend. Es ist ein heißer Augusttag, Anni Schenk fährt in ihrem blauen Golf, obwohl es von der Polizeiinspektion bis nach Hause nur zehn Minuten sind. Sie hätte auch das Fahrrad nehmen können, aber mit dem kurzen Jeansrock radelt es sich schlecht, er rutscht immer hoch. So sollte man als Polizistin keinem Bekannten begegnen, und das ist in Schmörgl unmöglich. Zwischen sexy sein und umweltbewusst zur Arbeit zu fahren, würde Anni Schenk sich immer für ersteres entscheiden.

Das letzte Stück zum Haus ist nicht asphaltiert, jahrzehntelang hat der Regen Löcher in die Erde gewaschen, und Anni Schenk weiß genau, wie diese Straße zu nehmen ist, um die Schläge in die Magengrube auf ein Minimum zu reduzieren. Daheim riecht es schon im Flur nach Rindsgulasch. Das war früher ihr Lieblingsgericht gewesen, inzwischen isst sie fast nur noch vegetarisch, doch die Mutter kocht für sie, was sie schon immer für sie gekocht hatte.

Home again, wer hätte das gedacht. Seit drei Monaten wohnt Anni Schenk wieder zu Hause, bei der Mutter und der Großmutter. Nach dem letzten großen Streit in einer vom ersten Tag an schlechte Laune machenden Beziehung mit einem vor Ehrgeiz platzenden Wiener Juristen hatte sie in Wien ihre Klamotten gepackt, ihren schwarzen Kater Bob in den Katzenkäfig gesetzt und war heim gefahren, zur großen Freude der Mutter und der Großmutter, die den Herrn Juristen sowieso nie hatten leiden können. Und weil es für jede Lebensphase einen Ort gibt, und der Ort Wien zur Lebensphase mit dem Juristen gehört hatte, ließ sie sich auch gleich von der Kripo Wien an die Polizeiinspektion Schmörgl versetzen. Natürlich nur vorübergehend, sie würde in Ruhe etwas Neues suchen. Mit Achtunddreißig wieder in das Jugendzimmer einzuziehen, in dem noch die als Kind gezeichneten Vögel, die aussehen wie Enten, an den Wänden hängen, bedeutet schon eine Niederlage der besonderen Art. Das einzig Gute daran ist, wieder in den Bergen zu sein.

„Ich geh später noch einmal laufen", verkündet Anni Schenk beim Abendessen.

„Aber na! Im Dunkeln! Du brichst dir noch den Hax'n!", sagt die Großmutter und spießt genussvoll ein großes Stück Fleisch auf ihre Gabel.

„Sport ist Mord!", fügt sie mit vollem Mund noch hinzu und tastet nach einer Serviette.

Die Großmutter ist das unsportlichste Wesen auf der Welt, in kurzem Abstand folgt die Mutter. Dass der liebe Gott die beiden ausgerechnet in den Alpen zur Welt kommen ließ, werden sie ihm nie verzeihen. Als der Vater noch lebte, ging er an den Wochenenden mit Anni Schifahren und Langlaufen, begleitet von den Spotttiraden der Mutter und der Großmutter, die beim schönsten Sonnenschein zu Hause am Kachelofen saßen und Bücher lasen, die in der großen weiten Welt spielten und von jenen mondänen Damen und Herren handelten, die sie in dem Alpenkaff so sehr vermissten.

Spät abends, nachdem die Mutter und die Großmutter zu Bett gegangen sind, schlüpft Anni Schenk in ihre Jogging-Hose und macht sich die Stirnlampe um. Sie trinkt noch ein paar Schluck Wasser aus der Leitung.

Das Tiroler Wasser schmeckt viel besser als das Wiener Wasser. So redet man sich das Landleben schön.

Von dem linken Laufschuh beginnt sich die Sohle zu lösen. Bald wird sie abfallen. Dann ist es Zeit für neue Laufschuhe.

Anni Schenk liebt es, nachts zu laufen. Ringsum der dunkle Wald. Der schützende Mantel der Nacht. Vor ihr der hüpfende Schein der Stirnlampe, das einzige Licht. Der Waldweg ist von herausragenden Wurzeln überzogen, sie muss tatsächlich aufpassen, um nicht zu stolpern und der Großmutter nicht den Gefallen zu tun, sich beim Sport den Hax'n zu brechen.

Es riecht nach Fichtennadeln. Seit sie nicht mehr raucht, nimmt sie die Gerüche intensiver wahr. Sie spürt die kühle Nachtluft auf der Haut.

Im Unterholz raschelt etwas. Sie ist von Tieren umgeben. Füchse, Dachse, Rehe richten womöglich ihre Augen auf sie, aber sie sieht sie nicht. Es ist unheimlich, aber Anni Schenk kennt keine Angst. Als sie klein war, hat man ihr die Geschichte von dem bösen schwarzen Mann im Wald erzählt und sie vor ihm gewarnt. Aber Anni Schenk blieb unbeeindruckt. Sie war ein draufgängerisches Kind, selbstsicher, furchtlos.

Anni Schenk hebt kurz den Blick vom Boden hoch in die Bäume. Vielleicht sitzt auf einem der schwarzen Äste die große Eule, die hier wohnt, und beobachtet sie. Ein gewaltiger Vogel mit riesigen Augen, den man selten zu Gesicht bekommt. Das letzte Mal hat sie die Eule im Winter gesehen, als sie fast schon in der Abenddämmerung auf einem der alten Liftsessel talwärts fuhr. Und da saß plötzlich das majestätische Vieh bewegungslos ganz nah vor ihr in einem Baum. Anni Schenk lächelt bei dieser Erinnerung.

Es ist still, stockdunkel bis auf den Schein der Stirnlampe, kein Mond. Sie hört nur ihren eigenen Atem. Doch plötzlich zerreißt ein ferner Knall die Stille der Nacht. Was war das? Das Echo eines Donnergrollens? Ein Erdrutsch? Sie kann das Geräusch nicht zuordnen.

Die Berge liegen dunkel vor ihr. Zu sehen ist nichts. Sie kehrt um und läuft in ruhigem Schritttempo zurück. Nichts verrät ihr, dass dies der Moment war, der ihr Leben und den ganzen Ort verändern wird. Zu Hause angekommen stellt sie sich unter die Dusche. Das heiße Wasser rinnt wohltuend ihren Körper hinab. Da klingelt ihr Handy.

2

Chefinspektor Harald Hofer hält die Hand seiner dreiundachtzigjährigen Mutter und starrt auf die wuchtige Kredenz aus Kirschholz neben dem Fernseher. Die antiken Möbel machen das Zimmer so dunkel. Wenn er alt ist, will er in einer hellen Umgebung leben. Weil es in seinem Leben bis jetzt nicht viel Helles gibt. Die Polin, die als Pflegerin bei der Mutter lebt und sie wie eine Tochter umsorgt, stellt ein Glas mit Soletti auf den Couchtisch vor dem Sofa.

„Salz gut für Frau Mama", sagt sie.

Harald Hofer nickt, drückt seiner Mutter ein Salzstangerl in ihre freie Hand und nimmt sich selbst gleich mehrere auf einmal.

„Für dich nicht!", lacht Maleika, die Polin, und zeigt frech auf das Bäuchlein, das er in letzter Zeit angesetzt hat.

Er hebt mit gespielt zerknirschter Miene die Schultern und greift nochmals zu. Im Fernsehen laufen die Spätnachrichten. Die Mutter ist eine Nachtschwärmerin. Vor Mitternacht will sie vom Bett nichts wissen. Und Harald Hofer schaut oft noch nach dem Abendessen bei ihr vorbei.

Die Lautstärke der Fernsehnachrichten erinnert an ein Rockkonzert. Die Mutter hört schon schlecht, widersetzt sich aber einem Hörgerät. Im Landtag streiten die Blauen und die Grünen über die Sicherheitslage.

„Achtzig Prozent der Verbrechen in unserem Land werden von Nafri begangen", behauptet ein Blauer. „Sie kamen als Flüchtlinge und sie bleiben als Verbrecher."

Eine der Grünen stöhnt auf, sie hat ein Piercing in der Unterlippe, die sie verächtlich vorschiebt.

„Nafri, was soll das heißen? Geflüchtete aus Nordafrika meinst du. Wir wollen doch begrifflich korrekt bleiben, oder?"

Der Blaue deutet widerwillig ein halbes Nicken an.

„Du warst selbst einmal Richter, stimmt's?"

Der Blaue nickt nun deutlich.

„Aus dieser Zeit müsstest du doch wissen, dass das, was du eben gesagt hast, ein totaler Blödsinn ist."

Jetzt schnappt der Blaue nach Luft, doch bevor er zur Erwiderung ansetzen kann, folgt ein Einspieler mit einer Statistik, die besagt, dass ein großer Teil der Einbrüche im letzten Jahr von einer deutschen Jugendgang begangen wurde. Das bleibt unkommentiert, denn das passt keiner Partei in den Kram. Vom deutschen Tourismus lebt schließlich das ganze Land.

„Reden sie über Politik?", fragt die Mutter. „Ich versteh nichts mehr von der Politik heutzutage."

„Macht nichts, Mama," sagt Harald Hofer und tätschelt die Hand seiner Mutter. „Ich auch nicht."

„Aber du bist jung. Du musst noch aufpassen und denen auf den Mund schauen, was die alle reden."

Er reicht der Mutter noch ein Salzstangerl. In den Spätnachrichten folgt der nächste Beitrag. Ein Wanderfalke wird nach längerer Rekonvaleszenz wieder in die Freiheit entlassen. Man sieht eine Nahaufnahme, den gelbschwarzen Schnabel, die stechenden Falkenaugen, dann segelt das Tier durch das Tal davon.

„Ein Adler, schau, Harry, wie schön."

„Es ist ein Falke."

„Was?"

„Ein Falke."

„Nein!"

„Egal."

„Der Adler ist ein Wappentier."

Entengequake ertönt. Harald Hofer dreht sich irritiert um. Was ist das jetzt? Eine Halluzination? Doch das Entengequake kommt aus seiner Tasche. Da fällt ihm ein, dass ihm sein Sohn aus Spaß einen neuen Klingelton eingestellt hat. Damit er nicht so ein langweiliges Gewohnheitstier wird. In der Tasche quakt es unerbittlich weiter, Harald Hofer kramt nach seinem Handy und geht endlich ran.

„Was?"

Er versteht wegen des lauten Fernsehtons nicht, was ihm gesagt wird, fingert nervös an der Fernbedienung herum, doch es dauert ein paar Sekunden, bis er den Knopf gefunden hat, an dem sich der Ton abstellen lässt. Dann muss er den Kollegen vom Notrufdienst bitten, ihm zu wiederholen, was er gerade gesagt hat. Nun herrscht zwar Stille im Raum, aber trotzdem glaubt Hofer, nicht richtig verstanden zu haben. Das darf nicht sein. Das passiert an anderen Orten auf der Welt, aber nicht hier in Tirol. Eine Bombe ist explodiert. Hofer springt vom Sofa auf.

„Ich komme", ruft er ins Handy und schnappt die Tasche.

„Mama, ich muss los, es ist etwas passiert."

„Was?"

„Eine Bombe."

„Bei uns in Tirol?"

„Ja, Mama."

„So spät am Abend noch?"

Harald Hofer küsst seine Mutter auf den Mund und streicht ihr übers Haar. Sie starrt ihn mit großen Augen an. Ihr Geist wandert wieder ab, von einem lichteren Moment zu einem dunkleren Moment.

„Aber der Adler ist doch ein Wappentier, oder?"

„Ja, der Adler ist ein Wappentier."

„Du gehst nicht deswegen? Weil ich recht habe und es doch ein Adler ist und kein Falke?"

„Nein, Mama. Nicht deswegen."

„Dann bin ich beruhigt."

Sie winkt ihm zu. Er bittet Maleika noch im Hinausgehen, den Fernsehton wieder einzuschalten. Maleika greift sofort nach der Fernbedienung. Sie wird sich um das Wohl der Mutter kümmern, bei ihr ist die Mutter gut aufgehoben, er muss sich keine Sorgen machen.

Harald Hofer läuft zu seinem Citroen C3, den er vor kurzem gekauft hat und dem noch der Geruch eines neuen Autos anhaftet. Er öffnet das Fenster einen Spalt und lenkt ihn in Richtung Autobahn. Er fährt schneller, als erlaubt ist.

3

Anni Schenk bahnt sich ihren Weg durch die schaulusti-
gen Hotelgäste. Die Kollegen, die in der Polizeiinspektion Dienst hatten, sind schon vor Ort. Die Rettungskette
funktioniert hier so schnell, wie es in Wien nie der Fall
gewesen wäre. Die Wege sind kurz. Die Wägen der Rettung und Feuerwehr stehen bereits seit einiger Zeit vor
dem Hotel. Anni Schenk geht auf die Sanitäter zu. Verletzte? Sie können sie beruhigen. Keine verletzten Gäste. Sauna und Bar waren zum Zeitpunkt der Explosion
schon geschlossen. Nur der Wirt hat einen Splitter im
rechten Oberarm abbekommen, er wird im Rettungswagen behandelt. Auf seinem abendlichen Kontrollgang hat
es ihn erwischt, er war gerade dabei gewesen, wieder
ins Haus zurück zu kehren. Er hatte Glück, aber das
nimmt er nicht so richtig wahr. Noch steht er unter
Schock.

„Die Snow-Bar ist mein Herzstück", murmelt der Wirt
unentwegt, „mein Ein und Alles."

„Halt den Mund", herrscht ihn die Wirtin durch die
spaltbreit geöffnete Wagentür an. Sie steht mit in die
Hüften gestemmten Händen vor dem Rettungswagen
wie ein Pflock in der Landschaft.

Anni Schenk nähert sich der Hotelterrasse. Das Ein
und Alles liegt vollständig in Trümmern. Die über die
Landesgrenzen hinaus berühmte Snow-Bar, das Aus-
hängeschild des Hotels, bietet ein einziges Bild der Verwüstung. Genau in der Mitte der Terrasse hat die Bombe einen Krater gerissen. Erdbrocken und Kachelscher-

ben liegen herum. Wasserlachen und Glassplitter sind der klägliche Rest des vielgerühmten Kunstschnees in den großen Glaswürfeln, dem spektakulären Design, mit dem das Hotel Alpenrose um Gäste wirbt. Schneefeeling das ganze Jahr über, dem Klimawandel zum Trotz.

Die Kollegen haben Mühe, die Terrasse zu sichern und mit dem rot-weißen retroreflektierenden Absperrband einzukreisen, denn die Hotelgäste drängen so nah wie möglich an die Unglücksstelle heran und halten ihre Handys hoch. Ein Selfie vor dem Kunstschneewürfel-Trümmerberg, das ist schließlich ein Urlaubsfoto der ganz besonderen Art. Die Gäste müssen mehrfach aufgefordert werden, bis sie sich endlich protestierend ins Hotel zurück begeben. Alle reden durcheinander. Jeder will etwas anderes gesehen und gehört haben, obwohl Sauna und Snow-Bar abends gesperrt sind und die meisten von ihnen zum Zeitpunkt der Explosion noch im Speisesaal saßen, dessen Fenster hinunter ins Tal gehen. Vierundzwanzig Gäste, jeder muss einzeln befragt werden ... das wird eine lange Nacht.

Als Harald Hofer eintrifft, ist der Tatort vollständig abgesperrt. Vor dem Rettungswagen steht eine resche Wirtin im Dirndl und am Absperrband ein langbeiniges Wesen in hautenger Jeans und ärmellosem Top, das ihn mit blauen Augen anstrahlt.

„Harry!"

„Anni!

Anni Schenk fällt ihm in die Arme und haut ihm ihren langen Pferdeschwanz um die Ohren.

„Bist du nicht mehr in Wien?"

Sie packt ihn an den Schultern.

„Nein. Wie du siehst."

Und dann erzählt Frau Abteilungsinspektor Anni Schenk dem Chefinspektor Harald Hofer in wenigen Sätzen, was alles passiert ist, seit sie sich in Wien bei einer Fortbildung kennen gelernt hatten. Dass sie ihre Beziehung mit dem Juristen ruiniert hat und von Wien nichts mehr hören und sehen will und sich deshalb hierher versetzen ließ. Eine Versetzung dauert normalerweise ewig, aber in ihrem Fall ging es schnell, weil sie alle kennt. Sie ist hier geboren.

„Hm", knurrt Harald Hofer. „Na dann, willkommen bei er Tiroler Polizei."

Er öffnet die Arme weit und drückt Anni Schenk an sein Bäuchlein.

Die Wirtin schaut scheel auf das ungleiche Pärchen, das sich da vor ihren Augen ständig in die Arme fällt, sie lang und dünn mit blondem Pferdeschwanz, er klein und dick, mit einer symmetrischen Frisur mit akkuratem Mittelscheitel und einem wohlrasierten spitz zulaufenden Kinnbart. Harald Hofer sieht mit seinen rehbraunen Augen zu Anni Schenk auf. Anni war ihm sofort aufgefallen, sie wirkte wie ein bunter Schmetterling unter den Polizistinnen und Polizisten. Man merkte, dass sie eine Quereinsteigerin war. Sie hatte ein abgeschlossenes Psychologiestudium hinter sich und schon ein paar Jahre als psychologische Beraterin bei verschiedenen Firmen gearbeitet, bevor sie zur Polizei ging.

„Und, willst du immer noch Fallanalytikerin werden?"

„Ja, das ist der Plan. Noch ein wenig mehr Berufspraxis bei der Polizei, dann kann ich mich endlich für die Ausbildung bewerben."

„Hm", brummt Harald Hofer.

Er mustert sie. Das ist ja ein Geschenk des Himmels. Er wird Anni Schenk als seine Mitarbeiterin für diesen

Fall anfordern. Jemand mit Ortskenntnis ist bei jeder Ermittlung Goldes wert. Und noch dazu eine Kollegin, bei der er nach wenigen Tagen das Gefühl hatte, sie würden sich ewig kennen. In jenen Tagen in Wien steckten sie fast die ganze Zeit zusammen. Eine Workflow-Analyse nach der anderen ließen sie nebeneinander sitzend und stoisch grinsend über sich ergehen. Abends hauten sie gemeinsam heimlich ab und belohnten sich im Beisl um die Ecke mit einem guten Grünen Veltliner, während die anderen Kollegen noch kollektive Zukunftsszenarien durchspielten. Beim Grünen Veltliner hatte Anni Schenk dann Hofers Telefonate mit dem Schulleiter seines Sohnes Bruno mitbekommen, der auf der Klassenfahrt nach Amsterdam beim Kiffen erwischt worden war. Der Schulleiter hatte mit seiner Ex-Frau allerlei unsinnige Maßnahmen besprochen, die nun ergriffen werden müssten, und Hofer versuchte am Telefon gerade zu biegen, was nicht mehr gerade zu biegen war. Er war wütend auf seine Ex-Frau und auf seinen Sohn. Anni Schenk hingegen schien amüsiert.

„Jetzt sieh's nicht so eng. Dein Sohn ist sicher ein prima Kerl. Ein Lehrer, der mit Fünfzehnjährigen nach Amsterdam fährt, ja, was stellt er sich denn vor, was die dort tun? Emil-Nolde-Fans werden und im Museum Schlange stehen?"

Sie hatte ihn damals beruhigt, er war richtig aufgebracht gewesen. Aber sie hatte es geschafft, dass er sich auf die Seite seines Sohnes schlug und ihn vor dem Lehrer verteidigte, jedenfalls, soweit seine Funktion als Chefinspektor das zuließ. Seitdem ist seine Beziehung zu Bruno so eng wie nie zuvor, wasserdicht. Das hat er Anni Schenk zu verdanken.

„Und du?", fragt sie.

Sie steht mit gekreuzten Beinen vor ihm und mustert ihn.

Er trägt ein ausgeleiertes T-Shirt mit rundem Kragen und eine schwarze Funktionshose, bei der man die Beinteile abnehmen kann. An seiner Schulter baumelt eine abgegriffene Umhängetasche. Modebewusst wäre anders.

„Immer noch Chefinspektor beim Landeskriminalamt in Innsbruck. Einsatzbereich Leib und Leben."

„Und privat?"

Er will ihr von seiner pflegebedürftigen Mutter erzählen, und von Bruno, und noch so vieles mehr, doch die Kollegen von der Spurensicherung sind eingetroffen und kommen auf sie zu. Hofer streckt seinen Rücken gerade, geht ihnen entgegen und gibt knappe Anweisungen. Er holt sein kleines schwarzes Notizbuch hervor und öffnet es. Nun steht er da, mit schwarzem Notizbuch und Stift, wie einer der Untertanen des nordkoreanischen Diktators Kim Jong Un, die stets mit schwarzem Notizbuch und Stift hinter ihm stehen. Nur, dass er Diktator und Untertan in einem ist. Er notiert die Fakten, die ihm Anni Schenk zusammenfasst. Ein verletzter Wirt, vierundzwanzig unverletzte Hotelgäste. In die Luft gesprengte Kunstschnee-Eiswürfel. Ein absurder Tathergang, ein absurder Tatort. Harald Hofer fährt sich mit den Fingern über seinen wohl rasierten Spitzbart.

Der Platz vor dem Hotel Alpenrose, wo sonst bunt gestreifte Liegestühle aneinander gereiht stehen, in denen die Sommergäste ihren Latte Macchiato oder ihr Sektfrühstück einnehmen, ist leer. Die Terrasse der Snow-Bar, oder das, was davon noch übrig blieb, bietet ein groteskes Bild. Das modische Schmuckstück des Hotels ist vernichtet. Da hat jemand ganze Arbeit geleistet. Die riesigen Würfel aus Glas, in denen mit einer so innovativen (wie energiehungrigen) Technik – alle Zeitungen haben darüber geschrieben – im Sommer wie im Winter der Kunstschnee gekühlt wurde, sind ein einziger Scherbenhaufen. Und die tannenförmigen Skulpturen, auf denen sich im Winter der Kunstschnee türmte, mit dem sich die Gäste nach dem Saunabesuch ihre heißen Wangen und andere heißen Körperstellen abkühlen konnten - "das geilste aprés-Sauna-Fotomotiv des Landes", so steht es im Werbeprospekt des Hotels -, liegen nun geknickt auf dem Gelände herum. An die intakt gebliebene Saunawand wurde in Großbuchstaben eine Botschaft gesprayt: „NO TO SNOW."

„Ein schönes Schlamassel", sagt Anni und deutet auf die Schrift und die Scherben.

„Schlamassel?" Die Stimme der Wirtin schnappt über. „Eine Katastrophe ist das! Die meisten Gäste wollen abreisen. Und es wird Stornierungen hageln! Das coolste Hotel" – die Wirtin kann sich trotz ihrer Erregung ein Lächeln nicht verkneifen, während sie den von ihr erfundenen Werbespruch zitiert – „der ganzen Region, die Snow-Bar war der letzte Schrei! ... Aber was rede ich, das weiß sie doch alles, unsere Anni. Du bist doch auch schon in unsere Sauna gekommen, sogar aus dem fernen Wien!"

Sie wendet sich mit einer abrupten Bewegung Anni zu, sodass ihre weiß-grüne Trachtenschürze schwingt. Anni Schenk nickt und zieht die Augenbrauen hoch. Harald Hofers Blick wandert zwischen den beiden Frauen hin und her und bleibt auf Anni Schenk haften. Für den Bruchteil einer Sekunde sieht er die Kollegin, die in ihrer hautengen Jeans vor ihm steht, nackt in der Sauna vor sich. Und in einem anderen Bruchteil einer Sekunde sieht er sie mit einem kleinen, um die schmale Taille gewickelten Handtuch an der Snow-Bar lehnen, die Brustspitzen berühren den Schnee. Er versucht, die Bilder zu verscheuchen. Gegen Bilder in seinem Kopf war er immer schon machtlos.

„War echt toll. Nur schade, dass ihr kein Karaoke macht", unterbricht Anni Schenk dankenswerterweise seine Fantasien. Sie liebt Karaoke, aber sie trifft keinen einzigen Ton. Die schauerliche Erinnerung an einen gemeinsamen Abend mit ihr in einer Wiener Karaoke-Bar bringt Harald Hofer schlagartig auf den Boden der Tatsachen zurück. Sehr ernst wendet er sich an die Wirtin.

„Wie geht es Ihrem Mann?"

Sie zuckt mit den Schultern.

„Was soll schon sein, das bisschen Splitter im Arm."

Chefinspektor Hofers Ausdruck wird nun noch ernster. Er blickt in Annis blaue Augen, dann sagt er, jedes Wort betonend, zur Wirtin:

„Es könnte ein Mordanschlag auf Ihren Mann gewesen sein. Es könnte ihm jemand aufgelauert und die Bombe genau in dem Moment gezündet haben, in dem Ihr Mann auf der Terrasse war."

„Ach was, so ein Blödsinn."

Die Wirtin schüttelt so heftig den Kopf, dass ihre hochgesteckte Frisur wackelt.

„Macht er diesen Kontrollgang jeden Tag? Zur selben Zeit?"

„Aber nein. Es war reiner Zufall, dass der noch einmal hinaus ist. Weil er seine Brille gesucht hat."

„Können wir mit ihm sprechen?"

Die Wirtin nickt.

„Er kommt gleich. Die Sanitäter sind fast fertig mit dem Verbandanlegen."

Sie sieht sich verzweifelt um, hebt die Hände hoch und klagt:

„Alles zerstört, unser Vorzeigeprojekt, der Magnet der Region, sie haben es auf unsere Snow-Bar abgesehen, das ist eindeutig."

„Mmm", knurrt Hofer und starrt auf das Loch in der Terrasse. Eindeutig kommt ihm hier gar nichts vor. Es sieht eigentlich nach einer Tat mit privatem Motiv aus. Womöglich ein Liebesdrama? Vielleicht hat die resche Wirtin einen Liebhaber abgewiesen und der will jetzt ihr Glück zerstören? So eine Geschichte würde doch in so ein Kaff passen. Aber ein Bombenattentat? Das gehört in eine Großstadt und nicht nach Schmörgl. Jedenfalls muss er die Explosion dem Amt für Verfassungsschutz und Terrorismus in Wien melden, auch wenn es nur einen leicht Verletzten gibt. Ihn graut schon vor den komplizierten Meldewegen. Da ertönt Entengequake, er zieht sein Handy aus der Hosentasche, sagt „Hmh" und „Mhm" und „Danke" und beendet das Gespräch. Anni Schenk sieht ihn fragend an, aber er will jetzt nichts erklären.

Sie betreten das Hotel. Im Aufenthaltsraum haben die Kollegen mit der Befragung der Hotelgäste begonnen. In der Empfangshalle hängen Fotos von Sauna und Snow-Bar.

„Bei der Eröffnungsfeier hat der Bürgermeister so eine schöne Rede gehalten. Keiner hat in den Zeiten des Klimawandels so eine originelle Sauna und Bar anzubieten wie das Hotel Alpenrose. Hatte ..." Der Wirtin treten Tränen in die Augen.

„Und die Gäste haben sich so wohl gefühlt, es war wirklich etwas ganz Besonderes. Wir sind etwas ganz Besonderes. Und das werden wir auch bleiben!"

Auf den Fotos sieht man halb nackte Frauen und Männer in Bademänteln und Badelatschen auf den gläsernen Kunstschneewürfeln sitzen oder an die Schneetannen gelehnt, mit einem Edelweiß-Drink in der Hand, der Spezialität des Hauses.

Hofer betrachtet die Fotos mit großer Konzentration und macht dabei trockene Schnalzgeräusche wie ein Gecko. Das muss ein neuer Tick sein, denkt Anni Schenk. Durchs Fenster sieht sie auf die intakte Wand mit der gesprayten Botschaft. Der oder die Täter kannten die Wirkung des Sprengstoffs, sie wussten, dass diese Wand heil bleiben würde. Anni Schenk nimmt ihr Handy aus der Hosentasche und fotografiert den Schriftzug.

„Lass, Anni, das hat schon die Spurensicherung für uns erledigt."

Harry legt ihr eine Hand auf die Schulter. Das fühlt sich gut an, beschützt. Es sind keine Schnalzgeräusche mehr zu hören. Die Tür geht auf und der Wirt in Lederhose tritt mit forschen Schritten herein. Anni Schenk hat ihn jünger in Erinnerung. Seine Haare sind an den Schläfen grau geworden.

„Ich habe den Täter gesehen", sagt der Wirt ohne Umschweife und ohne Begrüßung.

„Den Täter?", fragen Harald Hofer und Anni Schenk wie aus einem Munde.

„Bei der Explosion?", setzt Hofer nach.

„Nein. Als die Bombe explodierte, war ich schon halb in der Tür, deswegen hat es mich nur am Arm erwischt."

Er hebt wie zum Beweis den verbundenen Arm.

„Wann willst du den Täter denn dann gesehen haben?", fragt Anni Schenk, während Harald Hofer sein Kim-Jong-Un-Notizbuch zückt.

„Vorher, in der Bar. Ein Typ aus dem Asylantenheim. Er hatte einen großen Rucksack dabei. Und sonst setzt nie ein Asylant einen Fuß in unsere Bar. Das kannst du mir glauben! Alkohol trinken sie ja keinen, nur Tee. Und in die Sauna gehen sie erst recht nicht. Das wäre ja noch schöner. Unsere Mädln anspechtln. Das würden wir auch gar nicht erlauben."

„Jetzt aber langsam. Pass auf, was du sagst."

„Ist doch wahr. Jedenfalls, er ist da und kurz darauf geht die Bombe hoch. Klarer Fall."

„Kennen Sie ihn?"

„Nein."

„Warum wollen Sie dann wissen, dass es sich bei dem Mann um einen Asylanten handelt?"

„Das sieht man doch sofort."

„Aha?"

Jetzt könnte der Wirt so richtig loslegen. Aber er ist lieber still. Er ist ja nicht blöd.

„Hat sich der Mann in der Snow-Bar mit jemandem getroffen?", fragt Harald Hofer und schreibt in sein Notizbuch.

„Ich höre?"

Der Wirt zögert. Daran kann er sich nicht erinnern. Ob der Typ mit jemandem im Gespräch war? Er glaubt nicht. Wer soll denn mit denen schon reden? Aber wiedererkennen würde er ihn. Ja, natürlich! Die hat er sich genau eingeprägt, die Visage!

Und sonst? Feinde, nein, Feinde haben sie keine. Neider, das schon. Wo Erfolg ist, ist auch Neid. Aber sie kommen mit allen gut aus. Sie sind überall beliebt. Das kann ihm das Fräulein Schenk sicher bestätigen, dem Herrn Inspektor.

„Oder, Anni?"

Der Alpenrose-Wirt klopft ihr gönnerisch auf die Schulter. Anni Schenk weicht einen Schritt zurück.

„Hmhm", knurrt Harald Hofer. „Gab es Streit mit jemandem in letzter Zeit?"

„Wir sind keine Streithansl. Wir wollen in Frieden leben."

„Hmhm."

„Die andere streiten mit uns. Aber wir streiten nicht mit den anderen. Wir nicht ..."

„Auch eine Philosophie", unterbricht ihn Anni. „Ganz praktisch, eigentlich. Wer wäre denn so ein anderer, zum Beispiel, der mit euch streitet?"

Der Wirt hebt die Schultern und schweigt.

„Der Moser-Bauer", antwortet die Wirtin an seiner Stelle. „Der wollte das Grundstück nicht hergeben, das wir für den Bau der Snow-Bar brauchten."

Der Wirt sieht sie strafend an.

„Ach, geh. Fang nicht wieder mit der alten G'schicht an. Die interessiert doch keinen."

„Ich sag ja nur. Uns trifft keine Schuld. Wir wollten alles gütlich regeln. Aber er suchte Streit."

„Das ist vorbei. Danach kräht kein Hahn mehr."

Der Alpenrose-Wirt strafft seinen durchtrainierten Oberkörper und lässt die Muskeln seines gesunden Armes spielen, als würde er dem nächsten, der ihm jetzt noch blöd kommt, eine reinhauen.

„Wir sagen nichts mehr. Wir wissen doch, wer der Täter ist. Und nun, Herr Chefinspektor, tun Sie Ihre Pflicht, verhaften Sie ihn!"

Mit diesen Worten legt der Wirt seinen gesunden Arm um die Wirtin, und erhobenen Hauptes verschwinden die beiden aus dem Blickfeld von Harald Hofer und Anni Schenk.

„Na, dann los, Harry. Die Pflicht ruft!"

„Mich ruft das Nikotin."

Er fingert umständlich aus der Zigarettenschachtel im Seitenfach seiner Umhängetasche eine Zigarette heraus. Die Schachtel bleibt in der Tasche stecken, denn er will die grauslichen Bilder darauf nicht sehen. Anni Schenk beobachtet ihn leicht amüsiert.

„Hm, die gestrenge Anni, die nichts machen würde, was ungesund ist", spottet er.

„Natürlich nicht", sagt Anni und verschweigt ihm geflissentlich, dass sie früher eine starke Raucherin war. Sie lächelt kokett, aber er hat die Bitterkeit in ihrer Stimme nicht überhört.

4

Die Polizeiinspektion von Schmörgl liegt so versteckt zwischen zwei Häuserblocks, dass sie selbst für Einheimische schwer zu finden ist. Für Fremde schier unmöglich. Es gibt auch keine Wegweiser, kein Schild mit „Polizei", nichts. Als wäre das Absicht. Man muss schon eine richtige Spürnase haben, um zu uns zu finden, witzeln die Schmörgler Polizisten. Sie sehen sich gern als besondere Truppe, die in ihrer abgelegenen Ecke ihr Ding macht und zusammenhält wie Pech und Schwefel. Anni Schenk haben sie anfangs scheel beäugt, eine promovierte Psychologin, das war nicht unbedingt das, was ihnen gefehlt hat. Sie brauchen keine Seelendoktorin, die sie nach ihren Leiden ausfragt. Noch dazu eine, die nach Wien gegangen ist, um was Besseres zu werden. Aber schon beim ersten Kegelabend punktete Anni Schenk, indem sie gut zielte, viel trank, laut lachte und nichts fragte. Sie ist schnell eine von ihnen geworden.

In ihrem kleinen, aber hellen Büro hat sie einen tollen Blick auf den Hausberg. Von so einem Blick hätte sie in Wien nur träumen können. Anni Schenk ertappt sich dabei, wie sie Schmörgl-Pluspunkte sammelt. Der größte Pluspunkt sitzt seit heute im Raum gegenüber: Chefinspektor Harald Hofer aus Innsbruck. Die Polizeiinspektion Schmörgl hat ihm für die Dauer der Ermittlungen ein Büro zur Verfügung gestellt. Die Türen stehen offen, Anni Schenk sieht zu ihm hin.

Eine lange Büroklammerschlange windet sich über den Schreibtisch, umrundet die Maus und endet auf der geöffneten Akte „Hotel Alpenrose". Harald Hofer hängt Büroklammern aneinander, das erhöht seine Konzentration. Den Büroklammerspender aus beigem Kunststoff hat er von den Kollegen zum zwanzigjährigen Dienstjubiläum bekommen. Ein Kultobjekt aus den Siebzigern: eine Kiste mit Schlitz, aus dem ein Rad mit Magneten ragt. Dreht man das Rad, haften jeweils zwei Büroklammern dran. Diesen Büroklammerspender nimmt er überall hin mit, wie Kinder ihren Teddybären.

„Anni!", ruft er über den Flur und kann es kaum erwarten, dass die langen Beine im Türrahmen erscheinen.

„Setz dich."

„Danke, ich steh lieber."

Die langen Beine kommen näher.

„Wir arbeiten ab jetzt zusammen." Er klopft auf das Blatt Papier, das vor ihm liegt, der unterschriebene Antrag, Anni Schenk ist als Mitarbeiterin für diesen Fall engagiert.

Anni Schenks Herz hüpft vor Freude. Der Pluspunkt wird zu einem Plusplaneten. Sie würde Harald Hofer am liebsten um den Hals fallen, aber sie weiß, dass sich das nicht gehört.

„Danke, Harry", sagt sie nur.

„Das ist keine Einladung zu einem Spaziergang, Anni. Wir müssen schnell handeln. Dies könnte nur der Anfang sein."

„Was wissen wir?"

„Nichts."

„Das ist wirklich nicht viel."

„Die Befragungen der Gäste haben nichts Auffälliges ergeben. Die üblichen Wichtigtuer sind dabei, die jemanden gesehen haben wollen, ihn aber nicht beschreiben können."

„Nun, der Wirt weiß ja schon, wer's war."

„Ich glaube nicht, dass da mehr als Fremdenhass dahintersteckt."

„Was tun wir?"

„Wir müssen auf den Verdacht des Wirts reagieren. Daher bitten wir die zehn Flüchtlinge, die hier im Asylantenheim wohnen, zu einer Gegenüberstellung. Dann werden wir ja erleben, ob der Wirt den Mann erkennt, den er gesehen haben will."

„Und die Wirtin? Warum nur will sie partout nicht wahrhaben, dass es ein Mordanschlag auf ihren Mann gewesen sein könnte?" Anni Schenk fährt sich mit dem Zeigefinger über die Oberlippe und gibt sich selbst die Antwort: „Weil ihr dieser Gedanke Angst macht, deshalb verdrängt sie ihn."

Harald Hofer knurrt. Das hat er nun davon, eine Psychologin als Mitarbeiterin gewählt zu haben. Ab jetzt wird jeder Huster psychologisch gedeutet und alles und jedes wird durch den Seelen-Wolf gedreht werden.

„Anni, lass uns bei den Fakten bleiben."

Er kramt in seinen Unterlagen, fischt das Protokoll der Tatmeldung hervor und liest Teile daraus laut vor. Datenerfassungen der Hotelgäste negativ. Keine als tatverdächtig eingestufte Person unter den Hotelgästen. Weglaufende Person wurde keine gesehen. Die Schrift auf der Saunawand ist zu Öffnungszeiten der Bar niemandem aufgefallen. Sie muss offenbar erst kurz vor der Detonation aufgesprayt worden sein. Man geht von einem Täter aus, es könnten aber auch mehrere gewesen sein.

„Wir haben also zwei Hinweise auf Verdächtige", fasst Anni Schenk zusammen. „Der vom Wirt beschuldigte

Geflüchtete und der Moser-Bauer, mit dem es den Streit wegen der Wiese gab."

„Drei," antwortet Harald Hofer.

„Was drei?" Anni Schenk geht auf die andere Seite des Schreibtisches, wo noch nicht alles mit Papierstapeln vollgeräumt ist, und sie noch ein Plätzchen findet, sich mit ihrem Po dagegen zu lehnen.

Harald Hofer senkt den Blick. Die Giraffenbeine, die da um seinen Schreibtisch hüpfen, lenken ihn ab. Er nimmt neue Büroklammern, er muss sich wieder auf seine Schlange konzentrieren, damit er klar denken kann. Die Schlange überquert nun die vor ihm liegende Akte „Hotel Alpenrose" in Haarnadelkurven. Als sie am Ende des Papiers angekommen ist und bevor sie die gefährliche Schwelle auf die Tischplatte hinunter nehmen muss, wo sie leicht brechen könnte, hebt er den Kopf.

„Wir haben eine dritte Spur", sagt er.

„Und die wäre?"

„Während wir auf den Wirt warteten, hat einer meiner Mitarbeiter angerufen, der die Liste der Vorbestraften im Ort gecheckt hat. Er ist auf einen militanten Naturschützer gestoßen, mehrfache Anzeigen, eine wegen schwerer Sachbeschädigung ... Beschädigung eines Gipfelkreuzes, Umformung in einen blau-silbernen Halbmond ... Er ist bereits erkennungsdienstlich erfasst. Und ..." Harald Hofer wühlt in seinen Papieren. „Ich hab mir das doch ausgedruckt ..."

„Und was?"

„Ich finde den blöden Zettel nicht."

Er kramt weiter und zieht endlich ein Blatt hervor.

„Da! Jetzt kommt's: Spraybotschaften! Er ist auch Sprayer."

Harald Hofer lehnt sich zurück und schaut Anni Schenk triumphierend an. Er ist stolz auf seine effizienten Mitarbeiter. Mit dem Zeigefinger fährt er über den Namen und liest laut vor: „Josef Danner, Spray-Künstler und ausgewiesener Umweltaktivist."

„Sepp", murmelt Anni Schenk, „das kann nicht sein."

„Du kennst ihn?"

Jetzt setzt sich Anni Schenk doch hin und verschränkt die Arme. Abwehrhaltung, analysiert sie ihre eigene Körpersprache.

„Wir sind Kindheitsfreunde, wir waren zusammen im Kindergarten."

„Hm," knurrt Harald Hofer.

„Sepp macht provokante Kunst-Installationen und sprayt seit vielen Jahren seine Sprüche an Felsen und Bergwände. Aber er ist kein Bombenleger."

„Herr Danner hat mehrere Anzeigen wegen Sachbeschädigung. Und er ist auch als Umweltaktivist auffällig geworden. Wir gehen dieser Spur vorrangig nach."

Harald Hofer öffnet das Fenster, setzt sich aufs Fensterbrett, zündet sich eine Zigarette an, dreht sich zum Hof hin und bläst den Rauch hinaus.

„Hat ihn schon jemand verhört? Was sagt er selbst denn dazu?"

„Nichts."

„Wie, nichts?"

Harald Hofer raucht schweigend weiter und starrt in den Hof.

„Harry!"

Erst als er nach einer gefühlten Ewigkeit die Zigarette zu Ende geraucht hat, dreht er sich wieder in den Raum herein, macht sein Gecko-Schnalzgeräusch, fährt sich mit der Hand über den akkuraten Mittelscheitel und den

Spitzbart, sieht Anni Schenk mit seinen rehbraunen Augen an und sagt:

„Er ist verschwunden."

5

Die Holztischplatte in der Stub'n vom Moser-Bauern ist zehn Zentimeter dick.

„Da haben schon drei Generationen dran gesessen", sagt der Moser-Bauer und haut mit seiner breiten Hand auf das unbearbeitete Holz. Er lässt Anni Schenk und Harald Hofer auf der schmalen Bierbank Platz nehmen, während er selbst sich ihnen gegenüber auf einen bequemen Stuhl setzt. Aus einer Flasche ohne Etikett gießt er drei Schnapsln ein. Der ganze Ort weiß, dass er auf der Lichtung oben am Waldrand selbst heimlich Schnaps brennt, Vogelbeere, nur bis zum Chefinspektor Hofer ist das hoffentlich noch nicht durchgedrungen. Der lehnt den Schnaps jedenfalls ab.

„Mm."

„Eh klar", sagt der Moser-Bauer, „Sie sind ja im Dienst."

Er zupft an seinen Hosenträgern, schiebt die aufgekrempelten Ärmel seines rot-weiß-karierten Hemdes zurück und stellt das randvolle Schnapsglas vor Anni Schenk.

„Aber die Anni, die schon!"

„Immer."

„Gsundheit! Auf ex!"

Sie stoßen an und trinken die Gläser in einem Zug leer. Genau genommen wäre Anni Schenk ja auch im Dienst, aber das interessiert weder sie noch den Moser-Bauern. Und Harald Hofer enthält sich vorerst jeden Kommentars.

„Moser-Bauer, dein Vogelbeerler ist wirklich der allerbeste", sagt Anni Schenk und daraufhin bekommt sie auch noch das Glas, das eigentlich für den Chefinspektor gedacht war.

„Prost!", sie dreht sich zu Harry, der sie mit seinen rehbraunen Augen ansieht. Was er sieht, gefällt ihm nicht. Sie stürzt den Schnaps regelrecht hinunter. Da ist jemand im Trinken nicht ganz ungeübt. Die Kollegin hat es anscheinend doch nicht so leicht, wie sie tut. So ist es immer. Wenn man genauer hinsieht, tun sich die kleinen Risse auf, die im Nu zu Abgründen werden können. Und in die hinein zu sehen, das ist sein Beruf. Ein unsympathischer Job. Anni Schenk fährt sich mit der vom Schnaps glänzenden Zunge über die Lippen. Für den Bruchteil einer Sekunde stellt sich Harald Hofer diese Zunge in ihrer ganzen seidigen Pracht vor, weit heraus gestreckt, ihm zu Diensten. Zwischen seinen Beinen regt sich etwas, in Vorbereitung auf eventuelle Freuden. Harald Hofer beugt sich vor und rückt mit dem Bauch ganz nah an die Tischplatte heran, damit niemand sieht, was in seiner Funktionshose vor sich geht. Er öffnet den Mund und ihm entfährt ein Schnalzgeräusch. Kampf diesen Bildern! Sie sind verboten! Er schließt kurz die Augen, tastet mit dem Finger die gerade Linie seines Mittelscheitels entlang, um sich zu sammeln, und holt dann mit einem energischen Griff in seine Umhängetasche das Kim-Jong-Un-Notizheft hervor.

Der Moser Bauer hat seine riesigen Pranken auf den Tisch gelegt, an den Knöcheln lässt sich die fortgeschrittene Arthrose erkennen. Früher hat seine Frau daran gedacht, dass er genügend Obst und Gemüse isst und anderes basisches Zeug gegen die Arthrose. Und dass er genug Wasser trinkt. Männer trinken zu wenig Wasser, pflegte sie jeden Morgen zu wiederholen und ging ihm damit auf die Nerven. Seit sie nicht mehr ist, lässt er sich gehen. Er verliert sich in seinen Gedanken. Die Wahrheit ist, dass er verwahrlost. Soll ihm mal einer erklären, warum er sich Gutes tun soll. Für wen denn? Er ist so gottverlassen einsam. Und das einzige Mittel gegen dieses schwarze Loch der Einsamkeit in seinem Bauch ist die Wut. Die Wut auf das Schicksal. Die anderen haben Frauen, Kinder, Enkel. Doch das einzige, was ihm bleibt, ist die Natur, und die wollen sie ihm jetzt auch noch zerstören. Seine Wut wird mit jedem Tag größer. Aber was weiß schon so ein glatt gescheiterter Inspektor von einer richtigen Wut im Bauch? Der Moser-Bauer legt das Kinn in seine große Hand und sieht den Chefinspektor traurig und verächtlich an.

Seltsamer Blick, notiert Harald Hofer in Steno in sein Notizheft. Dann beginnt er mit der Befragung des Moser-Bauern.

Wie das mit der Wies'n war? Eine Sauerei war's, sonst nichts. Der Alpenrose-Wirt hat ihn gezwungen, zu verkaufen. Der steckt ja, weil sie Blasmusik-Freunderln sind, mit dem Bürgermeister unter einer Decke. Der Bürgermeister hat ihn zweimal besucht und zum Verkauf überreden wollen. Aber er hat sich nicht überreden lassen. Das wär ja noch schöner! Den Wiesengrund, der für das Vieh gedacht ist, für so ein affiges Barprojekt mit Kunstschnee hergeben. Diese Wiese hat sein Großvater hart erwirtschaftet, und er hält sie in Ehren. Täte er das nicht, würde sich der Großvater aus dem Grab erheben und ihm jede Nacht erscheinen! Aber was weiß man heute schon noch von Familienehre. Nichts! Der Moser-Bauer macht eine Pause und schnappt nach Luft. Als er fortfährt, schwankt seine Stimmlage zwischen Empörung und Resignation. Der Bürgermeister denkt nur ans Geschäft und an die Touristen, wie die Alpenrösler. Er hat kurzen Prozess gemacht und ihm das Wegerecht entzogen, indem er den öffentlichen Weg in einen privaten umwidmen ließ. Als ginge das einfach so. Aber es ging eben! Kruzitürken!

Der Moser-Bauer haut mit der Faust auf den Holztisch, dass die Schnapsgläser wackeln. Anni Schenk greift instinktiv zur Flasche, um sie festzuhalten.

Da lebt man zurückgezogen und tut keiner Fliege was zuleide und dann wird man so ungerecht behandelt. Das geht doch nicht. Sind das meine Leut?, fragt man sich. Meine eigenen Leut? Wenn sie so mit einem umgehen, wird die eigene Heimat zum fremden Land. Und dann ist einem alles egal, denkt er, man hat keine Skrupel mehr. Mehrmals fährt er sich mit seiner Pranke übers Gesicht. Dann erzählt er weiter.

Der Alpenrose-Wirt hat das alleinige Wegerecht bekommen und ihn nicht mehr durch gelassen. Ein abgekartetes Spiel! Denn ohne Zugang ist die saftigste Wies'n nichts wert. Also hat er verkaufen müssen. Müssen! Die Wiese und die glücklichen Kühe. Wie die ihn angeglotzt haben, als er sie von der Wies'n abholte, auf der sie jeden Grashalm kannten. Das wird er nie vergessen. Richtig störrisch waren die Kühe. Als sie gehen sollten, rührten sie sich nicht vom Fleck, wie die Esel. Was kann denn das Vieh dafür, wenn die Menschen spinnen? Der Bürgermeister und der Alpenrose-Wirt stecken unter einer Decke und halten fest zusammen. Der Gast, immer nur der Gast! Er hebt die Stimme und äfft den Wirt nach: Der Gast will Schnee. Also wird Schnee gemacht. Dabei haben Menschen wie er, einfache Bauern, seit Jahrhunderten dafür gesorgt, dass dieses Land ein fruchtbares Land blieb. Ob der Inspektor weiß, wie viele Tonnen Wasser man für die Erzeugung von diesem unsinnigen Kunstschnee braucht? Und das Wasser fehlt dann dem Boden hier. Die Wiesen werden zerstört. Ein himmel-schreiender Unsinn! Man muss die Natur vor diesen Deppen schützen. Er ist deswegen auf seine alten Tage noch zu Global 2000 gegangen. Die Leute dort tun wenigstens etwas und sehen nicht gelähmt zu, wie alles kaputt geht. Bei denen fühlt er sich gut aufgehoben. Er hat auch schon an so mancher Aktion teilgenommen. Die jungen engagierten Menschen gefallen ihm. Da kommt man sich auf einmal selber wieder ganz jung vor und vergisst sein Alter. Bei den Spenden für Global 2000 jedenfalls zeigt er sich großzügig. Und die Alpenrösler, das touristengeile, intrigante Naturzerstörerpack, die grüßt er bis heute nicht. Die Touristenarschkriecher!

Wieder haut er mit der Faust auf den Tisch. Dann schiebt er mit Karacho seinen Stuhl zurück, greift mit seinen großen Händen in die Kiste mit Walnüssen, die neben dem Herd steht, und wirft zwei Handvoll Nüsse auf den Tisch. Sein Nussbaum trägt so viel, dass er das ganze Jahr über mit Walnüssen versorgt ist. Ein alter Baum, den hat noch sein Vater gepflanzt. Aber so richtig zu tragen begonnen hat er erst unter seiner Ägide. Aus dem Küchenschrank, auch ein väterliches Erbe, holt der Moser-Bauer nun seinen von einer hiesigen Schnitzerin bunt gestalteten hölzernen Nussknacker. Wütend steckt er dem Nussknacker eine Walnuss in den Mund und betätigt mit einer heftigen Bewegung den Hebel, dass es nur so kracht. Die Schalen spritzen in alle Richtungen davon. Mit einer Handbewegung fordert er die beiden Polizisten auf, sich auch eine Nuss zu knacken.

Anni Schenk rückt auf der Bank ein wenig auf zur Seite, um den Nussknacker besser erreichen zu können, da spürt sie etwas Warmes, Feuchtes an ihrem Knie. Was ist das? Es fühlt sich an wie breite heiße Lippen. Ist da wirklich etwas? Was kann das sein? Oder täuscht sie sich? Sie muss mit dem Schnaps aufpassen. Sie hat zu viel und zu schnell getrunken. Und vorher zu wenig gegessen. Sie muss mehr und regelmäßiger essen. Ein Knurren ertönt. War das Harry?

„Wanda", sagt da der Moser-Bauer und beugt sich hinunter. Unter dem Tisch kommt sein Hund hervor, ein betagter schwarzer Labrador mit tränenden Augen, einer breiten Schnauze und halb offenem Maul. Er trottet gehorsam an den Platz, den ihm der Bauer zuweist.

„Hm", knurrt Harald Hofer, deutlich höher als der Hund, und nickt anerkennend. „Gut erzogen."

„Ja, meine Wanda hab ich gut erzogen. Bei meiner Frau hat's nicht so geklappt."

Anni Schenk atmet auf, dass es nur der Hund war.

„Bin ich froh", murmelt sie.

Harald Hofer sieht sie irritiert an. Welch unpassende Reaktion auf solch eine frauenfeindliche Meldung. Merkwürdig. Aber er enthält sich auch diesmal des Kommentars. Nachdem der Hund sich auf seinem neuen Platz zusammengerollt hat, fordert Hofer den Moser-Bauern auf, ihm sein Verhältnis zu den Wirtsleuten des Hotels Alpenrose näher zu erläutern. Der Moser-Bauer schaut ihn grimmig an, als würde er ihn am liebsten an der Gurgel packen und aus dem Haus schmeißen.

Was soll er noch sagen? Idioten sind sie! Verstritten ist er mit ihnen, auf immer und ewig. Ihm können sie gestohlen bleiben, die Buckler vor den Gästen. Wirklich widerlich, wie sie den Piefkes hinten hinein kriechen. Sie kriegen den Hals nicht voll. Der Gast will Schnee. Wieder äfft er den Wirt nach. Also liefern wir Schnee. So ein Blödsinn! Sie haben Tomaten auf den Augen. Sie verraten sich selbst, den ganzen Ort, an die Fremden. Sollen sie sich doch alle zum Teufel scheren, die Touristiker, die Piefkes, die Halbnackten, die ihre Hintern an die Kunstschnee-Würfel pressen, ohne eine Sekunde lang über irgendetwas nachzudenken. Aber damit ist jetzt Schluss! Schluss! Schluss!

Wieder redet sich der Moser-Bauer in Rage, und fegt mit dem Hemdsärmel die Nüsse vom Tisch. Wanda hebt den Kopf und sieht ihn aus ihren tränenden Augen an. Er schenkt sich noch einen Schnaps ein und kippt ihn hinunter. Harald Hofer pocht auf das Notizheft.

„Herr Moser, wo waren Sie am Samstag abends?"

„Daheim, und früh in der Bettstad. Wo soll einer wie ich denn schon groß sein am Abend?"

„Gibt es dafür Zeugen?"

„Zeugen? Haha! Nein, Zeugen gibt es natürlich keine. Das fehlte noch, dass mich einer dabei beobachtet, wie ich ratze auf meine Matratz'n."

„Sie leben allein?"

„Allein mit Wanda. Weibsbild find ich keines mehr, nach dem Tod der Moser-Bäuerin, Gott hab sie selig."

„Das tut mir leid", sagt Anni Schenk, die Mühe hat, dem Gespräch zu folgen, „dass deine Frau gestorben ist."

„Es war ein Unfall. Sie saß im Rollstuhl, ich hab sie betreut nach bestem Wissen und Gewissen, das könnt's mir glauben. Und an dem Tag, wo es passiert ist, war es so schön sonnig und ich wollte sie am Waldweg spazieren fahren. Die Wanda lief neben uns her."

„Und dann?"

39

„Ach."

Der Moser-Bauer macht eine Pause und fährt sich mit seiner großen Pranke über die Augen. „Ausgekippt hab ich sie."

„Was?"

„Ich hab auf die Baumwipfel geschaut und auf die Berggipfel und in den blauen Himmel, und dabei hab ich eine Wurzel übersehen, die hat die Räder blockiert, es ging bergab, und der Rollstuhl kippte nach vorn und ich hab meine Frau ausgekippt. Nie werd' ich's mir verzeihen."

„Daran ist sie gestorben?"

„Ja. Schädelbruch. Sie ist mit dem Kopf auf einem Stein aufgeprallt."

„Mein aufrichtiges Beileid."

„Gott gibt's und Gott nimmt's. Aber lass uns nicht Trübsal blasen! Komm, noch ein Schnapsl!"

Anni Schenk nickt, wider besseres Wissen und Gewissen. Eigentlich sollte sie nicht mehr trinken. Sie sieht zu Harry, er hat den Blick fest auf sie geheftet. Tief und lange starrt er ihr in die Augen, bis sie den Kopf abwendet.

„Wirklich verdammt gut, deine Vogelbeere," sagt Anni Schenk zum Moser-Bauern, wie zur Entschuldigung.

Sie kippt den Schnaps hinunter.

„Ist auch ein edler Tropfen. Den findest du woanders nicht so schnell. Stell dir vor, aus hundert Litern Maische kriegst du nur ein Liter Schnaps heraus. Bei Birne wäre das das Dreifache. Meine Frau, Gott hab sie selig, ist deshalb immer für Birne gewesen. Weißt du, da hat sie mehr zum Nippeln gehabt!"

Der Moser-Bauer macht ein Geräusch, das wie ein Lacher beginnt und wie ein Schluchzer endet, und klopft

Anni Schenk mit seiner riesigen Pranke auf die Schulter. Sie zuckt zusammen.

„Hm", knurrt Harald Hofer.

Er packt sein Notizheft weg und steht auf. Das Gespräch ist beendet. Beim Hinausgehen krault er die Hündin zwischen den Ohren. Sie hebt den Kopf leicht und blickt ihn treuherzig an. Sie verstehen sich.

Der Moser-Bauer verabschiedet sich mit einem kräftigen Handschlag von den beiden. Er stellt sich in die Tür und schaut ihnen versonnen nach, auch dann noch, als sie schon längst nicht mehr zu sehen sind. Wanda steckt die Schnauze zwischen seine Beine und öffnet das Maul.

„Pst", sagt er zu ihr und legt den Finger auf seinen Mund. „Nichts verraten."

6

In dem alten gelben ehemaligen Schulgebäude, wo Anni Schenk in den achtziger Jahren noch in die Volksschule gegangen ist, hat man zehn Asylanten, wie sie im Ort heißen, untergebracht. Über drei Jahre wohnen sie nun schon hier und haben sich entsprechend häuslich eingerichtet. Vom Moser-Bauern bis dorthin sind es nur wenige Minuten Fußweg, durch den Wald, über zwei Wiesen, an ein paar Häusern vorbei. Durch die dichten Äste der nahe beieinanderstehenden Bäume kommt die Sonne kaum durch, der mit Nadeln übersäte Waldweg liegt den ganzen Tag im Schatten. Es geht steil bergab. Anni Schenk stolpert, fängt sich aber sofort wieder.

„Meine Absätze sind zu hoch für diesen Weg."

„Hm."

Harald Hofer sieht mit einem spöttischen Blitzen in den Augen an ihren staksigen Beinen hinab. Da fiele ihm eine andere Erklärung ein. Als sie aus dem Wald herauskommen, auf die erste Wiese, knallt das Sonnenlicht. Anni Schenk kramt ihre Sonnenbrille aus der Tasche. Unten im Tal schlängelt sich silbern der Fluss. Der Wind steht so, dass man den Lärm der Autobahn hören kann.

„Fassen wir zusammen", sagt Anni Schenk, „der Moser-Bauer hat ein Titmitov, Tatmotiv, mein ich. Er hasst die Wirtsleute und fühlt sich ungerecht behandelt, von denen, vom Leben .... Aber sein Verhalten während des Gesprächs ließ keine Rückschüsse, äh, Rückschlüsse darauf zu, dass er uns etwas verbirgt. Er war wütend, aber es gibt keine Anhaltspunkte dafür, dass er uns anlügt. Er ist kein Raucher ..."

„Was?"

„Äh, kein Rächer, meine ich."

„Hm," knurrt Harald Hofer.

Die angehende, sichtlich angeschäkerte Frau Fallanalytikerin sollte das Psychologisieren im Moment besser lassen. Und er hat seine handfesten Notizen in seinem Notizheft.

„Abibi hat er auch keins."

„Alibi, meinst du."

„Ja, sag ich doch."

Harald Hofer sieht sie an.

„Vielleicht hatte er einen Komplizen," sagt er.

Anni Schenk lacht unverhältnismäßig laut.

„Der Moser-Bauer und einen Komitzen haben! Der größte Eigenbrötler des Ortes. Der hat keine Freunde. Geschweige denn Komitzen! Außer, sein Hund kann Bomben legen."

Harald Hofer zündet sich eine Zigarette an. Ein wohl erzogener Hund, dieser Labrador mit dem Namen Wanda, eigentlich eine Hündin. Aber das tut nichts zur Sache. Erst einmal muss er etwas anderes klären. Er bleibt mitten auf der Wiese stehen.

„Anni, wir müssen ..."

Harald Hofer macht eine Pause und zieht an seiner Zigarette. „Du musst ... auf dich aufpassen."

Ihre große Sonnenbrille hat den Vorteil, dass sie ihm jetzt nicht in die Augen sehen muss.

„Mhm", knurrt sie, um ihn mit seinen eigenen Waffen zu schlagen, und versucht sich an einem schiefen Lächeln. Doch Harald Hofer lächelt nicht zurück.

Vor dem alten Schulgebäude befindet sich ein kleiner Schnellimbiss. Ein paar junge Männer stehen rauchend drum herum. Hofer bestellt ein Mineralwasser und eine Käsesemmel und reicht beides an Anni Schenk weiter. Während sie gehorsam an ihrer Semmel kaut, zieht er eine Mappe aus seiner Umhängetasche und liest. Zehn Männer sind hier untergebracht, drei Syrer, drei Afghanen, vier Äthiopier. Neun von ihnen waren zur Tatzeit im Heim. Nur einer nicht. Mohsen Nazimi, aus Afghanistan. Den werden sie sich nun vorknöpfen.

Hofer kauft auch für sich noch ein Wasser und steckt die Flasche in die Tasche. Es ist so heiß geworden, wie der Wetterdienst vorher sagte. Er bückt sich und öffnet den Reißverschluss um das linke Bein, dann um das rechte Bein, trennt die Unterteile der Hose ab und stopft sie in seine Umhängetasche. Anni Schenk starrt auf die weißen behaarten Wadeln des Herrn Chefinspektors. Ihm ist wirklich gar nichts peinlich. Sie nimmt ihre Sonnenbrille ab, Harald Hofer erschrickt über ihre dunklen Augenringe.

Im Aufenthaltsraum sitzt Mohsen Nazimi, tiefschwarze Augen, tiefschwarze Haare, kleine Statur, auf einem Kinderstuhl, von zwei Polizisten bewacht, und grüßt höflich:

„Salamaleikum."

„Aleikum wa salam," antwortet Harald Hofer prompt. Das hat er sich von seiner Marokko-Reise mit den Studiosus im letzten Jahr gemerkt. Anni Schenk sieht ihn überrascht an, das hätte sie ihm jetzt nicht zugetraut. Er ist immer wieder für Überraschungen gut. Ein Dolmetscher kommt herein und sagt etwas auf Farsi zu Mohsen Nazimi.

Harald Hofer fragt, wann er hier her gekommen ist. Im Sommer 2015, antwortet Mohsen Nazimi in einwandfreiem Deutsch. Ob sie Deutsch reden können? Ja, klar, er hat schnell gelernt, bei einer sehr guten Lehrerin. Außerdem ist er nun schon lange genug hier. Der Dolmetscher lehnt sich zurück, er hat nichts zu tun, aber er bleibt, für alle Fälle.

Was er von den extremen Islamisten hält? Nichts natürlich, vor denen ist er ja geflohen. Religiös? Beten tut er schon, und was im Koran steht, weiß er auch. Aber die Tiroler kommen ihm um einiges religiöser vor als er. Ständig läuten die Kirchenglocken im Dorf.

„Lenken Sie nicht ab."

Harald Hofer zieht sein Kim-Jong-Un-Notizbuch aus der Tasche und kritzelt „Klugscheißer" hinein.

Nein, das Hotel Alpenrose kennt er nicht. Er war nie dort.

Kontakt mit Leuten aus dem Dorf? Kaum. Einmal in der Woche backen ein paar Freunde aus dem Heim und er zusammen mit Tiroler Frauen, afghanisch-tirolerisch, Harissa und Guglhupf. Und ein gewisser Chris singt mit ihnen jeden Sonntag Tiroler Lieder.

„Kennst du die Berge, die Berge Tirols ..", beginnt Mohsen Nazimi mit einer schönen Tenorstimme zu singen und trommelt dazu mit den Händen auf dem Tisch, bis ihn Hofer barsch unterbricht.

„Sie waren also am Samstag nicht im Hotel Alpenrose?"

„Nein, war ich nicht. Wo soll das sein?"

Er kratzt sich am Arm.

„Wo waren Sie denn dann am Samstag abends?"

Mohsen Nazimi schweigt. Hofer wendet sich an den Dolmetscher. „Fragen Sie ihn auf Farsi!"

Der Dolmetscher sagt etwas zu ihm, das viel länger klingt als die Frage auf Deutsch. Mohsen Nazimi schweigt auch auf Farsi. Er hebt nur die Schultern.

In die Stille hinein ertönt lautstark ein Piano-Riff und füllt den Raum, sodass alle vor Schreck zusammenfahren.

„Der Klingelton für meine Mutter", entschuldigt sich Hofer, während er umständlich sein Handy aus der Tasche fingert. Endlich bricht die Klaviermusik ab.

„Hallo, Mama?"

„Sie treibt's mit dem Gärtner!" Die Mutter schreit so laut, dass Anni Schenk jedes Wort versteht.

„Mama, siehst du einen Film?"

„Der Film spielt bei mir daheim. Sie treibt's mit unserem Gärtner!"

„Wer?"

„Maleika!"

„Mama, ich bin mitten in einer Befragung ..."

„Tu was! Komm! Sofort!"

Sie legt auf. Harald Hofer steckt sein Handy wieder in die Tasche und schweigt. Das Telefonat mit seiner Mutter hat ihn aus dem Konzept gebracht.

Anni Schenk schlägt die Beine übereinander und fordert Mohsen Nazimi auf, ihr seine Fluchtgeschichte zu erzählen. 5000 Euro hat er bezahlt, acht Wochen hat es gedauert. Über den Iran und die Türkei ist er gekommen, die Balkanroute, erst zu Fuß über die Berge, dann zu zwölft in einen kleinen Mercedes gepfercht, aus dem die Sitze raus montiert waren. Was sein Traum ist? Hier arbeiten und Geld verdienen und der Familie schicken. Er gehört zum Volksstamm der Hazara, in Afghanistan wegen ihres schiitischen Glaubens diskriminiert und zum Teil verfolgt. Ursprünglich ein mongolisches Reitervolk.

Hofer trommelt laut mit seinen Fingern auf die Umhängetasche. Wohin soll diese Märchenstunde führen? Sie brauchen hier Fakten, keine Rührseligkeiten.

Unwirsch unterbricht er Mohsen Nazimis farbenfrohe Schilderung der langen Hirtenmäntel, die er als Kind getragen hat.

„Wo waren Sie Samstag Nacht?"

Keine Antwort.

„Wo waren Sie?"

Er zögert.

„Ich erinnere mich nicht."

„Wenn Sie uns sagen, wo Sie waren, können wir Ihnen helfen," sagt Anni Schenk.

„Helfen? Ich brauche von euch keine Hilfe."

Mohsen Nazimi sieht sie mit seinen tiefschwarzen Augen stolz an.

„Wirklich nicht."

Hofer fragt, ob er einen Laptop besitze und ob er ihn mitnehmen dürfe, macht aber gleichzeitig unmissverständlich klar, dass dies eigentlich keine Frage, sondern ein Befehl ist.

Mohsen Nazimi holt den Laptop aus seinem Zimmer, ein schwerer alter Laptop, den ein älterer Herr aus dem Ort gespendet hat, und überreicht ihn Chefinspektor Hofer wortlos.

„Sie sind morgen um sechzehn Uhr in die Polizeiinspektion vorgeladen. Vielleicht fällt Ihnen ja bis dahin ein, wo Sie am Samstag waren."

Hofer drückt Mohsen Nazimi eine Visitenkarte mit der Adresse in die Hand und bittet den Dolmetscher, den Termin auf Farsi zu wiederholen, um sicher zu gehen, dass er auch verstanden wurde. In eisiger Stimmung verabschieden sie sich.

Vor der Tür blendet sie das Sonnenlicht. Harald Hofer bleibt stehen und stellt die Tasche mit dem Laptop zwischen seinen Beinen ab. Er muss jetzt rauchen. Anni Schenk streckt sich und führt mit durchgestreckten Beinen die Handflächen zum Boden.

„Zwischendurch dehnen ist gut für den Körper."

Sie fühlt sich wieder fit. Das Wasser und die Käsesemmel waren genau das Richtige.

Der hochgerutschte kurze Rock lässt einen durchtrainierten Po erahnen. Hofer blinzelt. Durch den Zigarettenrauch starrt er auf die turnende Kollegin, obwohl er eigentlich gar nicht hinsehen will. Anni Schenk richtet sich wieder auf und zieht ihren Rock in Form.

„Er lügt uns an, Harry."

„Mhm", knurrt er.

„Aber warum?"

Er reibt sich die Augen.

„Weiß der Geier. Die meisten lügen einen an. Ich jedenfalls glaube keinem mehr."

„So misstrauisch?"

„Ultramisstrauisch, nach all den Jahren bei der Kripo glaube ich keinem mehr."

„Schlimm."

„Unausstehlich."

„Ich finde dich gar nicht so unausstehlich."

„Was weißt denn du schon. Du warst ja auch nicht mit mir verheiratet."

Mit einem kräftigen Fußtritt befördert Hofer die Kippe an den Straßenrand. Anni Schenk starrt auf seine abgewetzte, schmutzige Schuhspitze.

„Und nun?"

„Schaffe mir deinen Kindergartenfreund und Spraykünstler herbei, Anni, aber dalli!"

48

7

Tränenüberströmt öffnet ihm die Mutter die Tür. Harald Hofer nimmt sie sachte am Arm und führt sie ins Wohnzimmer. In beiden Ärmeln ihres Pullovers stecken benutzte, bunt karierte Stofftaschentücher, und in der Hand hält sie ein riesiges blaues Taschentuch mit eingestickten Initialen, ein Familienstück aus dem vorvorigen Jahrhundert, damit fährt sie sich wirr übers Gesicht.

„Ich bin allein auf der Welt", schluchzt die Mutter.

„Ganz ruhig, Mama. Ich bin doch da."

Er streicht der Mutter übers Haar, ihr Schluchzen wird leiser. In ihren Augen steht der Schrecken eines Menschen, dessen gesamte Welt zusammenbricht.

Maleika kommt mit einem Schälchen, auf dem die Tabletten der Mutter liegen. Auch in Maleikas Ärmel steckt ein Taschentuch, allerdings ein Papiertaschentuch. Harald Hofer hat im Lauf der vielen Jahre bei der Kriminalpolizei gelernt, auf solche Details zu achten, auch wenn das jetzt nichts zur Sache tut. Er schließt für einen Moment die Augen, um sich auf die Geschichte zu konzentrieren, die ihn erwartet.

Tatsächlich hat Maleika, die Polin, die seine Mutter seit sieben Jahren wie eine Tochter betreut, schon vor geraumer Zeit ein Techtelmechtel mit dem Gärtner begonnen. Die Mutter hatte das lange Zeit nicht mitbekommen, und das war auch gut so. Bis sie die beiden auf der überdachten Hollywoodschaukel im Garten dabei überraschte, wie sie sich lange und leidenschaftlich und, ohne die Mutter zu bemerken, küssten. Die Mutter stieß einen spitzen Schreckensschrei aus. Der Gärtner nahm das Malheur zum Anlass, Maleika den in ihren Augen längst überfälligen Heiratsantrag zu machen, und nun will sie zu ihm ziehen und mit ihrem neuen Mann leben und muss die Frau Mama nach so vielen Jahren verlassen, es tut ihr so leid, es bricht ihr das Herz. Aber, wo die Liebe hinfällt ... Maleika wischt sich mit dem Papiertaschentuch eine Träne aus den Augen. Die Mutter beginnt wieder laut zu schluchzen.

Harald Hofer würde gern eine rauchen, aber die beiden Frauen in diesem Moment allein zu lassen, um in den Garten, den Ort der Tragödie, hinaus zu gehen, erscheint ihm unpassend. Die Lage ist kritisch. Denn wenn das hier nicht mehr so tadellos funktioniert wie in den letzten Jahren, sieht er auch für sein Leben schwarze Wolken aufziehen. Auf Maleika konnte man sich jederzeit verlassen. Und bei seinem Job braucht er so jemanden wie sie für die Betreuung der Mutter.

„Erst einmal ist es etwas Schönes, einen Liebsten gefunden zu haben und zu heiraten, ich gratuliere!", sagt er, ganz Gentleman, zu Maleika, obwohl ihm das wirklich nicht leicht fällt.

Maleika nickt und schlägt ihre geröteten Augen nieder. Die Mutter sieht die beiden angsterfüllt an. Harald Hofer holt die Flasche mit dem von vor Jahren von seiner Ex-Frau selbst gemachten Eierlikör aus der dunklen Kirschholz-Kredenz des Großvaters und serviert der Mutter ein Gläschen.

„Es wird alles gut, Mama, du wirst sehen,. Und Maleika ist ja nicht aus der Welt, sie wird dich oft besuchen kommen, nicht wahr, Maleika?"

Maleika nickt heftig, die Mutter bleibt stumm. Das Schälchen mit den Tabletten fegt sie vom Tisch. Das

Abendbrot lehnt sie störrisch ab. Zum Sprechen ist sie an diesem Tag nicht mehr zu bewegen, ihr Dasein ist in den Grundfesten erschüttert, auch wenn ihr Sohn ihr noch so oft versichert, dass alles gut wird.

Anni steht an der Theke in ihrem Lieblingscafé, das noch genauso aussieht wie in den Neunzigern, als sie hier die Schule schwänzte und Händchen hielt mit einem pummeligen Jungen, dessen Namen sie vergessen hat. Die Theke ist mit kleinen grauen Steinen aus dem Inn umrahmt. An den Wänden hängen Fotos von Sepps Installationen. „Hallelujah, Maracuja!" ist auf einem Bild mit roter Farbe auf das Gipfelkreuz des Hausberges gesprayt. „Bleibt's daheim! Die Natur braucht euch nicht", steht auf einem anderen mit gelber Ölfarbe an einem Felsen, am Eingang zu einem der beliebtesten Wanderwege der Region. Anni Schenk erinnert sich an diese Installation. Der Tourismusverband hatte das damals sofort wegwaschen lassen, aber kurz darauf stand es wieder da. Und da musste der Kulturbeauftragte der Gemeinde mit Sepp ein ernstes Wort reden. Schließlich lebt der Ort von den Touristen, die man nicht vergraulen will, nicht wahr, auch der Herr Künstler nicht, was glaubt er denn, wo sonst die Subventionen herkommen? Aber da war er beim Falschen gelandet. Es ging lange hin und her. Schrift, wegwaschen, Schrift aufsprayen, Schrift wegwaschen, Schrift aufsprayen. Bis Sepp einen wichtigen nationalen Kunstpreis gewann. Von da an blieb die gelbe Botschaft unbehelligt stehen.
„Veränderung=Herausforderung", sprayte Sepp auf einen Zaun am Ende des Wanderweges, in Grün. Auch davon hängt ein Foto im Café. Ganz moderat eigentlich, das alles. Was hat Sepp nur angestellt? Weswegen ist er

vorbestraft? Ob er weiß, dass er gesucht wird, mehr noch, verdächtigt wird? Anni Schenk schickt ihm stündlich eine Nachricht, doch er antwortet ihr nicht. Wenn sie nur eine Idee hätte, wo er stecken könnte. Aber es gibt zu viele Möglichkeiten. Das Land hat einfach zu viele Berge!

Uli stellt ihr ohne Aufforderung ein Glas Grüner Veltliner hin. Er weiß, was sie trinkt. Sie lächelt. Das ist ihr in Wien nie passiert. Das ist Heimat.

„Gibt's schon was Neues?"

„Nix. Und wenn, dürfte ich's dir nicht sagen, Uli."

„Also ehrlich, so richtig leid scheint es den Schmörglern nicht zu sein um diese affige Snow-Bar."

„Ach ja?"

„Ich hör hier viel, was die Leute so reden."

„Und?"

„Es kracht ganz gewaltig zwischen den Touristikern und den Naturschützern."

„Es kracht?"

„Naja, wie man halt so sagt. Du verstehst schon ... Ich mein Streit, keine Bomben ..."

„Warum?"

Anni Schenk sieht ihn herausfordernd an.

„Wegen des neuen Speicherteichs am Almboden oben, den sie gebaut haben, für den Kunstschnee, den die Alpenrösler für ihre Bar und die Touristiker für die Schneekanonen auf der Schipiste brauchen."

„Und was ist der Stress?"

„Die Naturschützer wollen die Region um den Bichlbach, aus dem das Wasser entnommen wird, als Natura-2000-Schutzgebiet deklarieren lassen, aber die Touristiker halten dagegen."

„Es geht also um Wasser ..."

„Und um Energie. Der Stromverbrauch für die depperten Schneekanonen ist in einer Saison so hoch wie der in den vier größten Gemeinden Tirols im ganzen Jahr. Das musst du dir geben. Und was die Kühlungsanlage für die Eiswürfel in der Snow-Bar für Energiefresser war, will man gar nicht wissen ...“

„Bist du jetzt auch zu den Naturschützern gegangen?“

„Das sagt einem doch der Hausverstand. Die Ausbeutung der Natur von heute ist die Armut von morgen. Ich bin neutral. Zu mir ins Café kommen sie alle, auch die Touristiker, schau, da drüben am runden Tisch sitzen sie.“

Er deutet auf drei Männer in Jeans und weißen Hemden, und als sie zu ihm hinsehen, winkt er ihnen lachend.

„Bei mir kriegen alle was zu trinken. Weißt eh, wie es ist, bei uns daheim.“

Anni Schenk trinkt ihr Glas in wenigen Schlucken leer.

„Noch eins, Anni?“

„Immer.“

Sie stoßen an.

„Auf das Leben bei uns daheim!“, sagt Uli.

Während er für die Touristiker noch eine Runde Schwarzbier zapft, sieht sich Anni Schenk um. Das Café ist ziemlich voll, fast alle Tische sind besetzt. Nur an der Theke ist sie die einzige. Da geht die Tür auf. Sie spürt den Luftzug in ihrem Rücken.

„Schau her, die fesche Anni!“

Noch bevor sie die Hand auf ihrer Schulter fühlt, hat sie die Stimme erkannt. Sie dreht sich um.

„Franz!“

Er packt sie am Kinn und küsst sie energisch auf den Mund. Ihr roter Lippenstift verschmiert. Anni lässt ihn gewähren. Jugendlieben dürfen alles. Obwohl das schon so lange zurück liegt, dass es fast nicht mehr wahr ist. Die Mitschülerinnen haben sie damals beneidet, weil Franz schon ein Auto hatte und mit laufendem Motor vor der Schule auf sie wartete. Ihr Vater war eifersüchtig auf Franz gewesen, der erste Mann im Leben seiner Tochter außer ihm, und hat ihm bei ihrer ersten Begegnung, bei einer Weinverkostung, eine runtergehauen.

„Hab schon gehört, dass du wieder im Lande bist und daheim wohnst."

„Ja, vorübergehend."

„Und du arbeitest jetzt bei uns bei der Polizei?", fragt Franz und rollt ungläubig mit den Augen. Anni Schenk lächelt sphinxenhaft.

„Oder ist das ein Gerücht?"

„Stimmt schon. Auch vorübergehend."

„Was machst du überhaupt als Psychologin bei der Polizei?"

„Ich will eine Ausbildung zur Profilerin machen und dafür brauche ich ein paar Jahre Polizeipraxis ..."

Franz schüttelt den Kopf.

„Wenn du mich fragst ..."

„Scht! Ich frag dich nicht."

Sie fährt ihm mit der Hand über den Mund und spürt die weichen vollen Lippen an ihrer Handinnenfläche. Das fühlt sich gut an. Franz hat sich kaum verändert. Die durchdringenden grünen Augen mit diesem „Mir-gehört-die-Welt"-Blick, die braune Haarlocke, die ihm frech in die Stirn fällt. Selbstsicher steht er vor ihr, die Schultern nach hinten gedrückt, breitbeinig, wie ein Cowboy inmitten der Prärie.

„Und was ist mit deinem Kerl in Wien?"

„Den gibt's nicht mehr."

„Aha."

„Und du?"

„Bin solo. Ich will die Frauen überwinden. Eine Scheidung reicht mir. War ein teurer Spaß, hat mich das Haus gekostet."

„Wie geht's deinem Sohn?"

„Passt schon."

„Wohnt er bei dir?"

„Nein, bei meiner Ex im Haus. Ich lebe als Single."

Franz legt den Arm um sie. Anni bläst ihm seine Haarlocke aus der Stirn und schmiegt sich ein wenig kokett an ihn.

„Ist ja wie in alten Zeiten", lacht sie.

Franz antwortet nichts. Er sieht plötzlich besorgt aus.

„Und dein Lift?", fragt Anni, um das Thema zu wechseln. Sie beugt sich leicht zurück, damit sie ihren ehemaligen Lover besser anschauen kann. Auf seinen Augen verdichtet sich ein Schatten.

Den Sessellift hat Franz vor zehn Jahren von seinem Onkel geerbt, damals war der Lift sommers wie winters ein brummendes Ding, voll ausgelastet. Doch seit sich der Klimawandel bemerkbar macht, im Winter die Schneegrenze deutlich nach oben rutscht und die Schifahrer ausbleiben, munkelt man, es gehe schlecht. Leere Sessel ziehen ihre Runden durch den Wald und über den Feldern.

„Kann nicht klagen", sagt Franz. „Jetzt im Sommer kommen genug Pseudo-Wanderer, Piefkes in Flip-Flops, die mit dem Lift auf den Berg hinauf fahren, dort ihre Selfies schießen und danach mit dem Lift wieder herunter fahren. Aber ich will jetzt nicht über den Lift reden."

Franz zieht Anni näher an sich heran.

„Hej."

„Wir haben uns so lange nicht gesehen. Geht's dir gut, Mädl?"

Sie spürt, wie sich beim Atmen seine Brust hebt und senkt. Langsam nickend strahlt sie ihn an. Im Moment geht es ihr besonders gut. Dicht aneinandergedrängt stehen sie da und beobachten die Leute im Café. Anni Schenk sieht sich selbst da sitzen, vor zwanzig Jahren, jung, neugierig aufs Leben, unbelastet. Sie schließt die Augen. Es kommt ihr so lange her vor. Und doch ist es so nah.

„Anni, bist du okay?"

Die Stimme von Franz reißt sie aus ihren Gedanken.

„Ja."

Abrupt hebt sie den Kopf und besinnt sich auf das Hier und Jetzt.

„Ich habe an den Fall gedacht, an dem ich gerade arbeite."

„Und was ist das für ein Fall, wenn man fragen darf?"

„Die Bombe in der Snow-Bar."

„Damit bist du befasst? Du?", fragt er nahezu kreischend.

„Warum nicht?", antwortet Anni Schenk spitz. „Ein Ermittler aus Innsbruck hat mich in sein Team geholt."

Franz sieht sie mit einem bohrenden Blick an, als hätte er tausend Fragen im Kopf. Doch er bleibt stumm. Anni Schenk ist wieder ganz in der Gegenwart angekommen.

„Hast du eigentlich Sepp in letzter Zeit gesehen?"

„Sepp," sagt Franz irritiert. „Warum fragst du nach Sepp? Ist was mit ihm?"

„Ich weiß nicht. Ich möchte ihn treffen und kann ihn nicht erreichen. Hast du eine Ahnung, wo er stecken könnte?"

„Ich? Warum ausgerechnet ich?"

„Weil du mit ihm befreundet warst?"

„Das ist lange her."

Franz wendet sich Uli zu.

„Uli, weißt du, wo Sepp sein könnte?"

Uli ist mit dem Spülen von Gläsern beschäftigt und blickt nur kurz hoch.

„Wo denn schon? Er wird in seinen geliebten Bergen herumkrabbeln, da verschwindet er doch oft tagelang."

„Hörst du, Kleines? Mach dir keine Sorgen."

Franz drückt Annis Hüften an seinen Bauch.

„Schön, dass du wieder da bist", flüstert er ihr ins Ohr.

„Wir haben uns viel zu lange nicht gesehen."

Ja, das findet sie eigentlich auch. Anni Schenk erwidert den Körperdruck.

8

Spärlicher könnten die vom Bundesamt für Fremdenwesen und Asyl übermittelten Daten nicht sein: Mohsen Nazimi, Geburtsdatum: 31. 12. 1996, Geburtsort: Unbekannt. Ethnie: Hazara. Religion: Muslimisch, schiitischer Glaube. Das Asylverfahren läuft noch. Das ist alles.

Anni Schenk starrt auf die Zahlen: 31. 12., das heißt, er hat den Behörden sein Geburtsdatum nicht verraten. Wenn das Geburtsdatum unbekannt ist, wählen die Behörden den letzten Tag des Jahres. Unklar, ob das Jahr stimmt, auch das kann nur eine Schätzung sein. Und Geburtsort hat er auch keinen angegeben. Anni Schenk seufzt und fährt sich mit dem Finger über die Oberlippe. Zum schon so oft wiederholten Mal versucht sie, Sepp zu erreichen. Wieder ohne Erfolg. Und Harald Hofers Büro ist auch leer. Sie wählt seine Nummer.

„Wo bist du?", fragt sie leicht ungehalten, als wäre er ihr Rechenschaft schuldig.

„Bei den Mülltonnen des Asylantenheims", schreit er ins Handy, der Lärm im Hintergrund übertönt fast gänzlich seine Stimme, „die Suche nach der Spraydose läuft, hier wird der ganze Müll von unten nach oben gekehrt."

„Wäh, wie grauslich!"

„Unser Job ist oft grauslich."

„Diese Aktion ist doch vollkommen sinnlos."

„Vollkommen."

„Warum findet sie dann statt?"

„Weil ich es angeordnet habe."

„Versteh ich nicht."

„Musst du auch nicht."

Harald Hofer hat keine Lust, die Frau Psychologin darauf hinzuweisen, dass gewisse Dinge einfach abgecheckt werden müssen. Punkt, basta. Man muss eine klare Faktenlage schaffen.

Anni Schenk hat das deutliche Gefühl, dass sie im Moment hier keiner vermisst. Sie schließt die Tür, schlüpft in ihrem Büro schnell in die enge schwarze Jogginghose, in den Sport-BH mit Ringerrückenfunktion und das Trägershirt. Wie gut, dass sie die Sportsachen immer dabei hat.

„Pst", flüstert sie dem diensthabenden Kollegen zu und legt den Finger auf den Mund. „Nichts verraten. Bin gleich wieder da."

Der Kollege deutet spöttisch auf ihr Outfit.

„Na, geh, übertreib's nicht!"

„Laufen schärft den Verstand!"

„Mit Bauch geht's auch."

Er klopft sich genüsslich auf seine Wampe.

Anni Schenk biegt in den Feldweg ein, konzentriert sich auf ihre Atmung, beschleunigt, kontrolliert den Schritt. Wie schön! Ein nicht zu unterschätzender Vorteil der Arbeit in diesem Kaff, dass man sofort in der freien Natur ist. Die Luft flimmert, eine frische Brise weht, die Berggipfel leuchten. Die Felder scheinen endlos, kein Mensch weit und breit. Doch – da vorne steht einer mit einer Fernsteuerung in der Hand und blickt zum Himmel hoch. Dort oben fliegt surrend eine Drohne. Die Sonne blendet und der Nacken schmerzt sie, wenn sie im Laufen zu lange nach oben schaut. Beim Näherkommen erkennt sie in dem Mann ihren Nachbarn, Herwig Kolsasser, Ingenieur bei einer Firma für Sicherheitstechnik und Gemeinderat für die Blauen. Was macht er mitten am helllichten Vormittag mit einer Drohne hier in den Feldern? Nun, das Gleiche könnte er sie auch fragen. Was sie als Polizistin am helllichten Vormittag in Jogging-Klamotten hier macht. Keine ideale Situation. Am besten, sie läuft seitlich an ihm vorbei. Sie hebt die Hand zum Gruß. Herwig Kolsasser erwidert den Gruß nicht, sondern dreht sich abrupt um und geht mit großen Schritten in Richtung Wald davon. Was soll das denn jetzt?

Am Ende des Feldes, kurz vor dem Parkplatz des Einkaufszentrums, kehrt sie um. Die Drohne ist im Wald verschwunden und auch ihr Nachbar scheint vom Erdboden verschluckt. Sie könnte noch den Waldweg hinauf laufen, um zu sehen, ob sie ihn findet. Konditionell wäre das kein Problem. Doch allzu lange darf sie nicht wegbleiben, um es sich mit dem diensthabenden Kollegen nicht zu verscherzen. Sie bückt sich und pflückt eine Kornblume, für ihn, als Dank dafür, dass er sie deckt.

Der Kollege freut sich über das Blümchen, er füllt einen Pappbecher mit Wasser, frischt es ein und stellt es neben seinen Computer. Auf ihrem Schreibtisch findet Anni Schenk eine handgeschriebene Nachricht von Harry vor. Anscheinend war er früher zurück als gedacht, hat ihm der Müll doch zu sehr gestunken. Aber sein Büro ist leer. Sie braucht einige Weile dafür, die krakelige Handschrift von Harry zu entziffern. Mit viel kalligraphischer Phantasie gelingt es ihr schließlich. Sie soll die Deutschlehrerin von Mohsen Nazimi treffen, eine gewisse Franziska Kamm. Franziska, natürlich! Mit der ist sie in die Hauptschule gegangen. Sie hat später Germanistik und Geschichte studiert und sogar promoviert, und jetzt muss sie den Geflüchteten Deutsch beibringen.

„Wo ist denn der Harry?", fragt Anni Schenk den diensthabenden Kollegen.

„Der musste zu seiner Mutter. Hat was von einer neuen Polin geredet. Ich hab's nicht verstanden."

„Hat er nach mir gefragt?"

„Nein, er hat die ganze Zeit mit seiner Mutter telefoniert. Sie schien sehr aufgebracht."

„Und du hast ihm eh nicht gesagt, dass ich ..."

„Aber geh, Anni ..."

„Danke noch einmal."

„Passt schon."

Im Sportbecken des öffentlichen Schwimmbads ziehen mehrere Schwimmerinnen ihre Bahnen. Anni Schenk entdeckt Franziska unter ihnen und winkt ihr zu.

„Warte, ich komm rein!"

Erst joggen, dann schwimmen. Der Tag beginnt ihr zu gefallen. Das Wasser ist frisch. Sie umarmt ihre Schulfreundin Franziska im Becken, mit den Beinen strampelnd, um über Wasser zu bleiben. Die ihre Bahnen ziehenden Frauen grüßen sie freundlich im Vorbeischwimmen. In den Club der sportlichen Frauen wird man schnell und unkompliziert aufgenommen.

„Super Idee, uns im Schwimmbad zu treffen, Franziska!"

„Dachte ich mir, dass dir das gefällt. Ich bin im Sommer jeden Tag um diese Zeit hier. Es ist so schön. Dieser wunderbare Blick."

Sie deutet auf die umliegenden Berggipfel, die in der Sonne glänzen.

„Danke, dass du dir gleich Zeit nimmst."

„Klar. Was gibt's denn so Eiliges?"

„Es geht um Mohsen Nazimi. Du kennst ihn?"

Sie schwimmen im Gleichtakt nebeneinander her.

„Er war ein Jahr lang mein Schüler, lernte schnell. Schlaues Kerlchen."

„In der Nacht, als die Bombe explodierte, war er nicht im Heim."

„Ja, und?"

„Und Mohsen Nazimi sagt uns nicht, wo er gewesen ist."

„Was geht das die Polizei auch an?"

„Jemand will einen der Flüchtlinge kurz vor der Explosion in der Hotelbar gesehen haben."

„Das wäre total ungewöhnlich. Die Geflüchteten würden nie dorthin gehen. Nicht einmal die, die schon jahrelang hier sind, setzen einen Fuß in unsere Bars."

„Ja, aber Mohsen Nazimi wird beschuldigt und hat kein Alibi, verstehst du?"

Franziska schlägt mit der flachen Hand aufs Wasser, dass es Anni Schenk nur so ins Gesicht spritzt. Sie schwimmt zum Beckenrand und reibt sich die vom Chlor geröteten Augen.

„Und wie ich verstehe!", höhnt Franziska. „Die Leute, die sowieso jeden gefressen haben, der nicht seit mindestens drei Generationen aus Schmörgl stammt, wissen natürlich sofort, wer der Bomber war! Einer von den Geflüchteten, logisch! Die müssen ja für alles herhalten! Und die Polizei fällt auch noch herein auf diesen Blödsinn!"

„Franziska, wir müssen jedem Hinweis nachgehen."

„Ein schöner Hinweis ist mir das. Von wem der wohl stammen mag. Ich will es gar nicht wissen."

„Ich dürfte es dir auch nicht sagen."

„Für Mohsen lege ich meine Hand ins Feuer."

„Wir haben gesehen, dass ihr in Mailkontakt seid."

„Aha, deshalb ist das Fräulein Polizistin zu mir ins Sportbecken gesprungen! Ich soll als Informantin angeheuert werden. Vielen Dank, kein Interesse!"

Wütend zieht Franziska im Becken davon. Aufbrausend und schnell von Begriff, das war sie schon in der Schule gewesen. Anni Schenk hatte Franziska um ihre Fähigkeit beneidet, immer sofort messerscharf ihre Meinung herauszuschleudern. Sie selbst war zurückhaltend, diplomatisch, hatte oft so lange nachgedacht, ob sie etwas sagen sollte, bis es dann zu spät war. Franziska hatte ihr dafür so manches Mal ordentlich den Kopf gewaschen.

„Franziska!"

Anni Schenk klettert aus dem Becken und setzt sich neben ihre Schulfreundin ins Gras. Da müssen jetzt prinzipielle Dinge geklärt werden. Sie hat keine Vorurteile. Aber gewissen Dingen muss man einfach nachgehen, auch wenn sie unsinnig erscheinen, das ist Polizeiarbeit. Während sie das Franziska erklärt, hört sie sich selbst reden wie Harald Hofer und kann sich nur mit großer Mühe ein Schmunzeln verkneifen.

Franziska hört ihr aufmerksam zu, ruhiger, aber immer noch misstrauisch schüttelt sie heftig ihre schwarzen Locken.

„Ich schicke ihm manchmal Zeitungsartikel, von denen ich denke, sie könnten ihn interessieren, über Projekte, politische Debatten ... Das ist alles", sagt sie nachdenklich.

„Religion?"

„Kein Thema."

„Kein Hass auf uns kufta?"

„Ach wo. Die Fanatischen, das sind doch genau die Leute, vor denen er geflohen ist."

Am Kiosk neben dem Eingang lädt Anni Schenk ihre Schulfreundin auf ein Eis ein. Neben der Tafel mit den Eissorten sind vier Verbotsschilder aufgestellt. Auf dem ersten ist ein durchgestrichener Hund zu sehen, auf dem zweiten auf der Wiese herum liegender Müll. Auf dem dritten Schild stiert ein Strichmännchen mit aus dem Kopf tretenden Augen auf ein Mädchen im Bikini, auf dem vierten grapscht eine Hand einen runden Mädchenpo an.

„Seit wann stehen die denn hier?", fragt Anni und deutet auf die letzten beiden Schilder.

„Ganz neu. Haben die Blauen aufstellen lassen."

„Krass."

„Die Grünen haben einen Antrag im Gemeinderat gestellt, damit die Flüchtlinge freien Zutritt im Schwimmbad bekommen. Den haben die Blauen sofort abgeschmettert. Die Grünen haben sowieso nichts mehr zu sagen in diesem Land. Die Araber kommen doch eh nur zum Spechteln, hat es geheißen, damit sie unsern Mädeln auf die Titten und Hintern gaffen können, wo sie ja daheim nur die Verschleierten haben. Sie sollen schön wegbleiben."

„Und, halten sie sich daran?"

„Ich hab noch nie einen Geflüchteten im Schwimmbad gesehen. Wenn überhaupt, gehen sie zum neuen Speicherteich."

„Was? Wohin?"

„Nachts in den neuen Speicherteich schwimmen gehen, ohne entdeckt zu werden, das ist die neue Mode bei uns."

„Woher weißt du denn das?"

„Von meinem Sohn Niko, der geht mit seinen Freunden auch hin. Es muss ganz toll sein."

„Ist das erlaubt?"

„Natürlich nicht. Auch dort steht ein großes Schild – wir sind das Land der Verbotsschilder geworden: Baden verboten."

„Wieso? Ist es zu gefährlich?"

„Das Wasser für den Kunstschnee muss Trinkwasserqualität haben, deswegen."

„Achso ...Und warst du auch schon einmal da schwimmen?"

„Nein, aber ..."

Franziska sieht Anni mit glitzernden Augen an. Beide denken das gleiche. Sie verstehen sich immer noch gut, wie damals zu Schulzeiten. Die freche, spontane und die überlegte, neugierige Göre. Gemeinsam sind sie stark. Es ist wie früher. Ein Abenteuer ruft.

„Lass uns zusammen hingehen!"

Franziska hüpft vor Begeisterung. Anni Schenk zögert einen Moment.

„Passt. Aber schwöre mir, dass das unter uns bleibt!"

Sie klatschen ihre Handflächen zusammen und verabreden sich wie Schulmädchen verschwörerisch flüsternd für nachts am Speicherteich. Dieser Tag wird immer besser.

Beflügelt von der Aussicht auf die nächtliche Aktion geht Anni Schenk schnellen Schritts nach Hause. Am Grundstück angekommen, klettert sie über das kleine Mäuerchen in den Garten, so kommt sie über die Terrasse herein und muss nicht den Umweg außen herum bis zur Haustür machen. Im Garten steht Mohsen Nazimi mit einer Hacke in der Hand.

„Mohsen!"

Er fixiert sie mit seinen großen dunklen Augen, ohne ein Wort zu sagen. Die Terrassentür steht offen.

„Was machst du hier?"

Er antwortet nicht.

„Leg die Hacke weg."

Er tut, was sie ihm sagt. Sie packt ihn an den Handgelenken und stößt ihn vor sich her ins Haus.

„Mama! Omi!", ruft sie. „Wo seid ihr?"

Keine Reaktion.

„Warst du im Haus? Hast du meine Mutter und Großmutter gesehen?"

Er steht weiter sprachlos da, mit geraden Schultern und undurchdringlichem Blick. Sie durchquert mit ihm das Wohnzimmer und sieht in der Küche nach. Keiner da. Auf dem Tisch stehen zwei Kaffeetassen. Aber von der Mutter und der Großmutter keine Spur.

„Wo sind sie?"

Abwesend starrt Mohsen Nazimi geradeaus, als würde er sie nicht verstehen, oder als würde ihn das alles hier überhaupt nichts angehen. Dieser Mann hat nicht vor, der Polizistin irgendeine Auskunft zu erteilen. Das lässt er deutlich erkennen. Stolz und Verachtung liegen in seinem Blick und ein weit entfernter, unendlicher Schmerz.

„Mama!", ruft Anni Schenk nochmals, so laut sie kann. Da geht eine Tür auf und man hört Wasser rauschen.

„Was schreist du denn so?"

Die Mutter erscheint mit braunroten Plastikhandschuhen über den Händen, es sieht ganz blutig aus.

„Bist du okay?"

„Ja."

„Und Omi?"

„Auch."

„Wo ist sie?"

„Im Bad."

„Was hast du an den Händen?"

„Farbe."

„Was?"

„Ich färbe Großmutter die Haare."

„Seit wann färbt Omi ihre Haare?"

„Seit heute. Sie hat ein Werbegeschenk aus dem alternativen Laden bekommen. Farbe macht ältere Damen jünger. Das will sie nun ausprobieren."

Anni Schenk lässt Mohsen Nazimi los und umarmt die Mutter, soweit die braunrot tropfenden Plastikhandschuhe das zulassen. Die Mutter deutet mit dem Kinn auf den wie eine Statue dastehenden Afghanen.

„Und was wird das, wenn es fertig ist?"

„Er ist bei uns eingebrochen."

„Aber geh! Der Mohsen braucht doch nicht einzubrechen. Dem mach ich höchst persönlich die Tür auf."

„Du kennst ihn?"

Anni Schenk weicht einen Schritt zurück und runzelt argwöhnisch die Stirn.

„Er erledigt Gartenarbeiten für mich. Da drüben, den Schmetterlingsstrauch, den will ich weg haben ..."

„Hallo! Hallo!", ruft die Großmutter aus dem Bad. „Ich bin auch noch da! Habt ihr mich vergessen?"

„Komme!" Die Mutter dreht wieder ab ins Bad. Anni Schenk beherrscht sich nur mit Mühe.

„Du kannst gehen", sagt sie zu Mohsen. „Für heute ist Schluss mit der Gartenarbeit."

Grußlos dreht sich Mohsen um und geht davon. Die Mutter streckt den Kopf aus dem Bad.

„Du hast ihn weg geschickt? Bevor er den Schmetterlingsstrauch ..."

„Mama, hör auf mit deinem Schmetterlingsstrauch! Er ist einer unserer Verdächtigen!"

„Der Mohsen doch nicht."

„Wie kommst du überhaupt dazu, ihm bei uns Gartenarbeit anzubieten?"

„Warum nicht? Bist du jetzt etwa ausländerfeindlich geworden? Meine Tochter?"

„Ich mache nur meine Arbeit."

Anni Schenk seufzt. Das hat sie heute schon einmal erklärt.

„Und ich habe mir nur von dem Verein ‚Bei uns seid ihr willkommen', der sich im Ort gegründet hat, einen Gärtner beschaffen lassen. Ist das eine Sünde?"

„Und warum hast du mir das nicht erzählt?"

„Wie soll ich wissen, dass ihr ihn verdächtigt! Wieso eigentlich?"

„Jemand will ihn am Tatort gesehen haben."

„Was?"

„Ich kenn mich nicht aus!", ruft die Großmutter.

„Ach, vergesst es!"

Anni Schenk nimmt einen Schluck Wein aus Großmutters Flasche. Es ist wohl nur unter sportlichen Gesichtspunkten ein guter Tag, die Suche nach dem Täter geht keinen Millimeter voran. Sepp antwortet noch immer nicht, Harald Hofer scheint bei irgendwelchen Polinnen hängen geblieben zu sein, und sie verfolgt eine unsinnige Spur, die sie auch noch als xenophob dastehen lässt. Sie ärgert sich über die Mutter, über Harry, über sich selbst. Mit einem lauten Knall schließt sie ihre Zimmertür und kommt erst hervor, als die Mutter zum Abendessen ruft.

Auf dem Terrassentisch sind Käse, Brot, Essiggurken und magerer Schinken gedeckt. Die Großmutter sitzt mit einer Blümchenbadehaube da, unter der die Farbe in der lauen Sommerluft auf ihr schütteres Haar einwirken und sie verjüngen soll. Ein facettenreiches Abendrot in lila und rosa Farbtönen breitet sich über dem Tal aus.

„Abendrot, Schönwetterbot", sagt die Mutter, damit irgendetwas gesagt ist, während Anni Schenk vor sich hin schweigt.

„Gibt's denn gar nichts Gescheites zum Essen heute? Das magere Zeug, da falle ich euch noch ganz vom Fleisch", zetert die Großmutter, nimmt mit spitzen Fingern ein Blatt fettarmen Kochschinken und steckt es sich demonstrativ leidend in den Mund.

„Und zu trinken bekomme ich auch nichts."

Die Mutter steht auf, geht zum Kühlschrank und kommt mit einem Glas Wein für die Großmutter wieder. Anni Schenk schaut ins Tal hinunter. Es ist die Dämmerzeit, in der man fast zusehen kann, wie es von Minute zu Minute dunkler wird. Wie Zacken treten die dunklen Nadelbäume aus der Landschaft hervor. Das Tal ist eine vom silbernen Fluss geteilte Kulisse. Ein paar Mücken schwirren ums Licht. Im Nachbarhaus geht die Tür auf und das Außenlicht an.

„Schönen Abend, die drei Grazien!", grüßt der Nachbar herüber, und steigt mit einer dicken schwarzen Tasche unter dem Arm in seinen BMW. Immer das neueste Modell. Das Garagentor lässt er offen. Offensichtlich ist er zerstreut und hat vergessen, die Fernbedienung zu betätigen. Das ist äußerst ungewöhnlich. Als Sicherheitsfanatiker passiert ihm das praktisch nie. Anni Schenk sieht ihm misstrauisch nach.

Ob er wieder in die Felder fährt und in der dicken Tasche sein am Himmel fliegendes Spielzeug mit sich trägt?

„Der Hallodri!", sagt die Großmutter. „Geht am Abend aus und lässt die Frau allein zu Haus."

Die Mutter und die Großmutter setzen sich vor den Fernseher und Anni Schenk nimmt noch zwei, drei Schlucke aus der Weinflasche, während sie darauf wartet, dass es richtig dunkel wird. Sie beschließt, zu Fuß zum Speicherteich hinauf zu gehen, obwohl es ein ziemliches Stück Weg ist. Die Begegnung mit Mohsen Nazimi am Nachmittag hat sie unruhig gemacht. Das Gehen wird ihr gut tun. In ihren Rucksack hat sie ein Handtuch und eine Wasserflasche gepackt. Den Bikini lässt sie zuhause. Ihre Stirnlampe beleuchtet den Weg spärlich, aber ausreichend. Die gleichmäßigen Schritte, der dunkle Wald. Tatsächlich spürt sie nach zehn Minuten schon, wie sie ruhiger wird. Angst hat sie keine. Als Kinder haben sich ihre Freundinnen und sie nachts aus dem Bett davon gestohlen, um im Wald eine Mutprobe zu bestehen: Wer kommt am weitesten im dunklen Wald, ohne sich umzudrehen und ohne zu laufen zu beginnen. Sie hat immer gewonnen und wurde als die furchtlose Anni gefeiert. Franziska war bei diesen nächtlichen Touren nie dabei. Sie war ein sehr behütetes Kind und hatte Angst, von ihren Eltern entdeckt zu werden. So frech und schlagfertig sie sein konnte, so folgsam war sie andererseits auch. Umso schöner, mit ihr heute den verbotenen Speicherteich zu erkunden.

Franziska wartet an der Weggabelung zum Almboden, in der Einbuchtung, wo man parken kann. Sie ist mit dem Auto gekommen und lässt es hier stehen. Die beiden Schulfreundinnen begrüßen sich mit Handzeichen, wie zwei Kriegerinnen.

Die letzten paar Meter des Weges führen von der Straße weg, sie gehen auf einem schmalen Pfad, Anni Schenk mit der Stirnlampe voraus. Ein Käuzchen ruft, sonst ist nichts zu hören.

„Sind wir hier richtig?"

„Ja, Anni, wir sind gleich da."

Spiegelglatt und tiefschwarz liegt der Speicherteich vor ihnen. Kein Mensch ist zu sehen. Obwohl es eine laue Sommernacht ist, sind weder Geflüchtete noch Dorf-Jugendliche beim Baden zu sehen. Es herrscht Totenstille. Das hatte sich Anni Schenk anders vorgestellt.

„Hier ist ja gar nichts los!"

„Die Jugendlichen gehen immer erst später her, um Mitternacht herum."

„Aha. Na vielleicht treffen wir sie noch."

Nachdem Anni Schenk ihre Stirnlampe abgenommen hat, tasten sie sich im Finsteren voran. Ihre Rucksäcke und ihre Klamotten haben sie direkt neben dem Baden-verboten-Schild abgelegt. Leise kichernd nehmen sie sich an der Hand und springen in das schwarze Loch. Sie sind wieder zwei junge Mädchen auf Abenteuer.

Das Wasser ist viel kälter als erwartet, es verschlägt ihnen für einen Moment den Atem. Um sie herum ist es stockfinster. Neumond, man erkennt die Hand vor den Augen nicht. Ihre Haare sind schon nass, aber sie vermeiden es, mit dem Kopf unterzutauchen. Der Kälteschock tut seine Wirkung. Der Teich wirkt auf Anni Schenk plötzlich wie ein gefährlicher Trichter. Bei jedem Schwimmstoß hat sie das Gefühl, hinunter gezogen zu werden. Sie bleibt dicht an Franziska dran.

„Arschdunkel", flüstert sie.

„Gruselig, oder?", sagt Franziska.

Auch sie ist bemüht, in der Nähe ihrer Freundin zu bleiben. Sie schwimmen im Kreis und strampeln mit den Beinen, um gegen die Kälte anzuarbeiten. Anni Schenk dreht sich auf den Rücken und schaut auf den Wald.

Ihre Augen haben sich an die Dunkelheit gewöhnt. Sie macht das Schild aus, wo ihre Sachen liegen. Eine unheimliche Grabesstille umgibt sie. Doch irgend etwas erregt ihre Aufmerksamkeit. Sie kann es nicht benennen. Auf dem Pfad, auf dem sie gekommen sind, scheint sich ein dunkler Fleck zu bewegen. Anni Schenk deutet Franziska, stillzuhalten. Es raschelt im Unterholz. Was ist das für ein Geräusch? Ein Tier? Oder sind es Schritte auf dem Waldboden? Sie glaubt, eine Gestalt zu erkennen.

„Franziska", flüstert sie, „da ist jemand."

„Wo?"

„Dort irgendwo. Ich weiß nicht genau."

„Mir ist kalt."

Äste bewegen sich. Kommen doch noch Jugendliche zum Baden zum Speicherteich? Sie lauschen. Es sind Schritte zu hören, aber keine Stimmen. Da schleicht jemand um den Speicherteich herum.

„Ich will raus hier", flüstert Franziska.

Anni Schenk legt den Zeigefinger an ihre Lippen. Mit wenigen Bewegungen schwimmen sie, so lautlos wie möglich, an den Rand. Das Wasser macht Kreise. Wenn jemand hier ist, ist es unmöglich, dass er sie nicht sieht. Gleichzeitig stützen sie sich an dem Betonrand ab und wuchten sich hoch. Beide haben trainierte Körper und schaffen es mühelos, aus dem Wasser zu kommen. Anni Schenk bleibt dicht an Franziskas Seite. Wenn sie jemand zurückstoßen wollte, hätte er es auf diese Weise schwerer. Zu zweit hätten sie vielleicht eine Chance gegen einen Angreifer.

„Komm", flüstert Anni Schenk in Franziskas Ohr und zieht sie ein paar Schritte weg vom Wasserrand. Sie kauern sich zwischen den Bäumen hin und lauschen. Nichts ist zu hören. Der Typ, der hier herum schleicht, steht jetzt auch irgendwo und lauert. Nur wissen sie nicht, wo, während der Mann sie mit großer Wahrscheinlichkeit entdeckt hat und genau orten kann. Ist es überhaupt ein Mann? Oder ist es eine Frau?

Gebückt und darauf bedacht, möglichst wenige Geräusche zu machen, schleichen sie zu ihren Rucksäcken. Ihre Sachen sind alle noch da, unberührt. Ohne sich abzutrocknen, ziehen sie sich eilig an. Franziska nimmt die Hand ihrer Freundin. Sie stehen reglos da. Es ist mucksmäuschenstill. Sie hören nur ihre Herzen klopfen. Wo versteckt sich die Person, die sie beobachtet? Ist sie ganz nah? Hinter ihnen? Was will sie? Wer ist es?

„Wir gehen langsam los, Richtung Auto", befiehlt Anni Schenk so leise wie möglich.

Die Stirnlampe bleibt ausgeschaltet, damit würden sie sich sofort zur Zielscheibe machen. Sie tasten sich im Dunkeln den Pfad entlang. Anni Schenk bedauert es, ihre Glock nicht dabei zu haben. In den Baumwipfeln flattert ein Vogel auf. Dann ist es wieder still. Nach ein paar Schritten drehen sie sich um und lauschen wieder. Hinter ihnen knacken Äste.

„Komm."

Anni Schenk zieht Franziska an der Hand. Sie gehen nun schneller. Das Knacken der Äste hinter ihnen wird lauter. Sie beginnen zu laufen. Schritte kommen näher. Man hört nun deutlich, dass sie jemand verfolgt.

„Schneller", ruft Anni Schenk Franziska zu.

In der stockfinsteren Nacht sieht man nicht, wohin man seinen Fuß setzt.

„Können wir nicht die Stirnlampe anmachen?", bittet Franziska.

„Nein, auf keinen Fall."

Anni Schenk bewegt sich wendig auf dem unebenen Boden. Aber Franziska ist mit Waldwegen im Dunkeln nicht vertraut. Kurz bevor sie die Straße erreicht haben, stolpert sie über einen Ast und fällt ins Gebüsch. Anni Schenk dreht sich blitzschnell um und stellt sich mit den Händen an die Hüften gestemmt vor ihre Freundin.

„Stehenbleiben! Polizei!", ruft sie in den dunklen Wald, in die Richtung, in der sie die Person vermutet, die sie verfolgt. Stille. Nichts ist zu hören. Sie macht ein paar Schritte in die Dunkelheit hinein. Es ist nichts zu erkennen. Franziska rappelt sich aus dem Gebüsch hoch.

„Lauf zum Auto", flüstert ihr Anni Schenk zu.

Die Straßenbiegung, an der ihr Auto parkt, ist nur mehr wenige Meter entfernt.

„Warte im Auto auf mich", sagt Anni Schenk nun laut zu Franziska.

Franziska läuft los, nach ein paar Metern drückt sie auf den Funkschlüssel in ihrer Hosentasche, die Zentralverriegelung macht Klack, die Scheinwerfer gehen an. Nun ist der Weg besser erkennbar, das letzte Stück bis zum Auto sprintet Franziska regelrecht. Sie reißt die Tür auf, wirft sich auf den Fahrersitz, startet mit zitternden Händen den Wagen und öffnet die Beifahrertür.

„Ist da jemand? Polizei!", ruft Anni Schenk noch einmal in den dunklen Wald hinein .

Nichts rührt sich. Kein Ast knackt, kein Lufthauch ist zu spüren. Eine bedrohliche Stille herrscht. Da irgendwo ganz in ihrer Nähe steht jemand und hat sie fest im Visier. Anni Schenk macht rückwärts gewandt ein paar kleine Schritte. Dann bleibt sie wieder stehen. Immer noch verhält sich ihr Verfolger still. Da dreht sie sich um, läuft zum Wagen, erreicht die offene Tür, hält sich an ihr fest, springt auf den Nebensitz und schließt die Tür mit einem lauten Knall. Franziska fährt los. An den Straßenseiten liegt still und verschwiegen der Wald. Franziska schneidet die Kurven. Sie will so schnell wie möglich weg hier. Ihre Hände zittern.

„Kannst du fahren oder sollen wir tauschen ...?"

„Geht schon. Ich will auf keinen Fall stehenbleiben."

Anni Schenk hat im Rückspiegel die Straße fest im Blick. Sie liegt verlassen da. Kein Auto verfolgt sie.

„Es ist okay. Niemand verfolgt uns."

Sie will beruhigend klingen, aber ihre Stimme ist hoch, wie immer, wenn sie aufgeregt ist.

„Wer war das?", fragt Franziska.

„Ich weiß es nicht."

„Hab ich einen Schreck bekommen!"

„Fällt dir jemand ein, der dich verfolgen könnte?"

„Nein! Spinnst du?", schreit sie Franziska an.

„War nur eine Routinefrage", sagt Anni Schenk beschwichtigend. Das aufbrausende Wesen ihrer Freundin ist das letzte, was sie jetzt gebrauchen kann.

„Verfolgt uns sicher niemand?"

„Sicher."

Franziska nimmt die Kurven nun etwas langsamer.

„Tut mir leid, dass ich hingefallen bin."

„Das kann jedem passieren."

„Danke, dass du dich vor mich gestellt hast."

„Keine Ursache. Muss ja auch für etwas gut sein, dass ich bei der Polizei gelandet bin."

„Coole Reaktion, wie du dich unserem Verfolger als Polizistin zu erkennen gegeben hast."

„Das war in dem Moment das Beste."

„Ganz schön frech, du hattest doch gar keine Waffe dabei. Oder?"

„Und auch keinen Dienstausweis ... Aber das konnte unser Verfolger oder unsere Verfolgerin nicht wissen."

„Naja ..."

„Wir müssen manchmal schnelle Entscheidungen treffen, das habe ich bei der Polizei gelernt. Ob sie richtig oder falsch waren, weißt du erst danach."

„Da bin ich aber froh um meinen gemütlichen Lehrerjob."

„Hast du dir nicht etwas anderes erträumt, nach der Promotion?"

„Passt schon. Ich wollte hier im Ort bleiben."

Franziska schüttelt ihre nassen schwarzen Locken. Anni Schenk lehnt sich zurück.

Vor ihrem Haus verabschieden sie sich mit Wangenkuss. Franziska hat sich beruhigt.

„War ja ein richtiges Abenteuer mit dir, Anni! Und gib mir Bescheid, wenn du etwas über unseren Verfolger herausfindest."

„Mach ich, ist aber unwahrscheinlich. Sag du deinem Sohn, er soll aufpassen, wenn er sich da oben herumtreibt."

„Den lass ich da nicht mehr hinauf, da kannst du sicher sein!"

Anni Schenk sieht dem Auto ihrer Freundin nach, bis es um die Kurve verschwunden ist. Das Garagentor des Nachbarn steht offen. Die Garage ist leer. Er ist noch nicht zurück. Im Haus ist es still, die Mutter und die Großmutter schlafen schon tief und fest. Anni Schenk holt ihre dicke Wolljacke aus dem Schrank, aber es fröstelt sie trotzdem. Das war ja ein Ausflug! Sie nimmt sich vor, bei Tageslicht nochmals zum Speicherteich zu gehen. Vielleicht findet sie eine Spur, irgendeinen Hinweis auf die Identität des nächtlichen Verfolgers. Anni

Schenk macht sich einen Tee mit viel Rum und setzt sich damit auf die Terrasse. Bob, ihr schwarzer Kater, steht mit einem Katzenbuckel von seiner Decke auf und streicht ihr um die Beine. Mit einer Hand hebt sie ihn hoch auf ihren Schoß.

„Wärme mich, das brauche ich jetzt", flüstert sie dem Kater ins Ohr und krault ihn am Hals, bis er sich gemütlich auf ihren Beinen zusammen rollt.

Am Nachthimmel glitzern die Sterne. Der große Wagen ist klar zu erkennen. Anni Schenk lehnt sich zurück, schließt die Augen und lässt den Tag, der so gut begonnen hatte, Revue passieren. Ihr Kopf sinkt auf ihre Brust, sie nickt im Gartensessel ein, mit ihrem Kater Bob auf den Knien. Der Klingelton ihres Handys weckt sie. Es ist Harald Hofer. Eben ging ein Notruf ein. Eine zweite Bombe ist explodiert. Am Speicherteich.

9

In der Morgendämmerung kommt Anni Schenk am Almboden an. Sie parkt ihren blauen Golf am Wegrand, hinter den Wagen der Rettung und Feuerwehr. Drei Kollegen sind dabei, den oberen Teil des Geländes zu sichern. Der untere Bereich ist eine unpassierbare Schlammbrühe, durch die austretenden Wassermassen ist der Hang abgerutscht, Beton- und Steinbrocken liegen um den Krater herum, den die Bombe direkt neben dem Speicherteich ins Erdreich gerissen hat. Der Sprengstoff muss ungefähr dort detoniert sein, wo sie ihre Rucksäcke abgelegt hatten. Ein Schauer durchfährt Anni Schenk.

„Verletzte?", fragt sie leise.

„Bislang nicht."

„Soweit alles im Griff?"

„Soweit."

„Was ist mit den Stromleitungen?"

„Wissen wir noch nicht. Den Strom haben wir auf jeden Fall sofort abschalten lassen."

Der Kollege deutet mit dem Kopf auf die kleine Hütte etwas oberhalb des Speicherteichs, in der sich die Elektrizitätsanlage befindet. Feuerwehrmänner gehen ein und aus. Direkt neben der Hütte verläuft die Wasserleitung.

„Gibt es eine Möglichkeit, das Wasser abzusperren?", fragt Anni Schenk einen der Männer und erntet einen missbilligenden Blick.

Verstohlen beißt sie sich auf die Unterlippe. Sie ist verwirrt und muss aufpassen, was sie sagt.

Die Feuerwehrmänner sind darauf konzentriert, Leitern auszulegen, um den unteren Teil des Geländes sichern zu können. Anni Schenk sieht ihnen beim Montieren der Stangen zu. Sie arbeiten schweigend, mit Blickkontakt, wie in Trance, sie kennen jeden Handgriff in- und auswendig. Ein perfekt eingespieltes, für Krisenlagen trainiertes Team. Mit großen Scheinwerfern wird das Gelände ausgeleuchtet. Auch die Hütte ist in helles Licht getaucht, instinktiv folgt Anni Schenk mit den Augen dem Scheinwerferstrahl. Da sieht sie es. Ihr Atem stockt. An der talseitigen Hüttenwand steht wieder ein schwarz gesprayter Satz:

„Nicht um jeden Preis."

Die nächste Botschaft des Sprayers. Anni Schenk wählt die Nummer von Sepp und tippt dabei so wütend auf ihr Display, als wäre es die Schuld ihres Handys, dass sich ihr Jugendfreund nicht meldet. Fassungslos starrt sie auf den schwarzen Krater. Vor wenigen Stunden noch ist sie hier mit Franziska geschwommen. Ein Schüttelfrost überkommt sie. Sie wankt ein paar Schritte, lässt sich in der Nähe der Hütte auf den Waldboden gleiten und umschlingt ihre Knie.

Harald Hofer schnauft das letzte Stück des Weges hoch. Er muss wirklich mit dem Rauchen aufhören, seine Kurzatmigkeit nimmt drastisch zu. Außerdem hat er schlecht geschlafen, von Polinnen mit prallen Brüsten geträumt, die seine Mutter an sich drückten und ihn nicht zu ihr lassen wollten. Schweißgebadet war er aufgewacht und konnte nicht mehr einschlafen.

Sein Blick fällt auf Anni Schenks Golf. Und warum hat ihm keiner gesagt, dass man bis hier oben mit dem Auto fahren kann? Er hat seinen Citroen viel zu weit unten geparkt. Und er könnte einen Kaffee gebrauchen.

Seine schlechte Laune ist ihm ins Gesicht geschrieben, als er auf Anni Schenk zugeht.

„Was sitzt du hier herum wie ein Häuflein Elend?"

Das Zittern hat nachgelassen. Sie steht auf. streckt ihre Beine durch und fährt mit den Handflächen zum Boden. Das hilft immer.

„Und überhaupt, Guten Morgen", sagt sie und deutet auf den Schriftzug.

„Hm. Nicht um jeden Preis. Kein schlechtes Lebensmotto", knurrt Harald Hofer.

Er starrt auf die Schrift.

„Was ist gemeint? Was nicht um jeden Preis?", fragt er Anni Schenk.

„Die Touristen beglücken? Spaß haben? Seiner Arbeit nachgehen? Seinen Gedanken frönen? Ein redliches Leben führen?", versucht sie zu raten.

Harald Hofer macht ein Schnalzgeräusch. Zum Teufel mit diesen Spekulationen! Er muss sich an die Fakten halten.

„Was ist mit diesem Schmörgler Sprayer?"

„Ich habe ihn noch nicht aufgetrieben."

„Anni, verdammt!"

Sie zuckt zusammen.

„Wo ist die Bombe detoniert?"

„Da drüben", sagt sie und streckt den Zeigefinger aus. „Direkt neben der Stelle, wo man in den Teich einsteigen kann, zum Baden."

„Zum Baden?"

„Harry, ich muss ..."

„Baden. Quatsch!"

„Harry, ich muss dir ..."

Aber Harald Hofer ist schon außer Hörweite. Er beugt sich über das Absperrband. Im Dämmerlicht kann man die Steinbrocken auf dem abgerutschten Hang erkennen. Weiter unten die Schlammmassen, in denen die Feuerwehrleute die Leitern auslegen. Ein Kollege versucht, ihn etwas vom Absperrband zurückzudrängen.

„Gib Obacht, dass du nicht in dem Loch da unten landest."

„Hm", knurrt Harald Hofer.

Er holt sein Kim-Jong-Un-Notizbuch aus der Hosentasche und öffnet es im Scheinwerferlicht.

„Was wissen wir?"

„Die Bombe war größer als die im Hotel Alpenrose. Der Täter wusste wieder genau über die Reichweite Bescheid. Der gesprayte Spruch steht auch diesmal auf einer intakt gebliebenen Wand. Mehr kann man noch nicht sagen."

„Nur Sachschaden?"

„Schaut bis jetzt so aus."

„Hoffen wir, dass es dabei bleibt."

Der Kollege tritt zurück und Anni Schenk stellt sich neben Harald Hofer. Auch sie blickt in den Krater hinab.

„Wahnsinn ..."

Ihre Stimme zittert, sie steht mit hängenden Schultern und gesenktem Kopf vor ihm. So kennt er sie gar nicht.

„Was ist los mit dir?"

Sie fährt sich mit der Hand über die Stirn.

„Nichts ..."

Sie schluckt.

„Bist du sicher, dass du okay bist?"

Anni Schenk nickt. Harald Hofer sieht sie durchdringend an. Sie hält dem Blick schweigend stand. Nun gut, wenn sie nicht sprechen will, dann eben weiter im Faktencheck. Der liegt ihm sowieso mehr als unpässliche Frauen. Er winkt einen Kollegen zu sich:

„Ruf bitte im Asylantenheim an. Wir kommen gleich vorbei und wollen mit Mohsen Nazimi sprechen. Der Termin für die Gegenüberstellung heute mittags steht, wir nehmen ihn dann gleich mit. Mal schauen, ob wir danach beim launigen Herrn Staatsanwalt einen Haftbefehl für ihn erwirken."

Der Kollege geht in der Morgendämmerung davon, während er sein Telefon aus der Tasche nestelt.

„Harry?"

Anni Schenk rückt näher an ihn heran.

„Was ist?"

„Nichts ..."

Harald Hofer weist zwei weitere Kollegen an, sofort zum Moser-Bauern zu fahren und ihn zu befragen. Dann wendet er sich wieder Anni Schenk zu.

„Und was ist mit diesem Danner, deinem Künstlerfreund? Ist er immer noch nicht aufgetaucht?"

„Nein."

„Verdammt! Wir müssen ..."

„Harry, ich ..."

Sie werden unterbrochen, denn weiter unten am Hang, am Ende der ausgelegten Feuerwehrleitern, breitet sich plötzlich Hektik aus.

„Chefinspektor Hofer! Chefinspektor Hofer! Frau Abteilungsinspektor!"

Die zwei Feuerwehrmänner, die ganz unten stehen, winken mit gestreckten Armen.

„Wir haben einen Toten."

Harald Hofer und Anni Schenk sehen sich an. Keiner sagt etwas, beide wissen, dass der Fall nun eine neue Dimension erreicht hat. Schweigend sehen sie den Feuerwehrleuten zu, die Mühe haben, die Leiche im Schlamm zu bergen. Die Polizisten können ihnen nur von oben zusehen. Es wäre zu gefährlich, sich ungesichert in den durch die Explosion und die Wassermassen abgerutschten Teil des Hangs zu begeben.

Harald Hofer hebt den Kopf und blickt in die Ferne. Hinter den Berggipfeln zeichnet sich das Morgenrot ab. Es könnte alles so schön sein. Aber nichts ist schön. Es ist schrecklich. Die Bombenattentate sind zu einer Bedrohung für die Bewohner von Schmörgl geworden. Ein Mensch ist ums Leben gekommen. Das erste Todesopfer. Oder ist es der Täter selbst?

Anni Schenk starrt auf die bedrohlichen dunklen Erdbrocken. Hier ist sie vor wenigen Stunden noch geschwommen. Und jetzt ist ein Mensch tot. Wenig fehlte, und es hätte sie und Franziska getroffen. Sie könnte jetzt tot sein.

Die Erdbrocken beginnen, sich vor ihren Augen auf und ab zu bewegen, immer schneller. Anni Schenk schwankt und hält sich an Harald Hofer fest. Ihr wird schwindlig.

„Anni, was ist?"

Harald Hofer drückt sie mit sicherem, aber behutsamen Griff auf den Waldboden, setzt sich neben sie, legt seine Hand auf ihre Stirn und lehnt ihren Kopf an seine Schulter.

„Mach die Augen zu. Ganz ruhig. Ich bin bei dir", sagt er, während er ihren Puls fühlt.

Sie atmet flach und zittert. Er umfasst sie mit dem Arm und zieht sie näher an sich. So sitzen sie lange da, stumm, bewegungslos. Leichte Nebelschwaden senken sich auf sie herab, eine seltsame Ruhe liegt über der Unglücksstelle.

Die Feuerwehrmänner bergen den Toten. Sie haben ihn in eine Plane gewickelt und ziehen ihn Stufe für Stufe an den ausgelegten Leitern hoch. Harald Hofer spürt, wie sich Anni Schenk langsam beruhigt. Das Zittern lässt nach, ihre Atmung normalisiert sich. Er schließt die Augen.

„Herr Chefinspektor!"

Die Männer von der Feuerwehr winken ihn zu sich.

„Du bleibst sitzen", befiehlt er Anni Schenk und steht auf.

Die Leiche liegt nun neben dem Feuerwehrauto. Harald Hofer hebt die Plane hoch. Der Tote hat eine schwere Kopfverletzung, er muss von den Wassermassen gegen einen Stein geschleudert worden sein.

„Wir kennen den Toten", sagt einer der Feuerwehrmänner.

„Wer ist es?", fragt Harald Hofer.

„Der Angerer Matthias."

Hofer sieht ihn fragend an.

„Der Bademeister im Schwimmbad und Wart des Speicherteichs."

„Wir kennen ihn alle. Kannten ihn alle."

Sie senken die Köpfe. Nach einer Schweigeminute fahren sie mit ihrer Arbeit fort, jeder in seine Gedanken versunken.

Harald Hofer setzt sich wieder neben Anni Schenk. Ihr Schwindelanfall ist vorüber. Sie blickt Harald Hofer mit ihren großen blauen Augen fragend an.

„Sie haben den Toten identifiziert. Matthias Angerer, Bademeister."

„Der Matthias ..."

„Du kanntest ihn auch?"

„Ja ..."

Anni Schenk stützt die Hände auf, richtet ihren Rücken gerade und atmet tief durch. Sie muss es Harald Hofer sagen. Jetzt. Auf der Stelle.

„Harry," flüstert sie und blickt ihm fest in die Augen, „ich muss dir was sagen."

„Ich höre."

„Ich war heute Nacht hier."

Harald Hofer braucht einen Moment lang, um diese neue Faktenlage zu begreifen.

„Was? Was erzählst du mir da gerade? Kannst du das wiederholen, bitte?"

„Ich war heute Nacht mit Franziska, der Deutschlehrerin von Mohsen Nazimi, einer früheren Mitschülerin von mir, zum Baden hier."

„Zum Baden im Speicherteich? Du?"

„Ja. Franziska erzählte, dass das im Moment ganz angesagt ist. Ihr Sohn und seine Freunde machen das."

„Und ihr auch! Ich fasse es nicht."

„Es ist verboten, ich weiß, aber ich wollte es ausprobieren."

„Anni."

Mehr bringt Harald Hofer im Moment nicht hervor. Er muss sich sammeln. Er fährt sich mit dem Mittelfinger über seinen Scheitel. Es nützt nichts. Seine Gedanken schwirren unkonzentriert in alle Richtungen. Da hilft erst mal nur eine Zigarette. Er zündet sich eine an. Mit einem Stoßseufzer bläst er den Rauch aus.

„Anni", wiederholt er schließlich. „Weißt du, was das heißt?"

Sie nickt zögernd, ihre Augen flackern.

„Es könnte ein Mordanschlag auf dich gewesen sein."

„O Gott, es sollte nur ein kleines Abenteuer sein."

„Aber du bist nicht mehr siebzehn. Und du bist Polizistin. Ich verstehe dich nicht, Anni. Wir haben eine neue Gefährdungsstufe erreicht und müssen mit allem rechnen."

Harald Hofer hält sich an seiner Zigarette fest. Nikotin ist ein stabiler Faktor in seinem Leben. Deshalb ist es ihm trotz aller möglichen Versuche – vom kollektiven deutschen Hypnose-Erlebnis auf dem Fußboden einer Hamburger Turnhalle mit fünfzig anderen zum Aufhören Entschlossenen bis zum individuellen mystischen Stein-in-der-Hand-halten mit hebräischer Beschwörungsformel in Tel Aviv - unmöglich, mit dem Rauchen aufzuhören. Seltsam, immer in den unpassendsten Momenten erinnert er sich an diese peinlichen Versuche. Mit einer Handbewegung über die Augen verscheucht er den Gedanken.

„Hast du jemanden gesehen?", fragt er Anni Schenk.

„Ein Typ hat uns beobachtet. Ich glaube, es war ein Mann. Es könnte aber auch eine Frau gewesen sein. Ich habe nichts erkannt. Wir sind davon gelaufen."

„Davon gelaufen?"

Anni Schenk beginnt wieder zu zittern. Harald Hofer drückt sie fest an sich. Wieder sitzen sie eine Weile da, ohne zu sprechen. Hinter ihnen sind die Aufräum- und Bergungsarbeiten der Feuerwehr fast zu Ende. Die Feuerwehrmänner machen einen rücksichtsvollen Bogen um sie. Fast könnte man meinen, es sei ein idyllischer Moment zwischen den beiden. Da ertönt das Entengequake aus Harald Hofers Tasche. Mit seiner freien Hand fummelt er das Gerät hervor und hält es sich ans linke Ohr.

„Hm. Hm. Wir sind gleich da."

„Was ist?", fragt Anni Schenk.

„Das Asylantenheim hat sich zurück gemeldet. Mohsen Nazimi ist seit gestern Nachmittag dort nicht mehr aufgetaucht."

„Mohsen ist weg?", haucht Anni Schenk und wirkt dabei, als würde sie aus einer tagelangen Trance erwachen.

„Ja. Ich fahre sofort hin und nehme einen anderen Kollegen mit. Ruhe du dich aus. Das hast du nötig."

„Nein. Mir geht's wieder gut. Ich will mitkommen."

„Bist du sicher?"

„Ganz sicher. Wir nehmen meinen Wagen. Der steht gleich hier."

„Wirklich sicher?"

„Ja, verdammt! Ich komme mit. Ich muss dir nämlich noch was sagen."

„Ich weiß nicht, ob ich noch was hören will."

Sie gehen nebeneinander im Gleichschritt bis zu Anni Schenks Golf. Harald Hofer setzt sich hinters Steuer und fährt den Golf den Weg hinunter, bis zu der Stelle, wo er geparkt hat. Sie steigen in seinen Citroen um. Anni Schenk soll in dem Zustand, in dem sie ist, nicht fahren. Sie werden ihren Wagen später holen. Inzwischen ist es schon richtig hell, obwohl die Sonne noch hinter dem Berg verborgen ist.

Anni Schenk schweigt. Erst nachdem Harald Hofer höchst umsichtig mehrere Kurven der Bergstraße genommen hat, beginnt sie ihre zweite Beichte. In knappen Worten schildert sie ihre Begegnung mit Mohsen Nazimi in ihrem Garten.

„Und das sagst du mir erst jetzt?"

„Tut mir leid."

„Mir auch."

„Ich wusste nicht, was ich von der ganzen Sache halten sollte."

„Das weiß ich auch nicht. In der Tat", knurrt Harald Hofer und setzt ein Schnalzgeräusch nach.

„Bist du mir jetzt böse?"

„Darum geht es nicht. Das hättest du sofort melden müssen."

„Ich weiß", sagt Anni Schenk zerknirscht.

„Wohin ist er gelaufen?"

„Richtung Wald."

„Richtung Wald. Geht's auch genauer?"

„Nein... In den Wald halt." Anni Schenk lächelt gequält mit schiefem Mund. „Es tut mir wirklich leid," murmelt sie nochmals.

„Kannst du seine Kleidung beschreiben?"

„Schwarzes T-Shirt, dunkelblaue Jeans, helle Turnschuhe."

„Ich werde den Staatsanwalt informieren. Wir sollten ihn sofort zur Fahndung ausschreiben."

Sie sehen sich an. Beide denken das Gleiche. Sie tun, was getan werden muss, auch wenn keiner von ihnen glaubt, dass sie damit dem Täter auf der Spur sind. Der Täter befindet sich ganz in ihrer Nähe und bedroht Anni Schenk. Sie müssen schnell handeln. Was ist es, was sie nicht sehen?

10

„Helle Turnschuhe. Schwarze Haare, dunkle Augen, Körpergröße circa eins sechzig", diktiert Harald Hofer dem Kollegen, der die Daten für die Fahndungsausschreibung aufnimmt. „Gesucht: ein kleiner Afghane", fügt er hinzu und grinst den Beamten vieldeutig an.

„Soll ich das auch unter ‚Merkmale' aufführen?", fragt der Beamte pflichtbewusst.

„Mm", knurrt Harald Hofer.

„Lass gut sein", sagt Anni Schenk, „der Harry hat nur einen Witz gemacht."

Sie weiß, wovon die Rede ist. Früher hatte sie mit ihren Freunden die kleinen Afghanen im Wäldchen hinter dem Jugendzentrum geraucht. Der Kollege schüttelt missmutig den Kopf. Für Witze hat er wirklich keine Zeit. Schon gar nicht für solche, die er nicht versteht. Eilig geht er mit seinen Aufzeichnungen davon. Anni Schenk sieht Harald Hofer an und lacht laut auf. Sie hat sich wieder gefangen. Und Harald Hofer hat einen wesentlichen Anteil daran.

Harald Hofer trommelt mit den Fingern auf den Büroklammerspender. Ihm ist gar nicht zum Lachen zumute. Die Durchsuchung des Zimmers des flüchtigen Flüchtlings hat nichts Besonderes ergeben. Mehrere leere Deo-Spraydosen, Handwaschmittel in der Tube, Bohnen in der Dose, Cola-Flaschen unter dem Bett, ein riesiges Foto von einem Hund an der Wand. So sieht kein Zimmer eines Attentäters aus. Nicht der winzigste Hinweis darauf, dass dort an einer Bombe gebastelt worden wäre. Keine Spuren, die auf eine Radikalisierung hinweisen könnten.

Er muss das zweite Bombenattentat mit dem Toten dem Verfassungsschutz melden und sich durch den verhassten Irrgarten der Formulare quälen. Die Wiener Bürokraten machen einem das Leben schwer, wo immer es geht. Ein islamistischer Hintergrund ist zwar Hofers Einschätzung nach unwahrscheinlich, aber nicht hundertprozentig auszuschließen. Ein Toter, ein flüchtiger Flüchtling. Die Lage ist wirklich nicht gut. Alles andere als gut. Sie brauchen hurtig Ergebnisse. Er muss schnell mehr Informationen über den Toten bekommen. Bislang kann man noch nicht ausschließen, dass er der Täter ist. Die Kollegen von der Gerichtsmedizin sollen sich gefälligst sputen, die Innsbrucker Schnarchnasen.

Anni Schenk streift ihren Rock glatt, überschlägt die Beine, umfasst mit den Händen ihr Knie und wippt mit dem Fuß. Die grellrot lackierten Fußnägel hüpfen auf und ab. Warum ist Mohsen abgehauen? Hat er Angst? Ist das ihre Schuld? Sie versucht sich die Szene im Garten und ihm Haus zu vergegenwärtigen. Jetzt bereut sie es, ihrer Mutter nichts von Mohsen Nazimi erzählt zu haben. Aber andererseits hätte die Mutter auch ihr erzählen können, dass sie einen Flüchtling als Gärtner beschäftigt. Anni Schenk fährt sich mit dem Finger über die Oberlippe. Wie auch immer, jetzt ist es zu spät. Mohsen versteckt sich. Und was, wenn er gar nicht abgehauen ist, sondern ihm etwas zugestoßen ist? Oder war er der Mann, der sie am Speicherteich verfolgt hat? Was hat Matthias Angerer in der Nacht am Speicherteich gemacht? Ist das Todesopfer der Täter?

Zu viele Fragen schwirren in ihrem Kopf herum. Sie hätte Lust, eine Runde joggen zu gehen. Das wäre jetzt genau das Richtige. Aber bei Harald Hofer käme es mit Sicherheit nicht gut an, wenn er sie in Sportklamotten davon laufen sähe. Dafür fehlt ihm jeglicher Sinn. Bewegung als Mittel zur Entspannung und Konzentration ist ihm unbekannt. Wie den meisten Männern, die sie kennt. Anni Schenk seufzt und starrt auf ihre Fußnägel. Dann versucht sie zum hundertsten Mal, Sepp anzurufen. Es klingelt, aber keiner geht ran.

Harald Hofer steckt den Kopf durch ihre Bürotür.

„Komm mit, wir fahren zu Frau Angerer", ruft er Anni Schenk zu und lässt ihr kaum die nötige Zeit, um in ihre Schuhe zu schlüpfen.

Anni Schenk öffnet das Autofenster und steckt die Nase hinaus. Aus der Tasche ertönt Entengequake. Hofer greift zu seinem Handy.

„Bruno? Schlechter Moment. Ist es eilig? Kann ich dich zurück rufen?"

„Na na. Kein Stress. Passt schon."

„Der klingt aber entspannt", sagt Anni Schenk.

„Der ist entspannt. Leider zu entspannt", antwortet Harald Hofer. „Mein Sohn hätte sofort gewusst, was ein kleiner Afghane ist. Er ist mit zu vielen von ihnen in Kontakt ..."

„Hast du ihn immer noch nicht mit deiner väterlichen Autorität auf Spur gebracht, Harry?", neckt Anni Schenk ihren Kollegen.

„Mm", knurrt Harald Hofer und lenkt den Wagen mit überhöhter Geschwindigkeit in die Kurve. Er selbst ist alles andere als entspannt. Er ist genervt.

„Jetzt nimm's nicht so tragisch. Hab Vertrauen in die Jugend."

„Du hast leicht reden."

„Er wird schon seinen Weg gehen. Er ist schließlich dein Sohn."

„Ich möchte dich sehen, wenn es dein Sohn wäre."

„Ich habe nur eine Katze. Und Katzen kiffen nicht."

Jetzt ist es Anni Schenk doch noch gelungen, Harald Hofer ein kurzes Lächeln zu entlocken. Die nächste Kurve nimmt er schon langsamer.

11

Die Frau des Bademeisters öffnet erst beim dritten Klingeln. Bleich und mit zerzausten Haaren steht sie in einem geblümten Nachthemd oder Hauskleid, das ist nicht richtig zu unterscheiden, vor ihnen.

„Polizei. Dürfen wir herein kommen?"

Harald Hofer hält ihr seinen Ausweis hin.

„Das ist meine Kollegin Anni Schenk."

Die Frau tritt einen Schritt zurück und lässt sie passieren, ohne ein Wort zu sagen. Ihre Füße stecken in viel zu großen Filzpantoffeln.

„Frau Angerer, ihr Mann ist heute Nacht nicht heim gekommen?"

Die Frau nickt. Sie beginnt zu weinen. Anni Schenk bemerkt, dass ihre Augen ganz geschwollen sind. Diese Frau weint schon länger. Anni Schenk legt ihr die Hand auf die Schulter.

„Frau Angerer, setzen Sie sich bitte. Wir müssen Ihnen eine traurige Mitteilung machen."

Harald Hofer drückt die Frau auf einen Stuhl und setzt sich neben sie.

„Saunutte, die!"

„Bitte?", knurrt Harald Hofer.

„Dabei hat er mir auf die Seele seiner Mutter geschworen, dass es aus ist mit der", bringt Frau Angerer zwischen zwei tiefen Schluchzern hervor.

Harald Hofer und Anni Schenk sehen sich an.

„Sie vermuten, dass ihr Mann bei einer anderen Frau ist?", fragt Harald Hofer.

„Bei Diana, der Saunutte ...", schluchzt Frau Angerer.

„Diana ... die Blumenhändlerin?", fragt Anni Schenk erstaunt.

Frau Angerer nickt. Harald Hofer hebt den Kopf und richtet seine rehbraunen Augen auf Anni Schenk. Die Frau Kollegin Psychologin kennt wirklich alle hier im Ort. Er knurrt in sich hinein. Jetzt muss er zur Sache kommen. Und das ist keine schöne Aufgabe. Anni Schenk beantwortet fragend seinen Blick. Er nickt und deutet auf sich. Das ist sein Job. Er wird sagen, was zu sagen ist.

„Frau Angerer, heute Nacht gab es eine Explosion am Speicherteich. Ein Mann ist dabei ums Leben gekommen. Und wir haben die Befürchtung, dass es sich um ihren Mann handelt."

Frau Angerer reagiert nicht. Sie blickt an ihm vorbei ins Leere.

„Dann war er also nicht bei ihr?"

Anni Schenk und Harald Hofer schütteln synchron den Kopf.

Aber nein, bei dem Toten kann es sich nicht um ihren Mann handeln. Das ist nicht wahr. Das kann er nicht machen. Er kann sie nicht einfach so alleine lassen. Was täte sie denn ohne ihn?

Harald Hofer blickt sie verständnisvoll an. Die Frau vor ihm will nicht wahrhaben, was passiert ist. Das erlebt er so oft. Es kann nicht sein. Es ist nicht wahr. Aber es ist wahr, und er ist der Überbringer der bitteren Wahrheit. Mit einer leisen und beruhigenden Stimme fordert er Frau Angerer auf, sich anzukleiden und fertig zu machen. Er wird sie später abholen kommen. Er muss sie bitten, zur endgültigen Identifizierung der Leiche mit ihm mit zu kommen. Er hasst seinen Job.

Während der kurzen Autofahrt zum Haus der Blumen-händlerin starrt Anni Schenk geradeaus. Frau Angerer tut ihr leid und sie hat keine Worte gefunden, um sie zu trösten. Sie hat vollkommen versagt.

„Hast du den Matthias Angerer gut gekannt?", fragt Harald Hofer.

„Vom Sehen."

„Und?"

„Nichts und. Ein durchtrainierter Typ. Super Körper."

„Anni, du kanntest ihn also besser."

„Nein, nur vom Sehen, sage ich doch."

Sie reibt sich die Augen und dreht ihren Kopf weg.

„Verheimlichst du mir etwas?"

„Nein."

„War da was zwischen euch?"

„Nein, verdammt noch mal. Glaubst du mir nicht?"

„Hm."

„Was soll das denn jetzt? So ein Schwachsinn!"

Harald Hofer tritt wütend aufs Gas. Mit quietschenden Reifen kommt der Citroen C3 vor dem Haus der Blu-menverkäuferin zum Stehen.

Anni Schenk knallt die Autotür zu und haut mit der Faust auf die Klingel.

„Ja, die Anni!", ruft Diana aus. Sie steht in einem lan-gen wallenden orangefarbenen Kleid und mit ihrem lo-ckigen kastanienbraunen Haar vor ihnen und öffnet ihre Arme. Sie ist barfuß, BH trägt sie keinen.

„Lange nicht gesehen!", flötet sie begeistert.

„Polizei", sagt Harald Hofer und setzt ihrem Enthusi-asmus ein abruptes Ende. Er hält ihr seinen Ausweis hin. Diana weicht erschrocken einen Schritt zurück. Ach so, dann ist auch die Anni beruflich da? Wer hätte das gedacht. Anni Schenk hebt die Schultern. Ja, so ist es. Diana bittet ihre ungebetenen Gäste, in der Küche Platz zu nehmen.

„Kaffee? Sie sehen aus, als könnten Sie einen gebrauchen."

„Mhm", knurrt Harald Hofer.

Anni Schenk bittet um einen Tee, einen grünen, wenn das geht. Ja, natürlich hat die Diana einen grünen Tee. Da trinkt sie selbst doch glatt auch einen mit.

Harald Hofer zieht sein Kim-Jong-Un-Notizbuch aus der Umhängetasche und schlägt es auf.

„Diana Schröck?", sagt er. Den Nachnamen hat er auf dem Klingelschild gelesen.

Die Frau nickt. Ja. Matthias Angerer? Ja, kennt sie, klar. Sie kommt gleich zur Sache. Sie hatten was miteinander, aber das ist vorbei. Es läuft nichts mehr zwischen ihnen. Sie haben Schluss machen müssen, als seine Frau ihnen auf das Gspusi drauf gekommen ist und ein Mordstheater veranstaltet hat. Und jetzt: Just friends, no longer lovers. Schöne Scheiße.

Harald Hofer unterbricht sie.

„Frau Schröck", sagt er, „ich muss Ihnen eine Mitteilung machen. Herr Angerer ist heute Nacht nicht heimgekommen. Er war sicher nicht bei Ihnen?"

„Nein."

„Es gab eine Bombenexplosion am Speicherteich. Ein Mann wurde dabei getötet. Wir gehen mit großer Sicherheit davon aus, dass es ihr Bekannter Matthias Angerer ist."

„Was?"

Diana Schröck schlägt sich die Hände vors Gesicht.

„Die Männer von der Feuerwehr haben ihn erkannt."

„Er ist tot?"

„Ja, Frau Schröck. Es tut uns leid. Er wurde von den austretenden Wassermassen gegen einen Stein geschleudert. Wahrscheinlich Genickbruch."

Harald Hofer räuspert sich und senkt den Kopf.

„O Gott", stammelt Diana mehrere Male hintereinander und nimmt die Hände nicht von ihrem Gesicht.

Anni Schenk legt ihren Arm um sie. Diana spricht in ihre Handflächen hinein.

„Wenn ich gewusst hätte, dass es womöglich das letzte Gespräch ist, was hätte ich ihm nicht noch alles gesagt ... Ich muss ihm noch so viel sagen ..."

Ein Weinkrampf schüttelt Diana Schröck, ihre lockigen Haare fallen wie ein Vorhang über ihre Hände und ihr Gesicht.

Sie hatten sich noch so viel zu sagen. Sie telefonierten noch so oft, fast täglich. Er hatte sein Lieblingsplätzchen auf einem großen Stein unterhalb des Teichs. Den Job als Wart des Speicherteichs hatte er erst vor kurzem übernommen. Da saß er dann und sah in die Sterne und sie saß im Garten und sah auch in die Sterne und so telefonierten sie oft stundenlang, während seine Frau schon schlief. Es kann nicht sein, dass er tot ist. Sie sieht Harald Hofer flehend an.

„Der Tote könnte auch jemand anderer sein, oder? Sagen Sie, dass Sie es nicht genau wissen, ob es wirklich er ist, bitte!"

„Frau Schröck, im Moment müssen wir leider davon ausgehen. Wir warten jedoch die endgültige Identifizierung noch ab. Wir melden uns, sobald wir Gewissheit haben."

Sie erstarrt. Harald Hofer drückt ihr die Hand. Eben noch hatte ihnen ein flatternder Schmetterling die Tür geöffnet und nun steht eine gebrochene Frau vor ihnen.

„Diana", sagt Anni Schenk.

Ihr fehlen die Worte. Sie weiß nicht, was sie sagen soll. Sie ist eine miserable Trösterin. Ein Mann ist tot. Es gibt keinen Trost.

Sie stehen vor dem Citroen. Harald Hofer sieht sie mit seinen rehbraunen Augen an. Er weiß, was in ihr vorgeht. Das Überbringen von traurigen Nachrichten macht einen hilflos. Wie oft hat er das schon an sich selbst erfahren müssen. Nun bereut er, was er ihr vorhin im Auto unterstellt hatte.

„Hm", knurrt er. „Komm her."

Er öffnet die Arme, und Anni Schenk drückt sich an ihn, schließt die Augen und legt ihren Kopf auf seine Schulter.

12

Harald Hofer baut eine Büroklammerschlange, die dia-
gonal über die Tastatur wandert, vom Y bis zum Ü. Er
tauft die Schlange Y, in Memoriam an eine Frau, die er
nach seiner Scheidung kennengelernt und mein Ypsilon
genannt hatte. Er war sehr verliebt gewesen in sie, sie
aber hatte sich für einen anderen entschieden und führt
heute hoffentlich - das wünscht er ihr jedenfalls! - ein
ödes sexloses Leben in einem langweiligen Nest. So
schön war sie und ihm so seelennah, er hätte für diese
Frau alles getan. Mit einem Ruck auf dem Stuhl verscheucht er die Erinnerung an sie und senkt den Kopf,
um sich auf die gefühlten tausend Meldeformulare für
den Verfassungsschutz zu konzentrieren, die vor ihm
liegen. Und er muss sie alle ausfüllen! Die Meldewege
sind wirklich ein Horror. Aber die Ansage ist eindeutig.
Bei jeder Bombenexplosion mit Schaden an Leib und
Leben muss umgehend das Amt für Verfassungsschutz
und Terrorismus verständigt werden. Was die schweig-
samen Herren in Wien dann mit dieser Information anfangen, weiß man nicht. Irgendwann werden schlecht
gekleidete Geheimnistuer ungefragt hier auftauchen,
einen am Arbeiten hindern, alles durcheinander bringen
und wieder verschwunden sein, wenn man sie tatsächlich bräuchte.

Harald Hofer starrt in seine Kaffeetasse und sieht wieder den Toten vor sich. Die Frau hat ihren Ehemann
identifiziert. Sie ist im Leichenschauhaus zusammenge-
brochen, Hofer musste sie stützen und hinausführen.

Und sein Beruhigungsrepertoire einsetzen. Er, der Fels in der Brandung, der stets sachlich und gefasst daneben steht und keine Gefühle zeigen darf. Was ihm nicht schwerfällt, denn Gefühle können ihm seit dem Ypsilon nichts mehr anhaben. Und die jahrelange Arbeit bei der Kripo hat das Ihre dazu beigetragen, einen hartgesottenen Kerl aus ihm zu machen. Und doch mag er seine Arbeit. Nun, nicht immer. Er blickt auf die am Bildschirm geöffneten verhassten Meldeformulare an den Verfassungsschutz. Er wird erst einmal hinausgehen, eine rauchen. Das hat er sich jetzt verdient, bevor er die blöden Formulare ausfüllt. Doch kaum ist er aufgestanden, hüpfen die Giraffenbeine von Anni Schenk in sein Büro.

„Hallo, Harry!"

Harald Hofer setzt sich wieder.

„Hallo, Anni. Was gibt's? Hast du die nächste Beichte für mich vorbereitet? Du hattest doch etwas mit dem Bademeister? Und er hat dich aus Eifersucht verfolgt, was ihn das Leben gekostet hat?"

„Hör auf mit dem Unsinn!"

Anni Schenk verpasst Harald Hofer zum Spaß eine Kopfnuss und wedelt mit einem Blatt Papier vor seiner Nase.

„Hast du deine Mails noch nicht gecheckt?"

Sie versprüht so viel Energie, dass Harald Hofer ganz heiß wird.

„Nein. Im Moment schlage ich mich mit Formularen für den Verfassungsschutz herum."

Er deutet auf den Bildschirm.

„Was gibt es denn so Spannendes?"

„Schau!"

Sie hält ihm das Blatt direkt vor die Nase.

„Und, was steht da?"

„Die Kollegen von der Spurensicherung haben eine Liste mit den Gegenständen geschickt, die sie gefunden haben."

„Und?"

„Und? Rate! Eine Spraydose ist dabei!"

„Hm."

„Wie findest du das?"

„Wie ich das finde? Darum geht es nicht."

„Ich meine, was sagst du dazu?"

„Ich sage, wir lassen die Fingerspuren auswerten und jagen die Daten durch die nationale Datenbank. Vielleicht gibt es ja einen Treffer."

Fakten abwarten, Daten auswerten. Ganz der rationale Analyst.

„Weißt du, was ich denke?", sagt Anni Schenk und hebt demonstrativ eines ihrer Giraffenbeine hoch.

Harald Hofer sieht das Bein näher kommen und sich um seine Hüften schlingen. Es ist mit einem schwarzen Spitzenstrumpf bekleidet, der ihn erregt. Kampf den Bildern!

Er räuspert sich.

„Mm. Wie sollte ich wissen, was du denkst?"

„Schau, was wissen wir von unserem Täter?"

„Nicht viel."

„Genau. Aber ein wenig. Er geht kühl und systematisch vor. Die Platzierung der Bomben, die Uhrzeit, alles ist wohl überlegt. Da ist ein intelligenter, klar handelnder Typ am Werk. Und so ein intelligenter, klar handelnder Typ lässt doch keine Spraydose am Tatort zurück. Da stimmt doch was nicht, Harry! Also, was denkst du?"

Harald Hofer denkt, dass er wirklich gerne rauchen möchte. Alleine, in Ruhe. Ohne seine psychologisierende Kollegin, die ihn zu unpassenden Fantasien reizt.

„Wir warten auf die Analyse der Fingerspuren", sagt er. „Und wir müssen dringend deinen Sprayer-Künstler-Freund auftreiben. Heute noch."

Damit steht er auf. Das Gespräch ist beendet.

Anni Schenk dreht auf ihren Absätzen um, geht in ihr Büro und tippt ohne Hoffnung die nächste Nachricht an Sepp in ihr Handy. Jetzt eilt es wirklich. Sie wird zu seiner Wohnung fahren und einen Zettel an seine Tür kleben, wie zu alten Zeiten. Im Laufschritt begibt sie sich zu ihrem Fahrrad. Und Harald Hofer zündet sich endlich eine Zigarette an.

13

Die Journalisten drängeln sich in der Polizeiinspektion. Schon bereut Harald Hofer seine Idee, sie alle auf einmal zu informieren, um sie dann so schnell wie möglich wieder los zu werden. Er blickt auf die schnatternde Menge. Doch jetzt ist es zu spät. Da muss er jetzt durch. Er stellt sich vorne hin, und nach drei Schnalzgeräuschen zum Auftakt eröffnet er die Pressekonferenz.

„Zwei Sprengstoffanschläge innerhalb einer Woche. Die Brandsätze waren durchaus professionell hergestellt, sodass man von Sprengstoffanschlägen sprechen muss. Die zweite Bombe, am Speicherteich, war deutlich größer als die erste Bombe im Hotel Alpenrose, die die Snow-Bar zerstörte. Die untere Betonwand des Speicherteichs und die Wasserleitung sind betroffen. Es gibt einen Toten, Matthias Angerer, zweiundvierzig Jahre alt, Bademeister und Wart des Speicherteichs. Seine Frau hat die Leiche identifiziert."

Hier hält Harald Hofer kurz inne, er erinnert sich an den Moment in der Gerichtsmedizin, als der Pathologe das Wachstuch zurück zog und die Frau den zerstörten Kopf ihres Mannes sah. Ein scheußlicher Moment. Er verscheucht das Bild und fährt fort.

„Warum sich Herr Angerer, der als Wart des Speicherteichs für die Sicherheit zuständig war, zur Tatzeit, also nachts, auf dem Gelände aufgehalten hat, ist zur Stunde ungeklärt." Dabei verschweigt er die Aussage der sinnlichen Diana, aber man muss schließlich nicht alles erzählen. Und bewiesen ist auch nichts.

„Matthias Angerer wurde von den herabstürzenden Wassermassen mitgerissen und gegen einen Stein geschleudert. Die von der Gerichtsmedizin festgestellte Todesursache: Tod durch Genickbruch. Es wird derzeit überprüft, ob Matthias Angerer von der Explosion überrascht und Opfer des Bombenattentats wurde oder ob er selbst als Täter in Frage kommt."

Empörte Zwischenrufe einer Journalistin des lokalen Radiosenders: „Der Angerer Matthias ein Bomber, das glauben Sie ja wohl selber nicht! So ein Blödsinn!"

Harald Hofer streckt seinen Rücken gerade und fährt unbeirrt fort: „Wir gehen allen Möglichkeiten nach. Wir haben noch keine konkreteren Erkenntnisse."

„Gibt es einen Zusammenhang zur Bombe von Samstag Nacht?", fragt eine junge Journalistin einer überregionalen Zeitung.

„In beiden Fällen hat der Täter eine Botschaft an intakt gebliebenen Wänden hinterlassen: ,No to snow' im Hotel Alpenrose und ,Nicht um jeden Preis' an der Hütte neben dem Speicherteich."

„Könnte der Täter aus dem Naturschützer-Milieu stammen?"

„Die Ermittlungen laufen. Wir können noch nichts sagen."

„Und was ist mit dem Flüchtling aus dem Asylantenheim, der verschwunden ist?", fragt ein smarter Typ vom lokalen Fernsehsender.

Harald Hofer kneift die Augen zusammen und sieht ihn an. Schlaues Bürschchen, hast es also raus gekriegt, sagt sein Blick. Er fährt sich mit der Hand über den Mittelscheitel, immer noch akkurat gekämmt, versichert er sich, bevor er antwortet.

„Aus der Flüchtlingsunterkunft am Schmörgler Weg 30 ist seit gestern nachmittags, circa fünfzehn Uhr, der afghanische Bewohner Mohsen Nazimi, zwanzig Jahre alt, abgängig. Ob sein Verschwinden mit der Tat oder den Taten in Zusammenhang steht, wissen wir zur Zeit noch nicht. Er ist zur Fahndung ausgeschrieben. Bitte unterstützen Sie uns, indem Sie sein Foto veröffentlichen."

Murren im Raum. Das ist ja eine ganz neue Entwicklung. Und davon erfahren sie so nebenbei?

„Unerhört! Der Bomber rennt frei rum!", ruft ein langer Kerl von einem privaten Unterhaltungssender.

Harald Hofer knurrt in sich hinein. Er will nur eins, sie alle so schnell wie möglich wieder los werden. Man muss bei den Fakten bleiben. Aber davon haben diese Schreiberlinge ja keine Ahnung. Sie leben davon, das Leben bunter zu gestalten als es ist und nichts als Spekulationen zu verkaufen. Spekulanten!

„Bleiben wir bei den Fakten!", ruft er aus. „Wir werden die Fakten mit gebotener Sorgfalt klären und Sie informieren, sobald wir neue Erkenntnisse gewonnen haben."

Warum muss er sich eigentlich alleine hier abrackern? Er dreht sich zu Anni Schenk hin.

„Meine Kollegin Anni Schenk, die in Schmörgl geboren ist und die viele von Ihnen kennen," – Anni Schenk lächelt in die Runde – „und ich arbeiten mit Hochdruck daran, den oder die Täter zu fassen."

„Es könnten auch mehrere Täter sein?", fragt eine ältere Dame mit orangenen Lippen und hochgesteckten Haaren.

„Im Moment können wir nichts ausschließen, Frau Meier", sagt Anni Schenk und wendet sich ihr zu. Die leicht angegraute Dame nickt, sichtlich erfreut darüber, dass sich ihre ehemalige Schülerin an ihren Namen erinnert. Sie hat den Beruf gewechselt, denkt Anni Schenk, dabei war sie so eine gute Lehrerin. Nun, vielleicht ist sie auch eine gute Journalistin.

Was lässt sich über den Sprengstoff sagen?", fragt Frau Meier weiter.

„Die sicher gestellten Spuren weisen eindeutige Merkmale auf. Bei beiden Bomben wurde der gleiche Sprengstoff verwendet. Wir können also mit Sicherheit davon ausgehen, dass wir es in beiden Fällen mit demselben Täter oder denselben Tätern zu tun haben."

Anni Schenk macht eine Pause und blickt bedeutungsvoll in die Runde, bevor sie fortfährt.

„Die zweite Bombe war größer und vernichtender als die erste. Das lässt uns befürchten, dass der Täter weiter macht und der Radius der Zerstörung immer größer wird. Hier ist jemand am Werk, der sehr genau weiß, was er tut. Wir müssen wachsam sein. Der Bombenleger kann sich mitten unter uns befinden."

Buhrufe. Man wisse doch, wer der Täter ist.

„Es ist nichts bewiesen. Bleiben wir bei den Fakten", wiederholt Harald Hofer gebetsmühlenartig.

„Eine Bar, wo man halb nackt an dekadente Schneewürfel gelehnt Alkohol trinkt und ein Speicherteich für Schneekanonen. Beides sind doch eindeutige Symbole für unsere Spaßkultur und unseren Tourismus und den Islamisten ein Dorn im Auge. Für mich liegt die Sache auf der Hand!", ruft wieder der lange Kerl vom Unterhaltungssender und dreht sich empört und Beifall heischend zu seinen Kollegen um. Einige spenden spärlichen Beifall. Aber die Kollegen wirken nicht so richtig überzeugt.

„Der Täter kommt aus der Naturschützer-Szene, das ist klar!", erklärt ein beleibter, selbstgefälliger Journalist, der für das Magazin der Touristiker arbeitet. „Er muss unter den Kunstschneegegnern gesucht werden! Unter den Fanatischen, die so tun, als hätten sie unsere Bäche und Berge mit ihren eigenen Händen erschaffen und müssten sie jetzt vor dem Bösen beschützen!"

Harald Hofer hat das dumpfe Gefühl, einer Theateraufführung beizuwohnen. Jeder hat seine Rolle gelernt und sagt sie nun auf. Aber was ist seine eigene Rolle? Und die von Anni? Er sieht zu ihr hin. Sie fährt sich mit dem Zeigefinger über ihre Lippen. Er stellt sich vor, dass er diese Lippen küsst, im dunklen Wald drückt er Anni gegen einen Baumstamm, sie ist nackt, es ist Nacht, sie hat gerade im Speicherteich gebadet, er wärmt sie mit seinem Körper und beschützt sie vor dem Mann, der sie verfolgt. Kampf den Bildern! Konzentration! Harald Hofer knurrt in sich hinein und nimmt eine letzte Wortmeldung entgegen.

„Könnte es sein, dass es eine elektronische Fernzündung gab und der Täter sich gar nicht in der Nähe der Bomben befunden hat?", fragt eine junge Frau in perfektem Hochdeutsch ohne die geringste dialektale Einfärbung.

Sie arbeitet wahrscheinlich für eine überregionale Zeitung und ist hoffentlich nicht so von Vorurteilen zerfressen wie die lokalen Reporter, denkt Harald Hofer und nickt ihr freundlich zu.

„Das können wir in beiden Fällen ausschließen", sagt er zu ihr. „Der Täter hat die Bomben vor Ort gezündet und hatte wenig Zeit, wegzulaufen."

Er zitiert aus dem Bericht, den er von den Kollegen aus der Ballistik bekommen hat. Dann bedankt er sich für das Interesse und beendet abrupt die Pressekonferenz. Er hat wirklich keine Lust mehr. Er muss jetzt rauchen.

Die Reporter sind weg. Anni Schenk stellt sich neben Hofer. Sie streckt die Beine durch und legt die Handflächen auf das Gras, der Pferdeschwanz fällt vornüber. Die Haarspitzen berühren die rot bemalten Lippen. Als sie wieder gerade neben ihm steht, bohrt ihr Harald Hofer den Zeigefinger in die Brust.

„Anni, treib mir deinen Künstlerfreund, den Sprayer auf, sofort! Auf der Stelle! Er ist vorgeladen, verdammt nochmal!"

Das Piano-Riff ertönt. Seine Mutter.

„Ja, Mama?"

Die nächste Polin ist abgehauen. Dieser Tag will einfach nicht besser werden.

14

Anni Schenk joggt den Waldweg entlang. Endlich laufen! Den Geruch von Fichtennadeln einatmen und sich auf nichts anderes konzentrieren als auf einen regelmäßigen Atemrhythmus. Die Pressekonferenz vergessen, das beharrliche Gefühl verdrängen, dass die Zeituhr bis zum nächsten Anschlag tickt. Harald Hofer erwartet von ihr, dass sie Sepp auftreibt. Auf der Stelle. Sie hat einen roten Zettel an seine Wohnungstür geklebt. Nach dem Joggen wird sie dort vorbeifahren und nachsehen, ob der Zettel noch da hängt.

Anni Schenk bricht ein paar junge, hellgrüne Spitzen von den Fichten ab und steckt sie in den Mund, um sie langsam zu kauen. Eine alte Gewohnheit, ihrer Meinung nach haben die Fichtenspitzen die gleiche Wirkung wie Coca-Blätter. Ein Kuckuck ruft und sie klimpert mit ein paar Münzen, die sie immer in der Innentasche ihrer Jogginghose mit dabei hat. Das Klimpern, noch während der Kuckuck ruft, bringt Geld oder Glück. Oder beides. Anni Schenk glaubt an solche Dinge. Und es ist, als hätte das Schicksal tatsächlich ein Nachsehen mit ihr. Denn in diesem Moment vibriert ihr Handy. Im Laufen zieht sie es aus der Hosentasche und liest die neue Nachricht: „Bin da. Kommst ins Café?" Das darf nicht wahr sein! Endlich!

„Danke, Kuckuck!", ruft sie zu den Baumkronen hinauf.

Sie dreht um, auf der Stelle, verlangsamt das Tempo und ruft im Laufen Harald Hofer an.

„Der Sprayer-Künstler hat sich gemeldet. Ich treffe ihn jetzt."

„Wo?"

„Im Café".

„Ich komme mit."

„Ich möchte ihn kurz alleine sehen. Bitte."

„Hm."

„Nur ganz kurz."

„Hmm."

„Danach bringe ich ihn dir unverzüglich in die Polizeiinspektion. Versprochen."

„Mmmmm. Ich gebe dir eine Stunde, keine Minute länger. Dann bist du mit ihm hier. Wenn nicht, komme ich ihn selbst abholen. Haben wir uns verstanden?"

„Danke, Harry!"

„Bist du okay? Du klingst außer Atem."

„Bin ich auch."

Anni Schenk beendet das Gespräch ohne weitere Erklärung. Sie hat es jetzt richtig eilig. Schnell unter die Dusche und aufs Fahrrad. Dreiundzwanzig Minuten nach dem Anruf betritt sie das Café. Sepp steht an der Theke, groß und schlank wie immer, schulterlange blonde Locken, die er hinten zusammengebunden trägt. Er hat schon einen Grünen Veltliner für sie bestellt. Schließlich kennt man sich. Strahlend breitet er die Arme aus.

„Hallo, Mädel!"

„Sepp, du Depp!"

„Hej, was ist denn das für eine Begrüßung?"

„Ich suche dich seit Tagen verzweifelt. Die ganze Polizeiinspektion sucht dich. Warum meldest du dich nicht?"

„Ich war in den Bergen. Kein Handyempfang."

Er zieht die Schultern hoch und macht eine kindliche Grimasse.

„Du hast eine Vorladung."

„Habe ich im Briefkasten gefunden. Und deinen roten Zettel an der Wohnungstür."

„Und ?"

„Und hier bin ich."

„Mensch, Sepp."

„Jetzt mach keinen Stress. Ist nicht das erste Mal, dass mir die Polizei nachstellt. Aber dass die Anni bei der Schmörgler Polizei ist und mich als Polizistin sucht, das ist neu."

Er will sie freundschaftlich an sich ziehen, aber sie wehrt sich.

„Sepp!"

„Jaja."

„Es ist wirklich wichtig."

„Dass du ausgerechnet zur Polizei gehen musstest ..."

„Darüber reden wir ein anderes Mal."

„Das würde mich schon jetzt sofort interessieren."

„Warum hast du nicht auf meine vielen Nachrichten geantwortet?"

„Die hab ich erst jetzt gesehen. Ich hatte das Telefon aus."

„Warum?"

„Weil ich nicht teilhaben will an der intellektuellen und emotionalen Verblödung durch die Neurosen züchtende Smartphonekultur, meine liebe Anni."

„Komm mir jetzt nicht damit, ich bitte dich."

„Und – bist du als Freundin da oder bist du im Dienst?"

Er deutet auf das Weinglas, das er für sie bestellt hat.

„Tja ..."

„Ich meine, trinkst das Glasl mit mir?"

„Eigentlich bin ich im Dienst, aber ich trink's. Weil du mein Freund bist und es nicht weiter sagst."

„So kenne ich meine Anni."

Sie stoßen an. Anni Schenk blickt nervös auf die Uhr. Uli zwinkert ihnen zu.

„Die Anni ist ja ganz aufgebracht. So kenne ich sie gar nicht", sagt Uli zu Sepp.

Anni Schenk überhört das geflissentlich. Sie ist hier nicht diejenige, die Erklärungen abgeben muss. Die beiden haben ja keinen blassen Schimmer, unter welchem Druck sie steht.

„Du hättest mir antworten sollen, Sepp", sagt sie in strengem Ton.

„Ach, Anni! Ständig erreichbar zu sein schadet der Kunst. Ich habe mich voll und ganz auf mein neues Projekt konzentriert, am Hochspitz-Gipfel ..."

„Sepp, dein neues Projekt kann mir im Moment voll und ganz gestohlen bleiben! Wir gehen jetzt zusammen auf die Polizeiinspektion. Wir haben noch genau neun Minuten. Dort wird dich mein Kollege, ein Chefinspektor vom Landeskriminalamt verhören."

„O lala, bin ich jetzt aufgestiegen und ein Fall fürs LKA geworden?"

„Sepp!"

„Du weißt doch, was ich von der Staatsgewalt in leiblicher Form der Polizisten halte."

„Lebst du am Mond?"

„Der Dumme schaut auf den Finger, wenn man ihm den Mond zeigt. Kennst du das?"

„Sepp, hör auf damit. Hier sind zwei Bomben explodiert. Hast du davon gehört?"

„Ja, im Radio."

„Aha, der Herr hört Radio. Und das Radio gehört in deinen Augen nicht zur Verblödungskultur?"

„Anni, ich..."

„Es gab auch einen Toten. Das hier ist eine ernste Angelegenheit, Sepp."

„Ich verstehe, aber was, bitte schön, Frau Polizistin, habe ich damit zu tun?"

„Das kann ich dir sagen, Herr Künstler. Beide Male wurde mit schwarzem Spray, so einem Spray, wie du ihn benutzt, ein Spruch am Tatort hinterlassen."

„Diese Spraydosen gibt es in jedem Baumarkt zu kaufen."

„Du arbeitest mit Spraydosen und hast dich trotz mehrfacher Aufforderung nicht gemeldet. Du gehörst zum Kreis der Verdächtigen, Sepp."

„Das ist absurd."

„Du hast ein Problem, Sepp."

„Freunden vertraut man doch, Anni, oder?"

„Komm, wir müssen los. Es ist spät. Ich habe ein Versprechen gegeben."

Sepps Miene verfinstert sich. Er geht hinter Anni Schenk her und ballt die Hände in den Hosentaschen zu Fäusten. Mit den Knöcheln berührt er dabei den dünnen Draht, den er in der linken Hosentasche stecken hat. Mit einer schnellen Bewegung wirft er ihn, ohne dass Anni Schenk es bemerkt, in den Straßengraben. Dann holt er auf und betritt vor Anni Schenk die Polizeiinspektion.

15

Die Sonne scheint schräg ins Büro und wirft lange Schatten an die Wand. Harald Hofer begrüßt Josef Danner mit einem Kopfnicken und einem Handschlag, ohne Worte, und deutet auf den Stuhl gegenüber seines Schreibtisches. Anni Schenk bedeutet er mit einem Wink, dass sie den Raum verlassen möge. Ohne Umschweife beginnt er mit der Befragung.

Wohnhaft in Schmörgl. Verheiratet? Nein, erfolgreich geschieden. Zur Zeit der Attentate? War er in den Bergen. Zeugen? Nein. Sein Schlafsack und sein Zelt. Josef Danner grinst. Harald Hofer klopft mit den Fingern auf sein schwarzes Kim-Jong-Un-Notizbuch und sieht ihn streng an.

„Da gibt es nicht viel zu grinsen, Herr Danner, zumal wir sie seit Tagen suchen."

„Warum eigentlich?"

Zwei gesprayte Botschaften an den Tatorten. Ja. Und? Er ist nicht der einzige Mensch auf der Welt, der eine Spraydose bedienen kann. Und er verwendet ein gängiges Produkt, das es überall zu kaufen gibt.

„Herr Danner, am zweiten Tatort wurde eine Spraydose sichergestellt."

Diese Nachricht nimmt er ungerührt auf. Herablassend schaut er Harald Hofer in die Augen und hält seinem Blick lange stand.

Ob ihm eine Spraydose fehlt? Nein. Keine Ahnung, die liegen massenweise bei ihm herum. Er zählt sie nicht jeden Abend vor dem Schlafengehen, wie Schäfchen. Jaja, er ist ja schon ernst.

Wenn's denn der Wahrheitsfindung dient. Er wurde bekanntlich – sicher zur Freude des Chefinspektors - schon vor Jahren erkennungsdienstlich erfasst: Das ist doch der offizielle Ausdruck dafür, dass sie alles von einem wissen, oder? Fingerspuren, DNA-Spuren, der gläserne Mensch. Eine Straftat hat man ihm angehängt, schwere Sachbeschädigung. Nach der Aktion am Schneeberg, bei der er das Gipfelkreuz mit einer japanischen Säge umgesägt hat und an der Stelle ein blau angemaltes Stahlrohr mit tibetischen Gebetsfahnen aufgestellt hat, wollten sie ihn verhaften. Dadurch ist er straffällig geworden. Es ist zum Lachen.

„Mir ist gar nicht zum Lachen", knurrt Harald Hofer.

Aber Josef Danner fährt unbeirrt fort. Echt ausrasten könnte er. Wenn er an all die unsinnigen Anzeigen denkt, die er wegen seiner Kunstaktionen schon bekommen hat, da wird ihm ganz schlecht. Harald Hofer notiert etwas in Steno in sein Notizbuch. Hoffentlich kann er das Gekrakel später noch lesen. Seine Stenographie-Kenntnisse stammen aus der Hauptschule, aber immer dann, wenn er lange Sätze in kurzer Zeit notieren muss, setzt er sie ein.

Wie er zu den Alpenrose-Wirtsleuten steht? Naja. Josef Danner rutscht nahezu unmerklich auf seinem Stuhl hin und her. Doch Harald Hofer entgeht das nicht. Was soll er sagen. Sie gehören zu seinen Gegnern. Sie leben vom Tourismus und wollen mit immer noch mehr Kitsch und neuerdings auch Kunstschnee immer noch mehr Touristen ins Land holen. Und seine Kunstprojekte richten sich gegen all das.

Was Harald Hofer auch nicht entgeht, ist, dass Josef Danner plötzlich nasse Handflächen bekommt. Er wischt sich möglichst unauffällig, als gehöre diese Geste zu seiner nächsten Antwort, die Hände an der Jeans ab.

„Wir haben konträre Interessen. Sie verstehen?"

„Mhm."

Harald Hofer dreht seinen Stift zwischen den Fingern und malt noch ein paar weitere Stenokürzel aufs Papier. Natürlich versteht er. Er ist ja nicht blöd. Was glaubt denn der Herr Künstler eigentlich?

Josef Danners Stimme wird höher. Er ist bekennender Naturschützer. Aber da ist er bei weitem nicht der einzige. Gott sei Dank gibt es auch noch ein paar andere vernünftige Menschen im Land. Ob sich der Herr Chefinspektor schon einmal den Energie- und Wasserverbrauch der Schneekanonen angeschaut hat? Der komplette Wahnsinn.

Militanter Naturschützer? Was soll das heißen? Er will nichts anderes, als mit provokanten Sprüchen auf die Rechte der Natur aufmerksam machen. Das ist nicht verboten. Das ist eine moralische Verpflichtung.

„Die Rechte der Natur?"

Harald Hofer hält ihm zwei vergrößerte Fotos mit den gesprayten Sprüchen hin.

„Lassen sich auf diese Weise vielleicht die Rechte der Natur verteidigen?"

Josef Danner liest die Sprüche laut vor.

„'No to snow' und ,Nicht um jeden Preis', das ist nicht von mir. So etwas Banales würde ich nie schreiben. Das ist eine Beleidigung an meine Kunst und meinen Intellekt, mir dieses platte Zeug zu unterstellen. Der Text hat ja überhaupt keine Metaebene!"

Zutiefst empört schüttelt Josef Danner so heftig den Kopf, dass sich einige seiner Locken aus dem Gummiband lösen. Harald Hofer trommelt ungeduldig mit den Fingern auf den Schreibtisch. Den Intellektuellen lässt er auch noch raushängen, der überhebliche Provinzkünstler. Aber Alibi hat er keins. Niemand kann bestätigen, dass er in den Bergen alleine seiner Kunst gefrönt hat. Er hätte genauso gut auch im Hotel Alpenrose sein können und am Speicherteich und Bomben legen. Ob er sich, wo er doch so schlau ist, schon einmal mit dem Basteln von Bomben beschäftigt hat? Damit, was man da so alles braucht?

„Unsinn."

Josef Danners Mundwinkel zucken. Eine Pause entsteht. Harald Hofer wartet ab. Josef Danner fährt sich mit der Hand über die Stirn.

„Ich bin kein Freund der Staatsgewalt. Aber Sie wollen mich zum Mörder machen! Meine Botschaften richten sich gegen die Ausbeutung der Natur. Ich bin kein Mörder!"

Josef Danner schlägt erbost mit der Faust auf einen der Aktenordner auf dem Tisch und lehnt sich dann mit verschränkten Armen zurück. Harald Hofer beugt sich zu ihm vor und sieht ihn eindringlich an.

„Niemand macht Sie hier zu irgend etwas. Merken Sie sich das!"

„Das Bewusstsein der Menschen muss sich ändern. Ich habe eine Vision: Rückkehr zur Natur."

Harald Hofer notiert das in Steno in sein Kim-Jong-Un-Notizbuch und antwortet nichts.

Eine Vision, ja! Josef Danner lacht bitter. Falls der Herr Chefinspektor überhaupt weiß, was damit gemeint ist. Denn Visionen hat er ja sicher schon lange keine mehr.

Wo er es nur mit Dieben und Mördern zu tun hat. Leid tun kann er einem in diesem Beruf.

Da reißt Harald Hofer der Geduldsfaden. Was bildet er sich eigentlich ein, dieser Künstlerschnösel?

„Jetzt reicht es!"

Harald Hofer springt auf und schlägt mit beiden Handflächen auf den Schreibtisch. Josef Danner rückt erschrocken mit seinem Stuhl zurück.

„Reißen Sie sich zusammen!"

Harald Hofer brüllt Josef Danner ins Gesicht.

„Hier geht es immerhin um einen Toten! Wir sind der hinterbliebenen Witwe und den Schmörglern Aufklärung schuldig! Eine ernsthafte Aufklärung! Und ihre arroganten zynischen Bemerkungen können Sie sich sonst wohin stecken!"

Josef Danner weicht noch weiter zurück.

„Haben wir uns verstanden?"

Josef Danner macht eine leichte Kopfbewegung, die man als angedeutetes Nicken interpretieren könnte.

„Halten Sie sich zu unserer Verfügung!"

Das Gespräch ist beendet. Harald Hofer ruft die Kollegen herein. Sie sollen den Herrn ins Nebenzimmer begleiten und erneut seine Fingerabdrücke abnehmen. Damit will Harald Hofer den Künstler ärgern. Die Formulare für die Einzelfingerabdrücke und die Kontrollabdrücke kennt er schon. Doppelt hält besser.

Mit eisiger Miene verabschiedet sich Josef Danner. Harald Hofer kehrt zu seinem Schreibtisch zurück, fährt sich mit der rechten Hand in die Haare, sodass der akkurate Mittelscheitel kaum noch erkennbar ist und ruft Anni Schenk zu sich.

„Ein guter Rhetoriker, dein Freund! Es ist ihm glatt gelungen, mich zu provozieren."

Anni Schenk blickt auf Harald Hofers aus der Façon geratene Frisur und muss unwillkürlich lächeln.

„Steht dir gut, die Haare ein wenig aufgelockerter. Gibt dir eine künstlerische Note."

Harald Hofer sieht sie grimmig an. Sie soll ihm bloß aufhören mit allem Künstlerischen! Und was haben seine Haare damit zu tun? Frauen!

Anni Schenk wirkt weiterhin amüsiert. Ja, provozieren kann der Sepp gut. Das kennt sie von früher. Das gehört gewissermaßen zu ihm.

Harald Hofer nimmt sein Notizheft und liest vor. Als er stammelnd bei der Rückkehr zur Natur als Motiv ankommt, horcht Anni Schenk auf und heftet ihre großen blauen Augen auf ihn.

„Rückkehr zur Natur. Da gibt es einen berühmten Fall in den USA", sagt sie, „Darüber habe ich in meinen Büchern über Fallanalysen gelesen."

„Hm", knurrt Harald Hofer.

„Der Briefbomber Theodore Kaczynski hatte in den USA zwischen 1978 und 1995 durch getarnte Bombenpakete mehrere Menschen getötet und viele verletzt. Als er endlich gefasst wurde, gab er als Motiv für seine Taten an, eine – pass auf, jetzt kommt's – Rückkehr zur Natur erzwingen zu wollen. Seitdem ist das ein stehender Begriff unter den Fallanalytikern."

„Hm."

„Rückkehr zur Natur – ein Tatmotiv eines Bombers."

„Hm."

„Interessant, oder? Es könnte sein, dass Sepp den Fall Kaczynski kennt und ihn gewissermaßen zitiert."

„Hm, hm."

„Ich werde alles darüber noch einmal genauer nachlesen."

„Tu das."

Harald Hofer scheint nicht sonderlich animiert. Doch Anni Schenk ist plötzlich ganz aufgeregt. Sie muss allen Möglichkeiten nachgehen, auch wenn Sepp ihr Freund ist, oder gerade, weil Sepp ihr Freund ist.

„Welcher Typ ist der Täter? Welches sind die logischen Motive seiner Tat? Das sind die Fragen, die Fallanalytiker stellen würden. Und da könnte das mit der Rückkehr zur Natur perfekt passen. Verstehst du?"

„Hm."

Er versteht, aber er ist nicht wirklich überzeugt. Die Frau Psychologin mit ihren Interpretationen. Seiner Meinung nach wird in diesen Fallanalysen im freien Fall spekuliert, über die Motive des Täters, über den Tätertyp, über alles Mögliche. Die ganze Psychologie ist ihm nicht geheuer, sie kommt ihm vor wie das Lesen in einer Glaskugel. Und er ist und bleibt ein Mann der Fakten.

Das Piano-Riff erklingt. Er fingert das Handy aus seiner Hosentasche. Die Mutter ruft. Er muss los. Während er zu seinem Citroen C3 eilt, hofft er inständig, dass die neue Pflegekraft von der Mutter akzeptiert wird. Schließlich kann er nicht jeden Tag eine andere Polin aus dem Hut zaubern.

16

Die Mutter sitzt mit Schmollmund in ihrem breiten Stuhl und fuchtelt herrisch mit dem Stock.

„Ich will Maleika wieder!"

„Maleika wohnt jetzt bei unserem Gärtner, Mama."

„Dafür habe ich ihn nicht bezahlt."

„Die anderen Frauen waren doch auch nett zu dir, oder?"

„Aber ich bin nicht nett zu ihnen", sagt die Mutter trotzig. „Ich werde nicht nett sein, bis Maleika wiederkommt."

„Mama!"

„Nix Mama. Ich will Maleika wieder."

Harald Hofer nimmt seine Mutter in den Arm. Er verspricht ihr, mit Maleika zu reden. Wenn sie ihm verspricht, dafür inzwischen nett zu der neuen Pflegerin zu sein.

„Was ist das?"

„Ein Pakt."

„Faust!"

„Was?"

„Ein Pakt mit dem Teufel."

Er muss schmunzeln. Die Assoziationswege seiner Mutter sind immer wieder überraschend. Liebevoll sieht er die Mutter an und legt bittend seine beiden Handflächen aneinander.

Sie beruhigt sich und winkt die neue Pflegerin zu sich. Sie soll ihr Soletti bringen, aber dem Sohn nichts davon abgeben, der wird zu dick.

Vom Autotelefon aus ruft Harald Hofer Maleika an und versucht sie zu überreden, wenigstens stundenweise wieder bei seiner Mutter zu arbeiten. Sie will es sich überlegen, denn sie vermisst die Frau Mutter ja auch. Sie wird mit dem Gärtner sprechen und sich dann bei ihm melden. Harald Hofer atmet auf.

Im Büro erwartet ihn ein Stapel Zeitungen, den er am liebsten ignorieren möchte.

„Wo ist der Bomber-Asylant?"

„Flüchtling flüchtig. Polizei untüchtig."

„Wann geht die nächste Bombe hoch?"

„Radikalisieren sich die Naturschützer?"

„Viele Fragen, keine Ergebnisse."

Die lokale und die überregionale Presse überschlagen sich mit Vorwürfen. Die hässlichsten Schlagzeilen muss sich Harald Hofer auch noch von seinem Chef anhören. Oberst Maier brüllt sie ihm förmlich durchs Telefon ins Gesicht, dass er jetzt Ergebnisse sehen will, aber dalli. Sonst hetzt er ihm die Verfassungsschützer auf den Hals, und zwar schneller, als er schauen kann. Eine wirksame Drohung, die Harald Hofer erstarren lässt. Denn die Geheimnistuer aus Wien braucht er auf gar keinen Fall bei sich. Er kommt ohne die aus, schließlich hat er Anni Schenk.

Mit einer wütenden Handbewegung wischt Harald Hofer die Zeitungen vom Tisch. Darunter kommt das Protokoll der Gespräche mit dem Moser-Bauern zum Vorschein. Harald Hofer sieht dessen breite gemusterte Hosenträger vor sich. Und die Schnapsflasche. Daraus könnte er jetzt einen Schluck gebrauchen. Ein knurriges „Hm" entfährt ihm. Dieser Moser-Bauer verschweigt ihnen etwas. Aber was? Aktenvermerke hat er bislang keine entdeckt. Ein wahrer Engel, dieser Bauer. Vollkommen unbescholten. Nicht einmal über den mysteriösen Rollstuhl-Kipp-Unfall seiner Frau ist etwas in den Akten zu finden. Und auch nichts über den Streit mit dem Alpenrose-Wirt wegen des Grundstücks. Sein Name taucht auch bei den Einträgen über die Protestaktionen gegen den Bau des Speicherteichs nicht auf, an denen der Moser-Bauer angeblich teilgenommen hat. Es gibt zwar einige namentliche Nennungen, aber der Moser-Bauer ist nicht dabei. Nichts, nichts, und noch einmal nichts. Und wenn sie etwas übersehen haben? Etwas, das unter einem anderen Namen gespeichert ist? Unter einem anderen Fall?

Harald Hofer dreht ungeduldig am Rädchen des Büroklammerspenders. Er beginnt, eine kleine Schlange zu bauen, eine Blindschleiche, die über den unteren Rand der Tastatur zur Maus hinüber wandert. Eine Büroklammer biegt er auf und fährt damit in einer Lücke zwischen seinen Zähnen auf und ab. Die Tür ist offen, er wirft einen Blick hinaus, nein, Anni Schenk kann ihn nicht sehen. Aber er hört, wie sie auf ihrer Tastatur tippt. Sie ist also da. Ein beruhigendes Geräusch.

Harald Hofer beugt sich wieder über die Moser-Akte. Nach der zweiten Explosion haben die Kollegen den Moser-Bauern zuhause im Pyjama angetroffen, einen verschlafenen Vorzeigebürger, der behauptete, von der Explosion am Speicherteich nichts mitbekommen zu haben. Er sei schlafend in seiner Bettstad gelegen. Doch bezeugen kann das auch diesmal keiner. Und theoretisch hätte er genügend Zeit gehabt, nach dem Zünden der Bombe am Speicherteich heimzugehen, in den Pyjama zu schlüpfen und sich ins Bett zu legen. Obwohl mürrisch, gab er sich kooperativ und hat den Kollegen gestattet, einen Blick in seinen Keller zu werfen. Folgende auffällige Gegenstände haben sie erfasst: Gasflaschen, Gasbrenner, Wasserkanister, Messbecher, Glasballons. Harald Hofer fährt sich mit der linken Hand über den wieder akkurat gekämmten Mittelscheitel. Sonst nimmt er immer die rechte Hand. Aber er hat gelesen, dass Abwechslung bei Standard-Gesten die Gefahr mindert, an Alzheimer zu erkranken. Das scheint ihm eine leichte Übung zu sein, die er befolgen will. Obwohl er nicht erblich vorbelastet ist. Seine Mutter ist einfach nur aus Altersgründen manchmal verwirrt. Aber dann wieder glasklar. Dass sie bei Pakt an „Faust" denkt, lässt ihn erneut schmunzeln.

„Kommst du weiter?", fragt Anni Schenk, die sich wie eine Giraffe auf Spaziergang vom Flur auf seinen Schreibtisch zu bewegt.

„Mm", knurrt er.

„Was machst du?"

„Ich lese, was man beim Moser-Bauern für Gegenstände vorgefunden hat."

„Und?"

„Ich versuche, mir einen Reim darauf zu machen."

Die Giraffenbeine überkreuzen sich vor seinen Augen und Harald Hofer sieht diese Beine für den Bruchteil einer Sekunde über den Schreibtisch hinweg bis zu seinen Knien weiter wandern und diese öffnen.

„Ah", sagt Anni Schenk.

„Ahhh", sagt Harald Hofer.

„Was?"

„Nichts."

„Soso."

Konzentration! Harald Hofer senkt den Kopf, blättert in der Moser-Akte und liest eine willkürlich gewählte Stelle laut vor.

„Das Grundstück, auf dem der Speicherteich errichtet wurde, ist seit über fünf Jahrzehnten in Gemeindebesitz. Hieraus ergibt sich, anders als für die Wiese, auf der die Snow-Bar des Hotels Alpenrose errichtet wurde, und die dem Moser-Bauern gehörte, diesmal kein Rachemotiv."

„Aha."

Anni Schenk fährt sich mit dem Finger über die Oberlippe. Harald Hofer dreht wieder am Rädchen und beginnt, eine zweite Schlange zu bauen, eine um sich selbst gewickelte, die sich in den eigenen Schwanz beißt. Neidisch blickt er auf seine zwei kleinen Monster.

„Ihr habt es gut", sagt er. „Nur daliegen und abwarten."

„Du sprichst auch mit ihnen?" Anni Schenk reißt erstaunt ihre großen blauen Augen auf und fixiert ihn. Der Harry wird immer sonderbarer, scheint ihr.

„Hm", knurrt Harald Hofer und steht auf. Er will jetzt eine rauchen gehen. In Ruhe. Anni Schenk versteht und trollt sich in ihr Büro. Im Posteingang ist eine mit einem roten Ausrufezeichen markierte E-Mail. Sie schließt kurz die Augen, bevor sie liest.

„Nein!", kreischt Anni Schenk.

Ihr Schrei klingt bis nach draußen, wo Harald Hofer genervt seine noch nicht zu Ende gerauchte Zigarette abtötet. Nicht einmal in Ruhe rauchen kann man.

„Was gibt's denn zu kreischen?"

„Schau, Harry! Ich glaub es nicht!"

Er beugt sich vor und bückt sich, um die Nachricht auf dem Bildschirm entziffern zu können. Treffer. Hundertprozentige Übereinstimmung der Fingerabdrücke von Josef Danner mit jenen auf der Spraydose. DNA-Abgleich ebenfalls positiv.

„Hm."

„Das kann nicht sein!"

„Interessant."

„Unser Täter geht kühl und besonnen vor, er hat bis jetzt noch keinen Fehler gemacht. So einer lässt doch nicht eines der Hauptbeweisstücke am Tatort liegen. Das passt überhaupt nicht zu dem Täterprofil."

„Anni, dein Täterprofil in Ehren, aber hier haben wir es mit einer Tatsache zu tun."

„Das ergibt vom psychologischen Standpunkt aus gar keinen Sinn ..."

„Und dein psychologischer Standpunkt auch in Ehren. Wir haben eine Übereinstimmung. Josef Danner hat definitiv diese Spraydose in Händen gehalten und das heißt, für den Herrn Künstler wird's eng."

„Das ist verrückt."

„Das ist Fakt. Und ich halte mich an die Fakten. Bekanntlich."

Harald Hofer greift zum Telefon, wild entschlossen, beim Staatsanwalt auf der Stelle einen Haftbefehl zu erwirken. Aber der Herr Staatsanwalt macht gerade Mittagspause.

„Ach herrje", Anni Schenk schaut auf ihre Armbanduhr, „ich muss auch zum Mittagessen los, ich bin bei unseren Nachbarn zu Paschern eingeladen."

„Was?"

„Pascher-Essen."

„Pascher?"

Harald Hofer fixiert sie verständnislos mit seinen runden rehbraunen Augen. Die Anni wird auch immer sonderbarer, scheint ihm. Nun, was soll's. Er kann jedenfalls endlich in Ruhe eine rauchen. Das Piano-Riff ertönt. Entnervt schleudert er das Handy auf seinen Schreibtisch. Jetzt nicht.

17

Pascher-Essen gibt es bei Herwig und Marie Kolsasser immer dann, wenn Marie in den Blaubeeren war und so viele gefunden hat, dass sie gar nicht weiß, wohin damit. Dann bewirtet sie ihre Nachbarn mit in viel Schmalz herausgebackenen Blaubeer-Paschern, da hat sie ein Spezialrezept von ihrer Mutter, auf das sie richtig stolz ist.

Die Kinder sind groß und längst aus dem Haus. Aber für Herwig kocht sie jeden Tag. Seit er in der Firma für Sicherheitstechnik im Ort hier arbeitet, kommt er mittags zum Essen heim. Das hat Vor- und Nachteile. Ein klarer Nachteil ist, dass sie sich jeden Tag etwas Neues zum Kochen einfallen lassen muss. Doch zu den Vorteilen zählt, dass sie ihren Herwig dadurch gut unter Kontrolle hat und an der kurzen Leine hält, damit er sich nicht mehr so leicht wie früher mit irgendwelchen Kolleginnen irgendwelche Dummheiten einfallen lassen kann.

Eigentlich trinkt man zu den Blaubeer-Paschern Buttermilch, aber für Anni Schenks Großmutter hat Marie ein Weinglas gedeckt. Sie kennt schließlich die Frau Nachbarin.

„Die Frau Nachbarin hat noch nichts im Glas", ermahnt sie ihren Herwig, bevor sich alle um den Tisch setzen. Herwig Kolsasser, in gebügeltem Hemd und mit akkurater Bügelfalte, greift zur Flasche und legt sich wie ein Kellner im Nobelrestaurant eine weiße Stoffserviette um den Arm. Anni Schenk bittet ihn auch um ein Glas Wein, obwohl sie sein Gehabe albern findet. Doch diese zähflüssige Buttermilch bringt sie beim besten Willen nicht hinunter.

„Wie schön, dass die Anni diesmal auch dabei ist, so ein seltener Gast bei unseren Nachbarschaftsessen", sagt Marie und nickt allen drei Frauen der Reihe nach freundlich zu.

Die Pascher schmecken vorzüglich, das Spezialrezept wird erwartungsgemäß hoch gelobt, die Blaubeeren sind richtig reif und süß, nur die Großmutter zuckert trotzdem noch nach, die Großmutter ist eine Süße, wie alle wissen. Bald haben sie alle blaue Münder, darüber wird gescherzt, ist ja klar, dass es bei den Kolsassers etwas Blaues zu essen geben muss.

Sie strecken ihre Zungen heraus, um zu sehen, welche am dunkelsten eingefärbt ist. Ein Ritual, das zum Blaubeeressen dazu gehört. Man kennt sich seit Jahrzehnten, es ist ein gutes Nachbarschaftsverhältnis, trotz der politischen Meinungsverschiedenheiten. Dass Herwig Kolsasser bei den Blauen ist, findet Mutter Schenk, die bei den Grünen ist, nicht gut, aber, was soll's. Jedem das Seine. Über Politik wird normalerweise nicht gesprochen. Man weiß, wo der andere steht, und damit basta. Aber heute ist das anders. Im ganzen Ort gibt es nur ein Gesprächsthema: die Bombenexplosionen.

„Wir haben Angst", sagt Marie.

„Hallelujah!", sagt die Großmutter.

„Der Bomber ist ein Flüchtling", behauptet Herwig Kolsasser mit Nachdruck.

„Warum meinst du das?"

Anni Schenk schaut ihn durchdringend an.

„Ich meine es nicht, ich bin mir sicher. Die haben einen Hass auf uns. Auf unsere freizügige Gesellschaft. Und die Grünen wollten ihnen sogar freien Eintritt ins

Schwimmbad gewähren, damit sie unsere Mädels angrabschen können, die Araber, mit ihren Verhüllten daheim!"

Herwig Kolsasser funkelt die Mutter Schenk böse an.

„Genau", antwortet ihm Mutter Schenk herausfordernd, „und es wäre eine schöne Geste gewesen. Stell dir vor, du wärst in ein fremdes Land geflohen und hättest den ganzen Tag nichts zu tun. Aber so was könnt ihr euch ja gar nicht vorstellen. Mit euren Brettern vor dem Kopf. Ihr seht ja nicht einmal bis zur anderen Seite des Tals."

Mutter Schenk streckt ihre Brust und ihr Kinn vor.

„Politik ist Politik und Schnaps ist Schnaps!", wirft die Großmutter ein.

Marie lächelt sie höflich an und nickt zustimmend.

„Ach, flieg doch ab mit deinem guten Glauben!", ruft Herwig Kolsasser aufgebracht. „Die Asylanten sind sauer, weil sie nicht willkommen sind, im Hotel Alpenrose genauso wenig wie im Schwimmbad, und jetzt bomben sie, denn das haben sie ja gelernt."

„So ein Blödsinn, wo sollen sie denn das gelernt haben?", kontert Mutter Schenk mit vor Empörung überschnappender Stimme.

Herwig Kolsasser antwortet nicht. Er schenkt mit wütendem Schwung Wein und Buttermilch nach.

„Das haben wir nun von unserer Gastfreundschaft", sagt Marie und man versteht nicht, ob sie als Nachbarn gemeint sind oder die Flüchtlinge im Land.

„Wen meinst du damit, welche Gäste? Uns oder die Geflüchteten?", fragt Anni Schenk nach.

Doch Marie hebt nur die Schultern und schaut sie trotzig an.

„Ihr werdet schon sehen, wohin das alles führt", sagt Herwig Kolsasser und schlägt mit der Hand auf den Tisch. „Wenn wir nicht zur Vernunft kommen!"

Anni Schenk blinzelt ihn an. Sie nimmt einen großen Schluck Wein. Das alles hier ist nur mit Wein zu ertragen.

„Sag", sie wendet sich an den Nachbarn und blickt ihm nun mit weit aufgerissenen Augen ins Gesicht.

„Ich hab dich in den Feldern in der Nähe der Polizeiinspektion gesehen. Mit einer Drohne? Kann das sein?"

Herwig Kolsasser wirft ihr einen wütenden Blick zu. Er hält diese Frage für vollkommen unpassend, aber er ist vorbereitet darauf. Er hat sie auch gesehen, wie sie da in den Feldern herum gejoggt ist, das Fräulein Polizistin, während der Arbeitszeit. Anni Schenk, die hatte ihm gerade noch gefehlt.

„Ich mache Experimente."

„Welche Experimente?"

„Dienstgeheimnis. Mehr darf ich dazu nicht sagen."

„Aha. Mit dem Riesenbrummer. Braucht man da nicht einen Drohnenführerschein dafür?"

„Willst du mir jetzt etwas anhängen, oder was?"

„Ich habe dich etwas gefragt."

Herwig Kolsasser schüttelt erbost den Kopf. Darauf will er nicht antworten. Anni Schenk hebt die Schultern.

„Es ist nicht richtig, dass sich mein Herwig rechtfertigen muss, wo er sich doch nur um unsere Sicherheit Gedanken macht", sagt Marie und sieht Anni Schenk vorwurfsvoll an.

„Lass gut sein."

Herwig Kolsasser klopft seiner Frau gönnerisch auf die Schulter.

Marie fährt unbeirrt fort, sie will ihren Herwig verteidigen: „Ist doch wahr! Sie sollten alle viel mehr hören auf dich. Ist doch so eine gute Idee, dein Drohnenüberwachungssystem..."

„Marie!", donnert Herwig Kolsasser, „lass gut sein, sag ich. Schluss jetzt! Kein Wort mehr!"

„Ah, Drohnenüberwachung heißt dein Dienstgeheimnis, interessant", bemerkt Anni Schenk genüsslich, während ihr Nachbar aus Wut auf seine petzende Frau rot anläuft und um Fassung ringt. Die Mutter beugt sich zu ihrem Nachbarn.

„Die Videoüberwachungspläne der Blauen! Meine Güte. Wie viele unsinnige Sitzungen diese unsinnigen Pläne die Gemeinderäte schon gekostet haben. Es wurde sogar ein Ausschuss gebildet, der sich mit dem Thema beschäftigen sollte. Was ist eigentlich daraus geworden?"

„Keine Ahnung, ich brauche keinen Ausschuss! Ihr Grünen müsst eure Nasen immer in alles stecken. Auch wenn ihr noch so wenig Ahnung habt."

„Wir wollen Transparenz."

„Ach, was, Gschaftlhuber seid ihr, Wichtigtuer, die einem das Leben schwer machen. Das ist alles. Aber wir werden schon durchkriegen, was wir wollen. Wartet nur ab!"

Herwig Kolsasser reckt seine Brust vor und thront wie ein Pascha auf seinem Stuhl. Er senkt den Kopf und blickt auf seine sauber polierten braunen Lederschuhe. Nichts liegt ihm so sehr am Herzen wie Sauberkeit und Sicherheit. Mit seiner ganzen Kraft setzt er sich für die Sicherheit des eigenen Volkes ein, doch niemand dankt es ihm. Er sorgt sich die Seele aus dem Leib, und niemand schert es. Nicht einmal die eigenen Kinder. Im

Gegenteil. Die waren die ersten, die sich auflehnten gegen seinen Sauberkeitstick und sein total übertriebenes Sicherheitsbedürfnis, wie sie es nannten. Aber sie täuschen sich. Alle täuschen sich! Er hat eine besondere Sehergabe. Er ist der einzige, der die überall lauernden Gefahren erkennen kann. Und wenn ihn keiner verstehen will, muss er eben alles im Alleingang machen. Eines Tages werden sie schon erkennen, wie recht er hatte und ihn gebührend ehren. Seine Kinder werden angekrochen kommen und ihn um Verzeihung dafür bitten, dass sie seinen Rat und Schutz nicht angenommen haben. Und die Firma wird ihn, wenn er sein Ziel erreicht hat, ganz nach oben befördern. Schmörgl wird die sicherste Gemeinde Tirols sein. Und die reinste. Und seine Maßnahmen werden dazu beigetragen haben, auch wenn sie etwas ungewöhnlich sind. Aber er lässt sich nicht aufhalten.

„Sie gehörten beobachtet, die Asylanten! Und vor allen anderen der, den der Wirt in seiner Bar gesehen hat, der Araber."

„Afghane, nicht Araber", korrigiert ihn Anni Schenk.

„Jetzt lenk nicht ab vom Wesentlichen!"

„Und was ist denn das Wesentliche? Sag, was?"

Anni Schenk wird laut, sie fährt ohne Atem zu holen fort.

„Dass du und der halbe Ort, ihr alle", sie schaut strafend zu Marie, „schon längst wisst, wer der Schuldige ist, nicht wahr? Wo noch nichts, gar nichts, bewiesen ist! Jeder kann der Täter sein, auch du mit deiner Dienstgeheimnis-Drohne! Wer weiß, was du damit alles ausspionierst."

„Das ist eine Frechheit! Ich arbeite mit Leib und Seele für eure Sicherheit!"

Herwig Kolsasser schleudert mit aller Kraft seine Stoffserviette auf den Tisch. Er bekommt einen knallroten Kopf.

„Und bewiesen ist nichts, weil ihr ihn laufen habt lassen, den Kerl. Abgehauen ist er euch! Das ist die Wahrheit. Ihr Dilettanten!"

„Bist ja gut informiert ..."

„Das schlägt dem Fass den Boden aus", sagt die Großmutter und hält dem Nachbarn ihr leeres Glas hin. Er füllt es mit wütendem Schwung randvoll an und stellt es knallend vor die Frau Nachbarin, dass der Wein überschwappt. Die Mutter runzelt die Stirn und sieht fragend zu Anni. Was ist los? Mohsen ist abgehauen? Das hat sie ihr gar nicht erzählt. Aber sie ist schlau genug, jetzt nicht nachzufragen. Sie will ihre Tochter nicht in Schwierigkeiten bringen. Herwig Kolsasser nimmt wieder seine Pascha-Haltung im Stuhl ein und schaut triumphierend in die Runde. Der nächste Punkt gehört ihm.

„Und jetzt kommt das Beste", er macht genüsslich eine Pause. „Ich will hier ja keine Angstmache betreiben."

Noch eine Pause.

„Aber ich habe ihn am Nachmittag vor der Explosion am Speicherteich hier herumschleichen sehen."

„Wen?", fragt Marie.

„Na, den Araber."

„Afghanen", sagt Anni Schenk.

Die Mutter beugt sich vor und blinzelt bedeutungsvoll. Jetzt kommt ihr Auftritt, und sie hat nicht vor, sich für irgendetwas zu rechtfertigen.

„Dafür gibt es eine einfache Erklärung."

Sie atmet tief durch und lehnt sich zurück. Aller Augen sind auf sie gerichtet.

„Mohsen erledigt Gartenarbeiten für mich", sagt sie selbstbewusst. „Und ich bin sehr zufrieden mit ihm."

„Was?", kreischen Marie und Herwig Kolsasser gleichzeitig, als hätte ihre Nachbarin einen Serienmörder engagiert, der sie alle auf seiner Opferliste hat.

„Hab ich was verpasst?", sagt die Großmutter. „Da kommt man nicht mehr mit."

Und sie versucht, ihr volles Weinglas an die Lippen zu heben.

„Er arbeitet schon länger für mich. Sehr zuverlässig. Ich kann ihn nur weiterempfehlen", sagt die Mutter und blickt kampfeslustig in die Runde.

„Der Bomber ist dein Gärtner? Ich fasse es nicht! Dann würde ich schön aufpassen, was er so alles im Garten vergraben hat. Ich komme gleich mit euch mit und werde mich in eurem Garten umsehen! Am Ende gehen wir hier noch alle in die Luft!"

Herwig Kolsasser nestelt an seinem Hemdkragen und öffnet den obersten Knopf.

„Herwig! Du gehst zu weit! Du setzt deine blauen Schuhsohlen nicht auf mein Grundstück. Auf keinen Fall. Keinen einzigen Schritt! Das schwör ich dir. Und wenn ich dich persönlich davon abhalten muss."

Sie sehen sich feindlich an, bereit zum Kampf. Es scheint, als würden sie jeden Moment aufspringen und zu raufen beginnen.

„Beruhigt euch. Wir sind doch immer gute Nachbarn gewesen", versucht Marie zu schlichten.

„Wir leben schon so viele Jahre zusammen. Und es war eine schöne Zeit. Wirklich goldene Jahre, die wir erlebt haben."

„Goldene Jahre?"

Anni Schenks Mutter lacht höhnisch. Aber Marie redet unbeeindruckt weiter.

„Andere Zeiten werden kommen und unsere Kinder werden es schwerer haben. Und erst recht unsere Enkel."

„Enkel?", fragt die Großmutter.

Anni Schenk verzieht den Mund. Enkel ist gar kein gutes Thema. Der heiße Wunsch der Mutter und der Großmutter, dem sie nicht nachgekommen ist. Jetzt auch noch die Enkel-Urenkel-Debatte zu ertragen, das ist zu viel des Guten. Anni Schenk blickt demonstrativ auf ihre Armbanduhr und springt auf.

„Ich muss los."

„Dann gehen die Damen ja sicher auch. Darf ich Ihnen behilflich sein, Frau Nachbarin?", säuselt Herwig Kolsasser der Großmutter ins Ohr und zieht ihr währenddessen fast den Stuhl unter dem Hintern weg. Seine Frau wird ihm, wenn sie wieder alleine sind, vorwerfen, dass er unhöflich war und ein schlechter Gastgeber. Aber das ist ihm egal. Was die anderen von ihm denken, hat ihn noch nie besonders gekümmert. Er will in Ruhe seine Projekte verfolgen. Er hasst es, wenn man ihm nachschnüffelt. Und er ist umgeben von allen möglichen neugierigen Spioninnen. Seine Frau als erstes, die plaudert auch noch gleich seine Geheimnisse aus, unfassbar! Gleich gefolgt von der Frau Nachbarin, die alles, was sie herausfindet, sofort an die Grünen weitergibt. Und jetzt muss zu allem Überfluss auch noch Anni wieder zu Hause wohnen und sich als Ermittlerin aufspielen. Die passt ihm so überhaupt nicht in den Kram. Das Fräulein Polizistin darf man nicht unterschätzen. Höchste Vorsicht ist geboten.

Später, wenn es dunkel ist, wird er mit seinem Nacht-sichtgerät den Garten der Nachbarinnen begutachten. Ganz leise und heimlich. Sicher ist sicher.

18

Matthias Angerer war Opfer. Die gerichtsmedizinische Untersuchung hat eindeutig ergeben, dass Matthias Angerer nicht der Täter des zweiten Bombenattentats gewesen sein kann. Er war von den austretenden Wassermassen überrascht und an einen Felsen geschleudert worden.

Eine nicht enden wollende Menschenschlange bewegt sich Richtung Friedhof. Harald Hofer steht am Friedhofseingang und betrachtet sie versonnen. Er stellt sich vor, es wäre eine gigantische Büroklammerschlange, die von seinem Schreibtisch aus den Ort durchwandert. Eine fantastische Vorstellung, die ihn lächeln lässt.

„Gut gelaunt?"

Anni Schenk erscheint vor ihm, in schwarzen Leggings und schwarzem Kleid, sogar ihr Pferdeschwanz ist mit einem schwarzen Haarband zusammen gebunden.

„Ich habe mir nur gerade etwas vorgestellt."

„So? Was denn?"

„Hm", knurrt Harald Hofer. Das will er ihr nun wirklich nicht erzählen.

„Hoffentlich bleiben die ruhig", sagt er stattdessen, um sie abzulenken, und deutet auf die Protestierenden, die sich auf beiden Seiten vor dem Friedhofseingang mit ihren Transparenten postiert haben.

Die Begräbnisgänger müssen an ihnen vorbei. Ganz Schmörgl ist auf den Beinen. Alle sind sie gekommen: die einen, weil sie ein Zeichen setzen wollen gegen Fremdenfeindlichkeit, die anderen, weil sie ihrer Angst

Ausdruck verleihen wollen. Harald Hofer kneift die Augen zusammen, um besser sehen zu können.

Auf der rechten Seite vor dem Eingang stehen die Blauen mit einem Spruchband. „Die Tiroler ehren den verstorbenen Tiroler". Neben ihnen die Touristiker mit der Banderole „Keine weiteren Toten im Konflikt mit der Natur".

Sie haben einen Kranz mitgebracht, auf dessen Schleife bunte Hotels aufgemalt sind, kleine Häuschen, wie in einem Monopoly-Spiel.

Auf der linken Seite vor dem Eingang stehen die Grünen, auch sie haben einen Kranz machen lassen. „Wir trauern um Matthias Angerer", steht darauf. Am Friedhofstor verteilen sie Wiesenblumen an diejenigen, die einen letzten Gruß auf den Sarg werfen wollen.

Es herrscht erhöhte Sicherheitsstufe. Am Eingang werden auf Anordnung Hofers von zwei Polizisten alle Taschen und Rucksäcke kontrolliert. Die Trauergäste lassen das eher unwirsch als verständnisvoll über sich ergehen. Die Polizisten müssen sich allerhand anhören.

„Was glaubt's denn, was ich mit hab?"

„Misstrauen, auch beim letzten Geleit?"

„Ist ja wie am Flughafen."

„Keine Pietät!"

„Wir braven Bürger werden als Bomber verdächtigt, und den wahren Täter habt's entwischen lassen!", schimpft der Alpenrose-Wirt und fuchtelt mit seinem verletzten Arm.

„Das soll unsere Sicherheit gewährleisten", höhnt Herwig Kolsasser, als er an der Reihe ist. „Ich hätte da ein paar andere Vorschläge ..."

Marie zieht ihn schnell weiter. Hinter ihnen gehen Anni Schenks Mutter und Großmutter. Die Großmutter hängt am Arm der Mutter wie ein nasser Sack und trippelt in ihren schwarzen Lackschuhen, die sie nur bei Begräbnissen trägt, mit kleinen Schritten Richtung Kapelle.

„Eine schöne Leich", sagt die Großmutter zum Nachbarn und deutet auf die vielen Blumen ringsum.

Herwig Kolsasser nickt abwesend, er hat nicht zugehört, seine Gedanken sind anderswo. All diese gutgläubigen Menschen hier erkennen die Gefahren nicht, die unablässig auf sie lauern. Das Böse ist überall. Der Teufel schläft nicht. Er, Herwig Kolsasser, weiß das. Und er wird seine Mitbürger schützen. Mit allen Mitteln. Der Zweck heiligt die Mittel. Und außer ihm macht ja keiner was. Der Staat versagt. Aber auf ihn ist Verlass. Herwig Kolsasser strafft seinen Rücken, richtet seine schwarze Trauerkrawatte gerade, wischt mit der Hand nochmals darüber, um eventuellen Staub zu entfernen, und nimmt umständlich neben seiner Frau in der hintersten Bank Platz.

Anni Schenks Mutter hält im Gang der Kapelle nach einem freien Sitzplatz in den vorderen Bänken Ausschau, wo sie die Großmutter platzieren kann, damit sie gut auf den Sarg sehen kann, nur nicht ganz vorne, schließlich ist man nicht verwandt.

Anni Schenk spürt Harald Hofers Anspannung. Unzählige Schnalzgeräusche folgen in kurzen Intervallen hintereinander. Sein rechter Mittelfinger tastet alle zwei Minuten den Scheitel ab. Auch sie ist nervös. Die Möglichkeit, dass der Täter, den sie suchen, heute hier ist, schätzt sie mit achtzig Prozent ein. Sie müssen höchst wachsam sein, auf jedes Detail achten. Die Uhr tickt. Unter den Trauergästen befindet sich mit hoher Wahrscheinlichkeit der Mann, der dabei ist, die nächste Bombenexplosion vorzubereiten. Oder die Frau?

„Was wissen wir über den Täter?", flüstert Anni Schenk Harald Hofer ins Ohr. „Wen suchen wir? Sind wir sicher, dass es ein Mann ist? Nach welchem Typen halten wir Ausschau?"

„Anni, das scheint mir jetzt nicht der richtige ..."

Aber Anni Schenk lässt sich nicht beirren und fährt fort: „Intelligent. Sie oder er weiß genau, was sie oder er tut und was sie oder er will. Selbstbewusst, keiner, der mit hängenden Schultern herumläuft, einer, eine, der oder die stramm und aufrecht da steht."

„Hör auf mit deinen Psycho-Spekulationen, Anni! Es ist wirklich nicht der richtige Moment."

„Ich denke schon ..."

Sie will ihren Standpunkt noch näher erläutern, doch da wird sie unterbrochen. Franz steht plötzlich vor ihr und küsst sie schmatzend mitten auf den Mund. Harald Hofer starrt ihn an und seine Stimmung wird rapide noch schlechter. Wer ist denn dieser Kerl? Er steht selbstbewusst wie ein Cowboy vor Anni Schenk und hat sie fest im Blick. Harald Hofer schluckt. Dass sie wirklich alle hier kennt, hat er ja nun schon mitgekriegt. Aber so ein unverschämter Auf-den-Mund-Küsser war noch keiner dabei. Was nimmt der sich heraus? Harald Hofer macht einen Schritt auf die beiden zu und bleibt demonstrativ neben ihr stehen. Schließlich ist Anni Schenk im Dienst und ihm zugeordnet und nicht irgendeinem dahergelaufenen Schmörgler Küsserfrechling.

Im linken Seitenflügel lässt sich die Witwe kondolieren, in einen langen schwarzen Mantel gehüllt, ihre Augen hinter einer riesigen Sonnenbrille versteckt. Die Ex-Geliebte steht im rechten Seitenflügel, von Freundinnen hermetisch abgeschirmt. Die Alpenrose-Wirtsleute stehen wild gestikulierend neben dem Bürgermeister. Der

Moser-Bauer kommt mit einem kleinen, selbst gebundenen Kranz, den er, sich mühsam bückend, zwischen die großen Blumenkränze neben dem Sarg legt. Er hält den Kopf gesenkt und sieht keinem in die Augen. Mit schweren Schritten durchmisst er die Kapelle, bekreuzigt sich am Ausgang und geht davon. Harald Hofer sieht ihm aufmerksam nach.

Die Witwe winkt den Pfarrer zu sich, sie hat noch eine letzte Bemerkung zu seiner Trauerrede. Anni Schenk verabschiedet den Cowboy. Ihre Freundin Franziska begrüßt die Mutter und die Großmutter und winkt auch zu ihr herüber. Vor der Kapelle beginnt die Blasmusik „Ich hatt' einen Kameraden" zu spielen, ein Brauch aus dem vorigen Jahrhundert, der im Ort ungebrochen weitergeführt wird. Schlagartig verstummt das wie Bienensummen klingende Gerede. Keiner spricht mehr. Auch als das Lied zu Ende ist, sagt keiner etwas. Die Eltern von Matthias Angerer, zwei kleine, grauhaarige Menschen, treten vor den Sarg, sie halten sich an der Hand und weinen leise. Die Witwe stellt sich neben sie. Ihre Augen sind trocken. Es gelingt ihr nicht zu weinen. Sie blickt starr geradeaus. Die Trauer ist ein ruhiges Gefühl, ein schwarzer Klotz mitten in ihrem Körper. Sie schlägt die Hände vors Gesicht.

Die Totenglocke erklingt. In präzisem Gleichtakt heben die vier Totengräber den Sarg hoch. Die Andacht in der Kapelle ist zu Ende. Hinter dem Sarg formiert sich der Trauerzug und setzt sich langsam in Bewegung. Anni Schenk und Harald Hofer bilden das Schlusslicht. Das Grab befindet sich im neueren Teil des Friedhofs, es ist ein langer Weg von der Kapelle zum Grab.

„Wir sind ein katholisches Dorf", beginnt der Pfarrer seine Trauerrede, „und das soll auch so bleiben. Wir haben uns hier heute vereint, um Matthias Angerer das letzte Geleit zu geben, einem ehrenvollen Bürger, guten Freund, dankbaren Sohn und treuen Ehemann."

Die Witwe nickt bejahend und dreht ihren Kopf zur Ex-Geliebten. Da hört sie es. Treuer Ehemann. Auf diesem Ausdruck hatte sie bestanden. Man dürfe, fährt der Pfarrer fort, seiner Trauer freien Lauf lassen. Die Umstände, die zu diesem Tod geführt haben, müssen so schnell wie möglich aufgeklärt werden. Bis der Täter gefunden sei, was hoffentlich nicht mehr lange dauern wird - er sucht Chefinspektor Hofer in der Menge und wirft ihm einen unchristlich eisigen Blick zu -, dürfe niemand vorverurteilt werden. Der Pfarrer ruft zu Ruhe und Besonnenheit auf, Gott allein steht es zu, zu richten über die Lebenden und die Toten. Er erinnert an die letzten Worte Jesu auf dem Kreuz: Vater, vergib ihnen, denn sie wissen nicht, was sie tun. Gemeinsam wird das Glaubensbekenntnis gebetet, auch Anni Schenk murmelt mit, den Text kann sie immer noch auswendig, obwohl sie seit vielen Jahren nicht mehr in die Kirche geht.

Harald Hofer schweigt. Er hofft nur eins, dass das Begräbnis schnell und ohne Zwischenfall vorüber geht. Nach der Trauerrede tritt eine beleibte Sängerin neben den Pfarrer und trägt inbrünstig Schuberts „Ave Maria" vor. Anni Schenk liebt dieses Lied, sie singt laut und falsch mit. Harald Hofer rückt zwei Schritte ab von ihr. Er hat das Gefühl, der Gesang will gar kein Ende nehmen. Wie viele Strophen hat denn dieses Ave Maria? Er unterdrückt ein Schnalzgeräusch. Unruhig scannt er die Umgebung ab. Der Küsserfrechling steht in der letzten Reihe. Der Moser-Bauer scheint tatsächlich gegangen zu sein. Hinter den Trauergästen erheben sich in endlosen Reihen Gräber mit Blumen, ohne Blumen, mit Kerzen, ohne Kerzen. Hinter der Friedhofsmauer beginnt ein steil ansteigender, im unteren Teil neu aufgeforsteter Fichtenwald. Halt! Hat sich da nicht etwas zwischen den Bäumen bewegt? Harald Hofer kneift seine Augen zusammen. Da! Schon wieder. Oben im Wäldchen steht eine Gestalt und beobachtet zwischen den Baumstämmen versteckt aus der Ferne das Begräbnis.

„Komm", flüstert Harald Hofer Anni Schenk zu, aber die singt so inbrünstig mit, dass sie ihn nicht hört. Er dreht sich langsam und möglichst unauffällig um und schreitet mit großen bedachten Schritten, im Schutz der Mauer, auf den Friedhofseingang zu. Die beiden Polizisten, die er zur Eingangskontrolle beordert hatte, sitzen rauchend auf einer Steinbank und blicken ihm träge entgegen.

„Keine besonderen Vorkommnisse", sagen sie.

„Bis jetzt", antwortet er und gibt ihnen kurze Anweisungen, dann sprinten sie los.

Es dauert eine ganze Weile, bis der Mann zwischen den Baumstämmen, dessen Blick starr auf den Friedhof und die dort stehende Menschenmenge gerichtet ist, die drei Typen wahrnimmt, die auf ihn zugelaufen kommen. Sie sind nicht mehr weit entfernt von ihm und er zögert, ob er hinauf oder hinunter laufen soll. Auf jeden Fall weglaufen. Das ist ein Reflex, den er seit seiner Kindheit kennt.

„Stehenbleiben!", ruft Harald Hofer und zieht seine Glock.

Hinunter, der Mann entscheidet sich für hinunter. Und das ist ein Fehler. Denn den Wald hinauf hätten die Polizisten und der Chefinspektor, die beträchtlich älter sind als er, mehr Mühe gehabt, ihn einzuholen. Aber hinunter sind sie schnell, die Polizisten kennen ihre Wälder, instinktiv weichen sie Wurzeln und Steinen aus und sausen den Hang abwärts.

Am Grab verklingt das „Ave Maria". Anni Schenk bemerkt das Fehlen ihres Kollegen. Warum steht er nicht mehr neben ihr? Nervös fährt sie sich mit dem Finger zweimal über die Oberlippe.

„Stehenbleiben!", schreit Harald Hofer nochmals, so laut und deutlich hörbar, dass die Trauergemeinde nun auf das Geschehen außerhalb des Friedhofs aufmerksam wird.

„Nein!"

Anni Schenk entfährt ein spitzer Schrei. Sie hat sich zu sehr in den Gesang hinein gesteigert und nichts mitbekommen. Wie konnte sie nur! Die laufenden Männer im Blick und sich mit den Armen Platz frei schaufelnd, drängt sie zum Ausgang. Sie läuft den Hang hoch und schneidet dem vor den Polizisten fliehenden Mann von unten kommend den Weg ab. Auch sie zieht ihre Glock.

„Halt!", ruft sie.

Der Mann sieht sie von unten ihm entgegen kommen und bleibt stehen. Für einen Moment lang ist er irritiert. Er büßt seinen Vorsprung ein. Und schon ist Harald Hofer über ihm. Anni Schenk kommt mit federnden Schritten angelaufen. Alle drei starren sich an. Harald Hofer und Anni Schenk zucken mit den Schultern. Damit haben sie nicht gerechnet.

„Das bleibt erst einmal unter uns", keucht Harald Hofer und deutet mit einer Kopfbewegung auf ihren Gefangenen.

Anni Schenk nickt, ohne den Blick zu heben. Sie fordern per Funk einen Streifenwagen an, ziehen Mohsen Nazimi, dem zur Fahndung ausgeschriebenen Flüchtling sein T-Shirt über den Kopf und stellen sich schützend vor ihn, bis der Wagen mit Blaulicht und Sirene kommt. Ohne Widerstand zu leisten und ohne ein Wort zu sagen, lässt sich Mohsen Nazimi auf den Hintersitz verfrachten. Weg ist er.

Anni Schenk und Harald Hofer kehren zum Friedhof zurück. Der Pfarrer ruft zu Besonnenheit auf, aber die aufgebrachten Trauergäste rufen alle durcheinander.

„Wer ist das Schwein?"

„Es ist der Mörder, gebt's es ihm!"

Harald Hofer stellt sich vor sie und hebt die Hände, wie Jesus, der zu seinen Jüngern spricht:

„Ruhe, bitte! Die Identität des Mannes muss erst festgestellt werden. Wir können Ihnen im Moment keine Auskunft geben."

Murrend kehren die Schmörgler unter der Führung des Pfarrers zum Grab zurück und werfen lieblos ihre Blumen auf den Sarg. Die Besinnlichkeit ist dahin. Unruhe und Nervosität machen sich breit.

Wer ist der Mann? Beim Leichenschmaus hat jeder seine eigene Version. Er war klein. Er war groß. Dick. Dünn. Ein Einheimischer. Ein Asylant. Hell. Dunkel. Glatze. Locken.

Die Touristiker und die Naturschützer sitzen an möglichst weit auseinander liegenden Tischen. Die Zeiten des gemächlichen, entspannten Miteinanders im Ort sind vorbei. Die Fronten haben sich verhärtet. Der Umgangston wird zusehends aggressiver. Schmörgl ist aus der alpenländischen Idylle geworfen worden und in einer rauen Gegenwart angekommen.

19

Pünktlich um sieben kommt Anni wie verabredet zur Liftstation. Franz wartet schon auf sie, in schwarzen Chucks, lässig an die weiße Mauer gelehnt. Als er sie mit ihrem schnittigen Rucksack um die Ecke biegen sieht, gibt er seinem Angestellten im Lifthäuschen ein Zeichen. Der Lift setzt sich ruckelnd in Bewegung, er wird extra für die beiden so früh morgens in Betrieb genommen.

„Heil", begrüßt der an der Einstiegsstelle stehende Angestellte mit erhobener Hand seinen Chef und hilft ihm auf den Sessel.

Es ist ein alter, traditioneller Tiroler Gruß von lange vor der Nazizeit, trotzdem zuckt Anni Schenk zusammen. Franz dreht sich auf seinem Sessel zu ihr nach hinten um und hebt entschuldigend die Schultern. Er kann seinen Liftlern den Gruß nicht verbieten, er muss froh sein, wenn sie überhaupt noch für ihn arbeiten, bei den Lohnkürzungen, die er vornehmen musste, weil ihm der verfluchte Klimawandel das Geschäft ruiniert. Die Natur im Wandel. Dagegen ist er machtlos. Seine Schuld ist das nicht. Und außerdem sind die grün lackierten Einzelliftsessel vollkommen veraltet, man müsste richtig investieren in den Lift. Im Nachbartal, einer Touristenhochburg, fahren Achter-Sessel mit Arschheizung und Windschutz, das ist heute der Standard. Da können diese grünen Einzelsessel aus den fünfziger Jahren nicht mehr mithalten. Aber er hängt an ihnen. Schon als kleines Kind ist er auf ihnen gesessen und drohte bei jedem

Ruckeln an der Liftsäule fast, unter dem Sicherungsbügel runterzurutschen und in die Tiefe zu fallen. Aber sein Vater wollte ihn abhärten. Und sein Onkel, der Liftbesitzer, war voller Vertrauen in den kleinen Jungen. Der Franzi, der packt das schon. War eine super Sache, einen Lift zu besitzen, damals, als es noch jeden Winter bis ins Tal hinunter schneite und die Liftanlage in jedem Sinn brummte. Franz seufzt. Er schließt kurz die Augen, hält aber das Schwarz um sich nicht aus. Nahezu panisch reißt er die Augen wieder auf. Wie gut, dass der Onkel vor fünf Jahren gestorben ist und diesen verdammten Niedergang nicht mehr mit ansehen muss. Er zieht seit Jahren alle Register, aber es geht mit dem Teufel zu. Erst letzte Woche hat er den Christof von der Sparkasse wieder zu einem Essen einladen müssen, ins beste Lokal im ganzen Tal, da kennt der Christof nichts. Lange hat er die in Leder gebundene Speisekarte studiert, bis er endlich etwas gefunden hat. „Hirn mit Ei. Das nehmen wir!", hat der Christof begeistert ausgerufen. Natürlich das teuerste Gericht. Am Nebentisch saßen der Kolsasser mit seiner Frau, der Angeber, der immer mit seinem BMW seine Extrarunden um den Stadtplatz dreht, damit auch ja ganz Schmörgl sieht, was er sich alles leisten kann. Als Angestellter in einer Sicherheitstechnikfirma. Man staunt. Und dann hat der Christof auch noch den besten Wein bestellt. Franz schluckte, als er den Preis sah. Aber er hat sich nicht lumpen lassen. Mit einer Flasche sind sie gar nicht ausgekommen, so gut war er. Die Kolsassers haben Wiener Schnitzel bestellt, so etwas Banales in einem Spezialitätenlokal! Das machen nur die Gscherten und die Touristen. Mit gespitzten Ohren saßen die Kolsassers da. Wenn einer mit dem Bankdirektor in einem teuren Lokal sitzt, hat das meist nichts Gutes zu bedeuten. Franz musste höllisch aufpassen, dass sie nicht mitkriegten, worum es ging. Rasch und leise schilderte er dem Christof die Lage. Als er den Zettel mit den aktuellen Eckzahlen, die er noch schnell für den Christof zusammengestellt hatte, aus der Sakkotasche fischte, hielt er sich die Serviette wie einen Vorhang vor, damit die Kolsassers nichts sehen konnten. Immerhin hat es sich gelohnt, der Christof, satt und halb betrunken, hat ihm wieder eine Kreditaufstockung zugesagt. Ein fünfstelliger Betrag, kein sechsstelliger, wie Franz gehofft hatte.

An der Bergstation springt Anni Schenk leichtfüßig vom Liftsessel. Wie lange ist sie nicht mehr mit diesem Sessellift gefahren! Als Kind hatte sie jedesmal, wenn sie an der Bergstation ankam, Angst, nicht schnell genug vom Sessel zu springen und ihn in die Kniekehlen gerammt zu bekommen, was auch oft genug passiert ist. Sie spürt den Schmerz noch immer in den Beinen. Wie ein Schlag. Um die unangenehme Erinnerung zu verscheuchen, breitet sie die Arme aus und atmet tief ein und aus. Sie schaut um sich, wie eine Königin auf ihr Land. Da sind sie, ihre Berge, einladend, majestätisch. Die grünen Kränze, die silbernen Spitzen, der blaue Himmel. Sie ist viel zu selten hier oben. Welch eine gute Idee von Franz, sie zu einer Joggingrunde in der Höhe einzuladen.

Die Rucksäcke lassen sie an der Liftstation. Ein paar Dehnübungen, dann laufen sie los. Mit jedem Schritt rückt die Gegenwart weiter weg, das Begräbnis, die Rede des Pfarrers, das „Ave Maria", das sie so inbrünstig mitgesungen hat, dass sie Harrys Aufforderung überhörte, der so schnell verschwundene Moser-Bauer in seinen Hosenträgern, der selbstgefällige Nachbar mit seiner Frau, die Mutter, die Großmutter, ihre Freundin Franziska, der aufgebrachte Alpenrose-Wirt, der gefasste Flüchtling, dessen Identität sie noch verschweigen. Sie alle entfernen sich, je näher sie den Felswänden kommt. Der Weg verläuft gerade, es geht kaum bergauf, doch Anni Schenk spürt den Höhenunterschied, sie ist es nicht gewohnt, in der dünnen Bergluft zu laufen, und fällt immer weiter hinter Franz zurück. Wie fit er ist! Davon sollte sich der gute Harry ein Stück abschneiden, statt den ganzen Tag wie ein Sack in seinem Bürosessel zu hängen und wie ein Gecko zu schnalzen.

Franz gerät außer Sicht und Anni Schenk läuft sich in ihrem Rhythmus ein, ihr Blick ist auf die Bergspitze gerichtet. Das Gipfelkreuz glänzt in der Morgensonne. Dort hatte Sepp eine seiner ersten Installationen aufgebaut. „Jedem Zipfel sein Gipfel", hat er mit blauer Farbe auf das Kreuz gesprayt. Hinter dem hölzernen Gipfelkreuz ist ein Halbmond aus Edelstahl im Felsen verankert. Die Gemeinde hat ein Schild anbringen lassen, mit dem Hinweis, dass es sich hier um ein Kunstwerk handelt. Anni Schenk erinnert sich, welch aufgeheizte Diskussionen im Gemeinderat dem vorausgegangen waren. Erst nach dem bedeutenden Kunstpreis wurde die Sache entschieden. Da war man plötzlich stolz auf den einheimischen Künstler. Anni Schenk schließt die Augen und sieht Sepp vor sich, wie er im Café neben ihr steht. In seiner leicht arroganten, stets souveränen Haltung. Sie hat immer zu ihm aufgeschaut. Er war ihr intellektueller Anker im Ort. Geistreich, unabhängig, kompromisslos.

Vor ihr liegen noch ein paar hundert Meter, bis sie die Bergstation wieder erreicht hat. Sie atmet durch für den Endspurt. Auf der Wiese neben der Bergstation hat Franz eine Picknickdecke ausgebreitet. Breitbeinig steht er mit offenen Armen auf der Decke. Anni Schenk läuft auf ihn zu und direkt in seine Arme hinein, Franz umfasst sie und gleitet mit ihr in einer sicheren Fallbewegung auf die Decke. Lachend und um Luft ringend liegt sie auf ihm. Er hält sie fest im Arm. Der Geruch der Wiese, der Geruch von Franz. Sie fühlt sich jung, unbeschwert. Die umliegenden Gipfel, das weite Panorama, der schillernde Fluss unten im Tal, der strahlende Himmel über ihr, Franz unter ihr. Es ist fast wie früher. Aber eben nur fast.

„Fühlst dich gut an, Mädel!", sagt Franz.

Er deutet auf ihre Brustspitzen, die sich im dünnen Sport-BH abzeichnen.

„Wie die mich frech anschauen, ich glaube, die wollen mir was sagen."

Mit geöffnetem Mund grinst er sie an, seine Zähne blitzen, als wollten sie gleich zubeißen.

„Sie erinnern sich", sagt Anni Schenk.

Sie setzt sich auf und zieht ihre Knie an die Brust.

„Und du? Erinnerst du dich auch?", fragt Franz.

Seine grünen Augen schimmern wie zwei Bergseen in der Ferne. Unergründlich, tief, kalt.

„Ja und nein", sagt Anni Schenk.

Sie legt ihr Kinn auf die Knie.

Franz dreht ihr Gesicht zu sich und haucht ihr einen Kuss auf die Stirn.

„Lass uns frühstücken."

Er greift nach seinem Rucksack, aus dem er Äpfel, Bananen, harte Eier, Müsliriegel, Landjäger und Semmeln zaubert, ein komplettes Bergfrühstück. Lächelnd hält er Anni Schenk die Thermosflasche mit dem Tee hin.

„Du zuerst."

Sie trinkt und reicht ihm die Flasche zurück, ohne den Flaschenhals abzuwischen, eine vertraute Geste. Wie früher. Beim Essen stecken sie sich gegenseitig kleine Happen in den Mund. Wie kleine Kinder oder wie jung Verliebte. Anni Schenk lehnt sich an Franz. Er streckt den Hals und deutet mit einer Kopfbewegung nach oben. Am wolkenlosen Himmel zieht ein Falke seine Kreise. Sie sehen ihm beide dabei zu, ohne zu sprechen. Franz drückt seine Hand auf Annis Bauch. Die Hand ist warm. Anni kuschelt sich noch mehr an Franz. Sie legt ihren Kopf in seinen Schoß. Seine Hand rutscht ein wenig tiefer. Der Falke kreist jetzt direkt über ihnen. Eine Endlosschleife. Die Zeit scheint still zu stehen.

Doch plötzlich holt Anni Schenk die Gegenwart ein. Das Begräbnis, die Verfolgungsjagd, die aufgebrachte Menge. Sie setzt sich auf. Der Zauber ist gebrochen.

„War krass, wie die Begräbnisfeier eskalierte", sagt sie. „Wie schnell die Leute ‚Mörder' rufen."

Franz sieht sie erstaunt an, er nickt zögernd, ein unruhiges Flackern, das ihr fremd ist, blitzt für den Bruchteil einer Sekunde in seinen Augen auf. Er senkt den Kopf, die Haarlocke fällt ihm in die Stirn.

„Die Schmörgler sind aggressiver geworden", sagt er schließlich. „Die Stimmung im Ort hat sich geändert."

„Alle sagen das jetzt. Als erstes hat es meine Mutter festgestellt. Sie hat es genau so ausgedrückt. Genau wie du."

„Deine Mutter hat ein gutes Gespür. So eine sensible wunderbare Frau. Ich habe sie immer sehr gemocht. Schon als Kind habe ich dich beneidet um deine Mutter."

„Ich habe Glück, ich weiß."

„Und auch um deinen Vater habe ich dich beneidet. Er ist viel zu früh gestorben."

„Ja."

Anni Schenk hebt den Kopf und blickt um sich. Wie oft war sie mit ihrem Vater hier oben, zum Schifahren, zum Wandern. Ein herzlicher, in allem, was er tat, so stimmiger Mann. Die Berge waren seine Welt. Er hat sich nicht vorstellen können, die Berge jemals zu verlassen. Musste er auch nicht.

„Ich wünschte, ich hätte so einen Vater gehabt."

„Deiner war sehr streng, Franz, oder? Soweit ich mich erinnere ..."

„Streng und ohne Empathie. Herzlos."

„Harte Worte."

„Die Wahrheit."

„Hat er dir gar nichts Gutes beigebracht oder etwas gezeigt, das dich immer an ihn erinnern wird?"

„Doch ..."

Franz lacht bitter.

„Und was ist das zum Beispiel?"

Franz sieht sie an und schüttelt den Kopf. Er antwortet ihr nicht. Abrupt erhebt er sich.

„Ich muss los", sagt er.

Schweigend packen sie die Sachen zusammen und gehen mit schnellen Schritten zum Lift, als hätten sie es plötzlich sehr eilig. Die Bergstation ist ein hässlicher weißer rechteckiger Betonbau mitten in der schönen Landschaft, mit einem abgeschrägten Flachdach aus Wellblech, unter dem die altmodischen Einzelliftsessel mit Hilfe ihres ebenso altmodischen Drehsystems die Richtung wechseln. Anni stellt sich auf die Plattform, sie hat die Picknick-Decke unter dem Arm und fährt als erste. Der Sessel schaukelt nach dem Einsteigen, das ist der Moment, in dem man nicht in den Abgrund schauen sollte, um nicht schwindlig zu werden. Lieber hochblicken zu dem dicken Stahlseil, an dem die Sessel befestigt sind. Auf das Stahlseil ist Verlass. Zumindest verspricht das das alte Werbeschild der Drahtseilerei an der Wand neben dem Eingang. Doch das Schild ist schon ganz schön verwittert. Anni Schenk fragt sich, ob es die Firma überhaupt noch gibt.

Franz hält den Rucksack auf dem Schoß. Während der ganzen Talfahrt stiert er vor sich hin.

„Alles okay?", fragt Anni, als sie unten angekommen sind.

Franz nimmt ihr die Decke ab.

„Ja", sagt er. „War schön mit dir. Echt schön."

20

Der Alpenrose-Wirt hat sich in Schale geworfen. Das wird heute sein großer Tag. Lange genug gedauert hat es ja. Der Herr Chefinspektor und die Frau Abteilungsinspektor, diese Stümper! Jetzt erst haben sie bekannt gegeben, dass der Mann, den sie während des Begräbnisses fassten, der geflüchtete Flüchtling war. Was brauchten sie denn so lange dazu, dessen Identität festzustellen? Das sieht man doch sofort!

Zur Feier des Tages trägt der Alpenrose-Wirt ein rotweiß-gestreiftes Hemd, das an die Tiroler Fahne erinnert, er ist schließlich stolz auf seine Heimat. Und seine Lederhose glänzt, als wäre sie frisch poliert. Breitbeinig und mit aufgeblähter Brust steht er im Flur und starrt auf das Spiegelglas.

Das größte Büro in der Schmörgler Polizeiinspektion ist mit einem venezianischen Spiegel in der Tür ausgestattet. Von innen sieht es aus wie ein normaler Spiegel, von außen kann man durchsehen und das ganze Büro überblicken. Anni Schenk tritt aus ihrem Büro und stellt sich neben ihn.

„Na, jetzt kommt dein Auftritt, da werden wir ja sehen, wie gut dein Gedächtnis ist."

„Mein Gedächtnis ist unschlagbar", prahlt der Wirt und macht einen anzüglichen Schritt auf Anni Schenk zu, als wolle er sie mit seinem Bauch anstubsen.

„Das werde ich euch gleich beweisen, Mädel!"

„Hm", knurrt Harald Hofer. „Wir können beginnen."

„Ich bin bereit", verkündet der Alpenrose-Wirt, während er an den Trägern seiner Lederhose zupft wie an Gitarrensaiten.

Im Büro stehen in zwei Reihen alle zehn Bewohner des Asylantenheims in Reih und Glied. Jeder von ihnen hält ein Schild mit einer Nummer vor den Bauch. Sie stehen frontal und blicken in das Glas, ohne ihr Gegenüber sehen zu können. Das ist das Prinzip des venezianischen Spiegels.

„Und das ist ganz sicher, dass wir für die nicht sichtbar sind?", flüstert der Alpenrose-Wirt.

„Ganz sicher. Uns trennt ein venezianischer Spiegel." Harald Hofer liebt diesen Ausdruck, der Alpenrose-Wirt versteht ihn nicht.

„Venezianischer Spiegel? Was ist das? Warum venezianisch?"

Der Wirt gibt sich bildungshungrig, aber Harald Hofer ist nicht zu langen Erklärungen aufgelegt.

„Wir sind hier nicht im Kunstgeschichte-Seminar", brummt er. „Konzentrieren Sie sich jetzt bitte auf die Männer vor Ihnen. Denken Sie genau nach, bevor Sie etwas sagen."

Der Alpenrose-Wirt stellt sich direkt vor die Tür und starrt auf das Glas.

„Ich habe verstanden", flüstert er.

„Und hören sie auf zu flüstern. Sprechen Sie normal und konzentrieren Sie sich."

Harald Hofer spricht absichtlich laut und deutet auf die Männer gegenüber. Der Alpenrose-Wirt reckt sein Kinn vor. Ein wenig aufgeregt ist er schon, aber das will er sich nicht anmerken lassen. Er atmet durch die Nase tief ein und aus. Nasenatmung beruhigt, das hat er einmal in einer Zeitschrift gelesen. Anni Schenk beobachtet ihn von der Seite. Was wohl in ihm vorgeht? Wenn er den Mann wieder erkennt, den er in der Snow-Bar gesehen hat, haben sie eine neue Faktenlage, wie Harald Hofer sagen würde. Der Alpenrose-Wirt ist ganz auf seine Nasenatmung konzentriert. Seine Gesichtszüge verraten Anspannung. In seinem Nacken bildet sich eine kleine Schweißperle.

„Vor uns stehen alle zehn Bewohner des Asylantenheims. Wer von ihnen ist der Mann, den Sie am Tag des Bombenattentats in der Snow-Bar gesehen haben?", fragt Harald Hofer langsam und betont, mit tiefer, ernster Stimme.

Anni Schenk sieht zu ihm hinab. Sie findet diese Stimmlage sexy. Der Alpenrose-Wirt schluckt. Er zupft noch mehrmals an den Trägern seiner Lederhose und bewegt den Kopf bedächtig von links nach rechts und dann zurück, von rechts nach links.

„Nummer drei", sagt er schließlich mit fester Stimme und fährt sich mit der Hand an den Hals.

„Nummer drei, bitte vortreten und Profilansicht", befiehlt Harald Hofer durch die Sprechanlage.

Der Mann, der das Schild mit der Nummer drei hält, tritt vor und starrt geradeaus, nach ein paar Sekunden dreht er sich zur Seite, sodass er nun im Profil zu sehen ist.

„Sind Sie sicher? Ist das der Mann, den Sie am Tag des Attentats gesehen haben?", fragt Harald Hofer nochmals mit seiner tiefen, ernsten Sexy-Stimme.

„Ich glaube, er war es."

„Sie müssen sicher sein."

„Er sieht dem schon ähnlich. Er könnte es gewesen sein. Aber er kommt mir ein wenig zu klein vor. Der Typ in der Bar war doch ein bisschen größer, glaube ich."

Harald Hofer wirft Anni Schenk einen lakonischen Blick zu. So ist es meistens bei Gegenüberstellungen. Sie zieht die Augenbrauen hoch und wartet darauf, wieder Harald Hofers Sexy-Stimme zu hören.

„Glauben gilt hier nicht. Sie müssen es wissen. Ich frage Sie noch einmal: Sind Sie sicher, dass der Mann mit der Nummer drei der Mann ist, den Sie in Ihrer Bar gesehen haben?"

„Ganz sicher bin ich mir nicht. Aber er könnte es gewesen sein", wiederholt der Alpenrose-Wirt, deutlich kleinlauter als zuvor.

„Lass ihn zurücktreten", sagt Harald Hofer durch die Gegensprechanlage zu dem Kollegen, der im Büro bei den Männern steht.

Der Mann, der die Nummer drei hält, reiht sich wieder unter die anderen ein. Er zuckt mit keiner Wimper und bewegt sich roboterhaft, als ginge ihn das alles hier überhaupt nichts an. Der Alpenrose-Wirt hingegen beginnt, unter den Achseln zu schwitzen. Kreisrunde Schweißflecken werden auf seinem patriotischen Hemd sichtbar. Dagegen hilft auch die Nasenatmung nicht mehr.

„Lassen Sie sich Zeit und überlegen Sie genau", rät ihm Harald Hofer. „Wir haben keine Eile."

Es entsteht eine lange Pause, in der man einen Kieselstein hätte fallen hören können. Anni Schenk fährt sich mit dem Finger über die Oberlippe. Sie drückt im Stehen das Becken vor und presst die Po-Backen zusammen, dann wieder locker lassen. Ihre Gymnastikübung, gut für den Rücken und für die Straffung des Pos und ihre Methode, um sich in Geduld zu üben. Drei Fliegen auf einen Schlag. Nach gefühlten Stunden des Wartens kann Harald Hofer ein Schnalzgeräusch nicht mehr unterdrücken. Der Alpenrose-Wirt räuspert sich.

„Nummer sechs", sagt er.

Harald Hofer lässt die Nummer sechs vortreten, geradeaus schauen, sich seitlich stellen, zur Profilansicht.

Auch der Wirt macht noch einen weiteren Schritt nach vorn, er klebt jetzt fast am Trennglas. Mit großen Augen stiert er den Mann an, der ihm da auf der anderen Seite gegenübersteht, und der ihn nicht sehen kann, obwohl sie nicht mehr als zwei Meter voneinander entfernt sind.

„Das ist der Mann, den Sie in der Bar gesehen haben? Können Sie das mit Sicherheit bestätigen?", fragt Harald Hofer, wieder mit seiner tiefen ernsten Sexy-Stimme.

Anni Schenk ist entzückt, diese Stimme wieder zu hören. Becken vor und zurück. Pobacken zusammenzwicken. Auf die Antwort ist sie ja jetzt gespannt. Der Alpenrose-Wirt zupft nervös an den Trägern seiner Lederhose. Die Größe der Schweißflecken unter seinen Achseln hat sich verdoppelt. Zwei kleine Seen.

„Nun?", hakt Harald Hofer nach, die Stimme noch eine Etage tiefer.

Anni Schenk läuft ein Schauder über den Rücken, bis zu den zusammengekniffenen Pobacken.

„Nun ist es so, dass mir der Typ hier doch dünner und schmächtiger vorkommt als der Mann, den ich in der Bar gesehen habe. Der war irgendwie robuster. Und die Haare waren lockig, nicht glatt, glaube ich."

„Glauben Sie?"

„Ja, ich glaube."

Der Alpenrose-Wirt windet sich. Er kratzt sich das Kinn. Er seufzt. Er tritt von einem Bein auf das andere.

„Ich weiß nicht."

„Also, Sie sind sich nicht hundertprozentig sicher. Sie identifizieren den Mann nicht klar und deutlich", fasst Harald Hofer zusammen.

Seine Stimme klingt mit einem Mal viel weniger sexy.

Der Alpenrose-Wirt sagt nichts, er schnaubt nur ungehalten, als sei es die Schuld des Chefinspektors, dass er sich plötzlich doch nicht mehr genau erinnert.

„Schluss, wir hören auf", weist Hofer den Kollegen im Büro an.

Anni Schenk zuckt zusammen. Harald Hofers Stimme hat nun gänzlich jeden Hauch von Sex-Appeal verloren. Im Gegenteil, ihr Klang fährt einem durch Mark und Bein.

Die Männer drehen sich noch ein letztes Mal mit hoch gehobenen Nummernschildern zum Spiegel hin. Mohsen Nazimi hält die Nummer fünf hoch. Anni Schenk beobachtet ihn. Er steht mit geradem Rücken lässig da, seine Körpersprache sagt, mir könnt ihr nichts, ich habe mit all dem nichts zu tun. In seinen Augen glimmt eine spöttische Verachtung.

Harald Hofer führt den Wirt in ein Büro am Ende des Flurs und schließt die Tür. Aus dem Büro mit dem venezianischen Spiegel drängen die Männer zum Ausgang. Sie wollen dieser Situation so schnell wie möglich entkommen.

Der sie begleitende Kollege sagt ihnen, sie könnten nun alle nach Hause gehen – nach Hause? – eine seltsame Formulierung für sie, fällt ihm auf, während er spricht. Was mag wohl für diese Männer hier zu Hause sein? Er würde sie gern fragen, ob sie sich in Schmörgl schon ein wenig zu Hause fühlen, aber er traut sich nicht. Schnell sammelt er die Schilder ein und verabschiedet die Männer, jeden einzelnen mit Handschlag.

Auf der Polizeiinspektion in Schmörgl herrschen gute Manieren, da weiß man, was sich gehört.

Der Alpenrose-Wirt wischt sich mit einem weißen Stofftaschentuch, das er immer in der Lederhose stecken hat, den Schweiß von der Stirn und aus dem Nacken.

„Ich rate Ihnen, seien Sie in Zukunft vorsichtig mit Ihren Behauptungen," sagt Harald Hofer trocken.

Der Alpenrose-Wirt hat seine Überheblichkeit abgelegt.

„Es tut mir leid, dass ich Ihre Zeit umsonst beansprucht habe", sagt er reumütig und geht mit leisen Schritten davon.

Anni Schenk fährt mit ihren Beckenübungen fort. Es fehlen noch zwölf von den vorgenommenen hundert.

„Ein typischer Ausgang für Gegenüberstellungen," seufzt Harald Hofer und schaut irritiert auf ihren sich vor und zurück bewegenden Bauch.

„Man meint, sich zu erinnern", Bauch nach vorne, „aber, wenn es darauf ankommt, merkt man", Bauch zurück, „dass man sich doch nicht genau erinnert. Das ist psychologisch leicht zu erklären ..."

„Anni, ich will jetzt keine Erklärungen hören. Ich brauche Nikotin."

Sie begleitet ihn nach draußen, wo er sich eine anzündet. Noch fünf Beckenübungen.

„Was ist das für ein Schlangentanz?"

„Becken-Gymnastik. Gut fürs Kreuz. Lässt sich leicht nebenbei mal machen."

Harald Hofer schüttelt den Kopf. Es gibt Seiten an der Kollegin, die wird er nie verstehen.

„Und jetzt?", fragt sie, als sie mit ihren Übungen fertig ist.

„Und jetzt sind wir genau so schlau als wie zuvor."

Harald Hofer schnippt Asche von seiner Funktionshose. Seine Zunge fühlt sich nach der Zigarette unangenehm pelzig an. Ihm ist heiß. Er hat Hunger und keinen Plan. Anni Schenks Handy vibriert. Sie nimmt es in die Hand und Harald Hofer schielt auf das Display. Nachricht von Franz. Der Küsserfrechling! Was hat der Anni Schenk zu simsen? Und wie hektisch sie ihm sofort antwortet! Es gibt wirklich bessere Tage als diesen.

21

Schmörgl ist ein alt gewachsener Ort, der sich kaum verändert hat in den letzten Jahrzehnten. Moderne Architektur löst bei den meisten Schmörglern größten Argwohn aus. Doch einem hier geborenen und aufgewachsenen Architekten ist es nach vielen Schnapsln mit dem Bürgermeister gelungen, die Errichtung eines avantgardistischen Wohnblocks durchzusetzen, am südlichen Ortsende, neben dem Fluss. Ein Turm aus Holz und Glas, zu dem die Schmörgler während der Bauzeit in Scharen pilgerten, als sei auf dem Grundstück ein Ufo mit Außerirdischen gelandet. Kaum war der Bau bezugsbereit, hatte sich die Aufregung jedoch gelegt.

Hier wohnt Franz. Seine Drei-Zimmer-Wohnung liegt im vierten Stock und hat einen großen Balkon, von dem aus er ein kleines Stück Wald und immerhin seinen Lift sehen kann. Das Einfamilienhaus mit der Topaussicht über das ganze Tal hinweg musste er nach der Scheidung seiner Frau überlassen. Dabei wurde es vor allem mit seinem Geld und seiner Hände Arbeit gebaut. Wie eine fette Made im Speck ist sie im Haus sitzen geblieben, die Ex, spielte sich als Mutterglucke auf und hat vor Gericht mit dem Wohl des Sohnes argumentiert, dem man doch, wo man ihm schon den Vater nimmt, nicht auch noch sein Umfeld nehmen könne. Dabei ist Lukas, wann immer er kann, bei ihm. Denn ihm ist es egal, dass Lukas, obwohl er erst vierzehn ist, schon trinkt und raucht und sich an den Wochenenden in die Clubs für die Achtzehnjährigen hineinschwindelt. Er hat schließlich auch schon geraucht und getrunken in dem Alter. Und er möchte nichts mehr als Lukas ein guter Vater sein. Lukas soll ihn bewundern, dafür würde er alles geben.

Franz öffnet die Balkontür und zündet die dicke weiße Kerze auf dem Balkontisch an. Es ist ein lauer Abend, er will mit Anni draußen sitzen. Der Weißwein steht gekühlt bereit. Breitbeinig setzt er sich in einen der beiden Korbsessel und wartet ungeduldig darauf, den blauen Golf kommen zu hören. Doch als das Klingelzeichen ertönt, lässt er einen Moment verstreichen, bevor er aufsteht und den Türöffner betätigt.

„Vierter Stock, vorne rechts ist der Aufzug", sagt er in die Gegensprechanlage, obwohl er weiß, dass Anni die Treppen nehmen wird.

„Aufzug! So weit kommt es noch, caro mio!"

Er zuckt zusammen. Caro mio hatte sie ihn vor vielen Jahren genannt, als sie auf einer Fahrt zum Gardasee ein Paar wurden. Damals hatten sie beide ein wenig Italienisch gelernt. Noch in der Tür zieht Anni eine Flasche Grünen Veltliner aus ihrem Umhängebeutel und drückt sie ihm in die Hand.

„Danke für die Einladung."

Küsschen auf die Wange.

„Sei willkommen in meinem Junggesellen-Reich."

„Danke."

Er macht eine ausladende Geste, als würde er mit ihr einen Palast betreten, und führt sie in die kleine Küche. Schlichte weiße Möbel, Holzplatte, keine Küchengeräte, kein Gewürzregal, extrem aufgeräumt, nahezu steril. Der Herd ist blank poliert.

„Du bist aber ordentlich geworden!"

Sie lächelt ihm schelmisch zu, aber er schüttelt nur den Kopf, ohne die Miene zu verziehen. Am Kühlschrank prangt ein Magnet mit Lenin als Popstar verkleidet, darunter steht: „Lenin will live forever."

Sie deutet mit dem Finger darauf.

„Bist du jetzt auch noch Leninist geworden?"

„Ach, das ist von Lukas."

„Lukas. Ist er viel bei dir?"

Er hat jetzt keine Lust, über Lukas zu sprechen. Caro mio, das hat ihn ins Herz getroffen. Wie viele Jahre ist es her, dass sie ihn so genannt hat! Er sieht sie vor sich, nackt, an irgendeinem Strand am Gardasee, im Mondlicht, sie waren jung, übermütig, das Leben lag vor ihnen.

„Komm", sagt er, und drängt sie von der Küche auf den Balkon hinaus.

„Wolltest du mir nicht dein Reich zeigen?"

„Später."

Er nimmt die Weinflasche, die er schon vorbereitet hatte, aus dem Kühler und öffnet sie. „Plopp" macht es, in die Abendstille hinein. Das Kerzenlicht flackert. Anni Schenk lässt sich in den Korbstuhl fallen, den Franz ihr zuweist, sie lehnt sich zurück und streckt ihre langen Beine aus, ihr Jeansrock rutscht ein wenig hoch. Sie erheben die Gläser.

„Auf uns", sagt Anni.

„Auf dich", sagt Franz.

Neben der brennenden Kerze liegt sein iPhone neben einer schicken Musikbox. Er macht Musik an. „So lebe ich" von Blumfeld ertönt.

„So schlägt mein Herz, es schlägt für sich, für dich und mich. So lebe ich. Einer von vielen, kein Einzelfall ..."

Anni Schenk kennt das Lied. Sie singt begeistert falsch mit. Franz lächelt zum ersten Mal an diesem Abend. Singen kann sie immer noch nicht. Und es stört sie immer noch nicht. Der Song erzählt neun Minuten lang mehr oder weniger das Gleiche. Und Anni Schenk hält alle neun Minuten durch.

„Ich mag den Song", sagt sie, als er zu Ende ist.

„Das höre ich", sagt Franz.

Seine braune Haarlocke fällt ihm frech in die Stirn, seine grünen Augen schimmern undurchdringlich. Das Gespräch zwischen den beiden stockt, bevor es richtig in Gang gekommen ist. Was will ihr Franz sagen mit diesem Song? Es ist ein Liebeslied. Aber ihre Liebesgeschichte ist lange vorbei. Eine Geschichte von früher, eine Jugendaffäre. Längst aus und fast vergessen. Sie trinkt ihr Weinglas aus, er schenkt ihr nach.

Sie sind so viel älter geworden. Sie haben sich in andere Richtungen entwickelt. Sie haben nichts mehr gemeinsam. Sie wissen auch jetzt nicht so richtig, worüber sie reden sollen. Überhaupt nichts haben sie sich zu sagen. Sie leben in vollkommen unterschiedlichen Welten. Und das ist auch gut so.

Wie es zu allem Weiteren kam, daran erinnert sich Anni Schenk am nächsten Morgen nicht mehr. Ihr Kopf brummt. Wie lange sind sie sich noch schweigend gegenüber gesessen? Ein paar Sekunden, ein paar Minuten, noch länger? Wie genau hat es angefangen? Hat sie ihm ihre Bereitschaft signalisiert? Hat er sie überfallen? Nein, total überrascht war sie eigentlich nicht. Nur ein bisschen überrascht. Sie weiß nicht mehr, wann genau Franz aufstand. Plötzlich jedenfalls stand er hinter ihr, kippte sie im Korbsessel mit sicherem Griff nach hinten und öffnete ihre Bluse. Der Rest ergab sich wie von selbst. Seine Lippen an ihren Brüsten, seine Haut an ihrer Haut. Er hat sie hoch gehoben und mit einem Mal stand sie vor ihm und streckte ihm ihren Hintern hin, vornüber gebeugt, die Hände am Balkongitter, den Kopf baumelnd.

„Komm her, mit deinem Stutenarsch", keuchte er und stieß seinen harten langen Schwanz in sie hinein. Mit gegrätschten Beinen stand er hinter ihr, wurde schneller, hielt sie um die Hüften fest. Sie stöhnte laut und schloss die Augen. Silberne Sterne tanzten in der Nacht und explodierten.

„Jetzt!", schrie er.

Ihre Knie haben gezittert, ihr ganzer Körper hat gezittert. Er hat sie festgehalten, umgedreht, auf den Boden gelegt, geleckt, indem er ihre Möse mit den Lippen fest umschloss. Es hat nicht lange gedauert, bis auch sie gekommen ist.

Wie konnte sie nur? Wie konnte sie sich in einer derartigen Demutsstellung vor Franz hinstellen? Und ohne zu verhüten. Hat er sie gefragt? Hat sie ihn gefragt? Sie erinnert sich nicht.

Anni Schenk liegt im Morgengrauen im Bett und wälzt sich von einer Seite auf die andere. An Schlaf ist nicht mehr zu denken. Haben sie sich noch etwas gesagt, als sie ging? Auch daran erinnert sie sich nicht. Er hat sie zum Auto begleitet, das weiß sie noch, er wollte sie heim fahren, aber sie hat darauf bestanden, selbst zu fahren. Sie hat nicht zu viel getrunken. Nein. Und sie ist auch nicht durcheinander, nein, überhaupt nicht, sie ist ganz bei sich.

Ganz bei sich? Hat sie das wirklich behauptet? Sie bildet sich ein, ihm etwas in dieser Richtung gesagt zu haben. Und etwas von überwältigendem Sex. Dabei hat sie sich ihm ausgeliefert. Sie, Anni Schenk! War sie doch beschwipst gewesen? Zum Teufel, wie konnte sie nur! Von wegen ganz bei sich. Das war nicht sie selbst. Oder ist es eine neue Seite an ihr, die sie noch nicht kennt? Sie zieht sich die Decke über den Kopf und schiebt sich eine Hand zwischen die Beine. Fühlt sich gar nicht so schlecht an, diese neue Seite.

22

Zügig ausschreitend geht Franz den kaum zu erkennenden Waldweg entlang. Sein Rucksack ist schwer und zieht ihn nach hinten, aber er will sein Tempo nicht verringern. Er will sich auspowern. Der Vorabend steckt ihm in den Knochen. Was war das mit Anni Schenk? Er weiß es nicht. Er weiß nur eines: So war das nicht geplant. Es überkam ihn, als er sie vor sich sah. Ein Impuls, den er nicht unterdrücken konnte. So lebe ich.

Brombeersträucher säumen seinen Weg. Er pflückt ein paar Brombeeren, steckt sie sich in den Mund und zerdrückt sie mit der Zungenspitze am Gaumen. Das macht ein kaum hörbares Geräusch und der Saft rinnt über die Zunge in die Mundhöhle. Brombeeren waren schon als Kind seine Lieblingsbeeren, trotz der stacheligen Äste, die ihm auch jetzt die Hände zerkratzen und sich in den Stulpen seiner kurzen Hose verfangen. Die tief stehende Sonne wirft lange Schatten und schmale Streifen geben dem Wald ein Muster, Hellbraun und Dunkelbraun, Hellgrün und Dunkelgrün. Franz senkt den Kopf und starrt auf seine Füße in den ausgelatschten Turnschuhen. Anni hat ihn herausgefordert. Hat sie das? Wie ein verzweifelter Hengst hat er sich auf sie gestürzt, um für einen Moment, nur für ein paar Minuten lang, zu vergessen. Doch wie ein Fausthieb waren seine Sorgen danach sofort wieder da gewesen, und hämmerten in seinem Hirn wie ein Kopfschmerz, der sich nur für den Augenblick des Orgasmus gnädig verzieht, um dann umso pochender wieder zu kehren. Die ihn unablässig quälenden Gedanken an Rechnungen, Mahnungen, Gehälter, die er nicht mehr bezahlen kann. Der weiche Waldboden verschluckt seine Schritte. Über ihm verläuft das Stahlseil, an dem die Liftsessel befestigt sind, sein Lift. Sein Erbe, sein Schicksal, seine quälenden Geldsorgen.

Franz beginnt die Schritte zu zählen, die er von einer Betonstütze zur nächsten braucht, um seinen Kopf leer zu bekommen. Er will an nichts denken müssen, nur gehen. Der Lift ist und bleibt sein Eigentum. Die Dinge nehmen ihren Lauf, sie geschehen ohne sein Zutun. Er fühlt nichts, sein Körper ist taub, seine Füße bewegen sich automatisch, sie gehorchen einer höheren Gewalt. Sein Leben fühlt sich an, als würde es ein anderer leben, ein Fremder in seiner Haut, der ihn nicht teilhaben lässt an seinen Entscheidungen. Hundertvierundsiebzig, hundertfünfundsiebzig. Das Zählen der Schritte beruhigt ihn. Es ist nicht seine Schuld, dass er steht, wo er steht. Das Leben passiert mit ihm. Es gibt kein Zurück.

Als er den nächsten Betonpfeiler erreicht, macht er kurz Halt, trinkt einen Schluck Wasser, dann verlässt er den Waldweg, geht schräg nach oben, eine Abkürzung bis zum nächsten Betonpfeiler. Er muss nun auf den Boden achten, aufpassen, dass er nicht ausrutscht. Mit den Händen umklammert er die Baumstämme und zieht sich hoch. Ein eigenartiger Geruch steigt ihm in die Nase, wie von gegorenem Obst. Er geht dem Geruch nach und gelangt zu einer Holzhütte. Keine zehn Meter vor ihm steht sie da, auf einer kleinen, gut geschützten Lichtung. Er kennt die aus ungleichen Brettern zusammen gezimmerte Hütte, hat sie jedoch immer nur verschlossen gesehen. Aber diesmal steht die Tür sperrangelweit offen, aus einem lieblos durchs Dach gesteckten Blechrohr raucht es heraus. Der Geruch wird intensiver. Er kommt allerdings nicht von dem Rauch aus dem Schornstein, sondern durch die offene Tür. Noch ein paar Schritte, und Franz steht in dem Türrahmen, den er komplett ausfüllt. Mit einem blitzschnellen Rundblick in die Hütte erfasst er Glasbehälter, Korken, Röhrchen, Nägel, Kabel, einen Holzofen und einen großen Kupferkessel mit einer Haube darauf, aus der ein dünnes Rohr zu einem weiteren Behälter geht. Dahinter sitzt ein Mann. Aufgekrempelte Hemdsärmel, breite Hosenträger, wild wuchernde Augenbrauen, riesige Hände. Der Moser-Bauer. Mit dem Handrücken seiner Rechten wischt er sich den Schweiß von der Stirn. Im Holzofen knistert es. In der Hütte ist es brütend heiß. Die beiden Männer starren sich an. Keiner sagt etwas. Sie kennen sich und kennen sich doch nicht. Der Moser-Bauer. Der Franz. Man begegnet sich, grüßt sich, hat sich nicht viel zu sagen. Hinter dem Ofen ertönt ein unfreundliches Knurren. Der Moser-Bauer dreht sich um.

„Scht", sagt er.

Wanda hebt träge den Kopf, erblickt den reglos da stehenden Franz, und rollt sich wieder auf dem Kuhfell zusammen, das der Moser-Bauer extra für seine Hündin hier ausgelegt hat.

„Ganz schön heiß für den Hund hier drinnen", sagt Franz,

„lass ihn doch heraus aus der Hütte."

„Draußen bellt sie mir zu viel, die Wanda. Und lockt mir nur ungebetene Neugierige an, die ihre Nase überall hineinstecken müssen. Solche wie dich."

Franz reagiert nicht. Die unfreundliche Art des Moser-Bauern ist in ganz Schmörgl bekannt. Und dass hier etwas vor sich geht, das nicht für die Augen aller bestimmt ist, ist offensichtlich. Dafür nützt er also seine

Hütte, die er sich klammheimlich hierher gestellt hat, auf den Waldboden mit Bauverbot. Alles, was hier passiert, ist verboten. Und doch passiert es, weil keiner etwas sagt.

Der Moser-Bauer rümpft seine rote Schnapsnase und faucht den Eindringling an:

„Wer hat dich überhaupt herein gebeten, ha? Ich nicht."

„Ich bin doch gar nicht drinnen. Ich steh draußen, noch vor der Schwelle, schau."

Franz deutet auf seine Fußspitzen.

„Kruzitürken! Aufs Maul gefallen ist er nicht, mein Gast."

„Aus deinem Mund ist das ein Kompliment."

„Du störst. Verflucht! Siehst du das nicht! Als ob ich nicht schon genug Ärger hätte mit dem Chefinspektor und seinen Schnüfflern."

„Was wollen die denn von dir?"

„Was weiß ich. Leck mich!"

Der Moser-Bauer haut sich mit seiner großen Pranke seitlich auf die Pobacke.

„Sie wollen mir irgendwas anhängen, weil ich Streit hatte mit dem Alpenrose-Wirt, dem gezierten Affen. Das haben ihnen mehrere Leute eingeredet. Weil hier, bei uns daheim, glaubt ja jeder, Bescheid zu wissen. Jeder hat seine feste Meinung. Und dabei keine Ahnung. Und je weniger Ahnung sie haben, desto überzeugter sind sie von ihren Meinungen. Kruzitürken!"

Der Moser-Bauer donnert seine Riesenhand nun gegen die Bretterwand, sodass es in dieser unheilvoll knirscht. Instinktiv weicht Franz ein paar große Schritte zurück.

„Wo du Recht hast, hast du Recht", sagt er.

Der Moser-Bauer seufzt und mustert den Mann vor sich mit der Haarlocke in der Stirn. Eigentlich ist er ja ein ganz netter Kerl. Hat nur ein verdammtes Pech mit diesem Erbe von dem Onkel. Und als Junge hat er ihm leidtun können, mit dem strengen Vater. Wenn die Moser-Bäuerin und er ein Kind gehabt hätten – wie sehr hätten sie sich das gewünscht! – dann wären sie aber ganz anders mit dem umgegangen. Doch es hat nicht sollen sein.

Franz zieht ein Taschentuch aus seiner Hosentasche und hält es sich vors Gesicht. Seine Nase will sich nicht an den Geruch nach gegärtem Obst gewöhnen. Er verursacht ihm fast Brechreiz. Mit etwas mehr Abstand starrt Franz jetzt auf den Hexenmeister, der da in seiner Hütte hockt und geheimnisvolle Sachen braut. Um seinen dicken Bauch ist mit einer riesigen Masche eine schwarze Schürze gebunden, die mit Sicherheit noch nie gewaschen wurde. Die Füße des Moser-Bauern stecken in abgetragenen Holzpantoffeln, sie sind ihm zwei Nummern zu groß und sehen aus, als wären sie schon in der dritten Generation vererbt. Auf dem Kuhfell regt sich etwas Schwarzes. Wanda bewegt die Pfoten im Schlaf.

„Dein Hundsvieh träumt von der Jagd."

„Meine Wanda."

Der Moser-Bauer krault die Hündin zwischen den Ohren und beugt sich zu ihr hinab.

„Über dich lass ich nichts kommen. Du bist mir die liebste von allen."

Die Hündin hebt träge den Kopf, öffnet die Augen und knurrt Franz an.

„Ich geh ja schon", sagt Franz.

„Wird auch Zeit. Ich habe zu tun."

„Das seh ich."

„Geht dich übrigens einen feuchten Dreck an", sagt der Moser-Bauer. „Und ich will auch gar nicht wissen, was du zu tun hast," fügt er hinzu und deutet mit einer Kopfbewegung auf den Rucksack von Franz, der ungewöhnlich groß ist für einen Waldspaziergang.

„Interessiert mich Null komma Josef, was du da mit dir herum schleppst."

„Dann sind wir ja quitt."

Noch einmal starren sich die beiden Männer an. Eine stillschweigende Solidarität liegt in ihrem Blick. Sie haben sich verstanden. Keiner hat sich für die Machenschaften des anderen zu interessieren. So war es schon immer, so soll es bleiben.

„Na, dann", sagt Franz.

Die Haarlocke fällt ihm in die Stirn.

„Hoi", grüßt der Moser-Bauer und hebt seine Pranke zum Abschied.

Mit festen sicheren Schritten steigt Franz weiter den Berg hinauf.

23

Mit dem Rücken drückt sich Harald Hofer an den Baumstamm. Er atmet flach. Die Umhängetasche hat er im
Büro gelassen. Die Glock und das Handy stecken in den
Taschen seiner Funktionshose. Das gute Stück. Wirklich
eine praktische Hose, wie gut, dass er gleich zwei davon
genommen hat, eine schwarze und eine beige. Das
macht er oft, wenn ihm etwas passt und gefällt. Er geht
so ungern einkaufen, dass er die Methode des Doppel-
kaufs für sich entdeckt hat. Heute trägt er die beige
Hose, in der langen Variante. Seine Füße stecken in
Sandalen mit Klettverschluss. Es ist wieder ein warmer
Sommertag. Er reckt seinen Hals und lugt vorsichtig
hinter dem Baumstamm hervor. Auf dem Waldweg vor
ihm, in gehöriger Entfernung, geht Mohsen Nazimi.

Harald Hofer holt innerlich Schwung, er sammelt all
seine Energien, höchste Konzentration, dann läuft er
geduckt los, hinter den nächsten Baumstamm. Als Junge war er bei den Pfadfindern, sie haben Räuber und
Gendarm im Wald gespielt und keine Anstrengung ver-
spürt. Doch nun merkt er das Alter, er keucht und ist
nicht mehr so flink und wendig wie früher. Hopp, hopp,
zum nächsten Baumstamm. Es fällt ihm schwer, leise zu
keuchen. Aber er darf sich auf keinen Fall durch laute
Atemgeräusche verraten. Und erst recht muss er darauf
achten, dass ihm kein Schnalzgeräusch entfährt. Das
wäre fatal.

Es ist lange her, dass er jemanden beschattet hat. Und
das war vor allem unter normalen Bedingungen gewe-

sen, auf einer asphaltierten Straße, zwischen Häuserblocks mit ordentlichen Eingängen, in denen man sich gut verstecken konnte und schnaufen, so laut man wollte, weil das im Straßenlärm unterging. Hier hingegen herrscht Stille, der Wald scheint alle Geräusche zu verdoppeln. Der Waldboden ist rutschig und übersät mit gemeinen kleinen Ästen, die verräterisch knacken, wenn man versehentlich drauf tritt. Außerdem sind da noch die unförmigen Wurzeln, die aus dem Waldboden ragen und auf die man achten muss, um nicht auf die Nase zu fallen. Für diese Aufgabe hat er zweifelsfrei die falschen Schuhe an. Wenn das seine Mutter sähe! Hatte sie es ihm nicht seine ganzen Jugendjahre lang gepredigt: Feste Schuhe im Wald und auf dem Berg! Genützt hat es bis heute nichts, wie man sieht. Eine Observierung im Wald mit Klettverschluss-Sandalen. Das hätte ihm seine Mutter wirklich nie durchgehen lassen. Seine Mutter. Eine Welle der Zärtlichkeit überkommt ihn. Fast vergisst er, den Kopf vorzustrecken und zum nächsten Baumstamm weiter zu hüpfen. Es geht ganz schön bergauf. Harald Hofer gerät ins Schwitzen.

Mohsen Nazimi hingegen schreitet mit seinen kurzen Beinen und dem geschulterten schwarzen Rucksack flott aus. Die hellen Turnschuhe leuchten auf dem mit Fichtennadeln bedeckten Waldboden.

Er blickt nach rechts und nach links, aber zum Glück dreht er sich nie um. Nach den wirren Aussagen des Alpenrose-Wirts hat sich Harald Hofer bei Mohsen Nazimi und den anderen Flüchtlingen bedankt dafür, dass sie an der Aufstellung teilgenommen haben. Die Aufstellung war freiwillig, die Flüchtlinge hätten auch ablehnen können. Mohsen Nazimi nahm die Hand, die ihm entgegen gestreckt wurde, und drückte sie schwach, mit unbeteiligtem Blick. Warum er untergetaucht ist? Und warum er im Wäldchen oberhalb des Friedhofs weg gelaufen ist? Aus instinktiver Angst, hat er gesagt. Eine instinktive Angst bestimmt unser Handeln. Wir haben gelernt, vorsichtig zu sein. Immer beschuldigt man uns als erste.

Harald Hofer klingen die Sätze des Flüchtlings in den Ohren nach. Er glaubt ihm nicht, weil er keinem glaubt. Mohsen Nazimi gibt den Unschuldigen. Warum er das Begräbnis beobachtet hat? Keine Ahnung, sagt er. Aus Neugierde. Aus Langeweile. Aus nichts. Weil ihm der Bademeister leid getan hat. Sie leben doch in einem freien Land, oder nicht?

Das war der Moment, in dem Harald Hofer beschlossen hat, Mohsen Nazimi zu beschatten. Dann wird sich ja herausstellen, ob er wirklich so ein Engel ist, wie er vorgibt.

Harald Hofer kneift die Augen zusammen. Sein Engel ist stehen geblieben. Von oben kommen zwei Personen auf ihn zu. Ein Mann und eine Frau. Sie begrüßen sich per Handschlag und schauen sich hastig nach allen Seiten um. Harald Hofer macht einen Schritt zur Seite und duckt sich hinter ein Gebüsch. In seine Füße fährt ein brennender Schmerz. Mist, er ist in Brennnesseln getreten! Und jetzt muss er dort ausharren, wo er steht, denn wenn er hervor tritt, riskiert er, gesehen zu werden.

Ein paar Meter vor ihm zieht Mohsen Nazimi eine Plastiktüte aus seinem Rucksack und nimmt etwas heraus. Was ist das? Harald Hofer bereut es, kein Fernglas mitgenommen zu haben. Der Mann und die Frau halten die Hände auf. Jeder von ihnen nimmt ein flaches Päckchen entgegen und lässt es schnell in der Tasche verschwinden. Harald Hofer zwickt die Augen noch mehr zusammen, so fest es geht, aber er kann nichts Genaues erkennen. Jetzt holt der Mann seine Geldtasche aus der Hose und drückt Mohsen Nazimi Geldscheine in die Hand. Es sind mehrere, wie viele, kann Hofer nicht sehen. Der Mann und die Frau stehen seitlich zu ihm, sie flüstern sich etwas zu. Mohsen Nazimi sagt etwas Unverständliches zu ihnen, lässt die Geldscheine in die Hosentasche gleiten und schließt seinen kleinen schwarzen Rucksack wieder.

Harald Hofer umfasst seine Glock. Seine Füße brennen unerträglich. Verdammte Brennnesseln! Der Schmerz lenkt ihn ab, dabei braucht er jetzt höchste Konzentration. Soll er zugreifen? Oder weiter observieren? Er muss sofort eine Entscheidung treffen.

Da ertönt aus seiner Hosentasche das Piano-Riff. Seine Mutter! Mohsen Nazimi und die beiden anderen drehen sich erschrocken um, sie haben den Klang gehört. Harald Hofer duckt sich notgedrungen noch tiefer in die Brennnesseln hinein. Sie brennen nun auch an seinen Fußknöcheln. Verdammt! Er drückt die Mutter weg. Nun herrscht wieder Stille.

Die drei vor ihm haben ihn nicht entdeckt. Ein Glück. Das wäre ein toller Auftritt gewesen, der Chefinspektor im Brennnesselnest.

Aber sie sind alarmiert. Mohsen Nazimi und der Mann und die Frau laufen in verschiedene Richtungen davon, sodass ein möglicher Verfolger nur die Chance hätte, einen von ihnen zu erwischen. Nicht ungeübt im Davonlaufen, die Guten, denkt Harald Hofer und tritt endlich mit einem großen Schritt aus dem Brennnesselfeld heraus. Ausgiebig kratzt er sich an den Füßen, eine wahre Wohltat. Dann fährt er sich mit der Hand über den Mittelscheitel und richtet sich die Haare, die in Unordnung geraten waren. Schließlich fingert er das Handy aus der Hosentasche.

„Mama?", knurrt er ins Telefon. „Was gibt es?"

Was es gibt? Was für eine Frage! Solch eine Frage kann auch nur ein Sohn stellen. Hätte sie eine Tochter oder wenigstens eine Schwiegertochter, die sich um sie kümmert – die Mutter machte eine Pause, um den Vorwurf, dass sie keine Schwiegertochter mehr hat, die sich um sie kümmert, auf ihren Sohn wirken zu lassen , – hätte diese sofort an ihrer Stimme erraten, wie schlecht es ihr geht. Zutiefst verzweifelt ist sie. Die nächste Polin hat sich verabschiedet.

„Verstehst du?"

„Hm."

Eine Frau würde das sofort verstehen.

„Hast du sie vergrault?"

„Was fällt dir ein! Ich bin ja so allein, mutterseelenallein auf der Welt", schluchzt die Mutter ins Telefon.

Harald Hofer bemüht sich, tröstende Worte finden, doch das Schluchzen will kein Ende nehmen, bis er verspricht, unverzüglich vorbei zu kommen, um ihr Gesellschaft zu leisten und gemeinsam mit ihr eine Lösung zu ersinnen.

Mürrisch lenkt er seine Schritte talwärts und schreibt im Gehen eine Nachricht an Anni Schenk, dass er heute nicht mehr im Büro auftaucht. Von seiner Expedition mit dem unrühmlichen Ausgang erwähnt er lieber nichts. Er ist der Frau Kollegin schließlich keine Rechenschaft schuldig darüber, wo er sich herum treibt. Wer weiß, was sie alles in diese Geschichte hinein psychologisieren würde! Nicht auszudenken. Warum hat er das Handy nicht leise gestellt? Warum hat er die Brennnesseln nicht gesehen? Warum hat er nicht im richtigen Moment beherzt gehandelt? Anni Schenk würde sicher dem allem eine Bedeutung beimessen, die er vielleicht gar nicht hören will. Zum Teufel mit den Brennnesseln und der Psychologie!

Harald Hofer seufzt und knurrt in sich hinein. Seine Füße brennen noch immer. Er bleibt stehen und kratzt sich nochmals ausgiebig. Als er sich wieder aufrichtet, vernimmt er ein surrendes Geräusch, das immer lauter wird. Schwirrt ihm der Kopf? Er fasst sich an die Stirn. Das Surren wird noch lauter und scheint direkt über ihm zu verweilen. Er hebt den Kopf. Eine ziemlich große Drohne fliegt genau über ihm am Himmel. Wie ein riesiges schwarzes Insekt schwirrt sie bedrohlich über seinem Kopf. Harald Hofer blickt sich um. Agieren die geheimnisvollen Herren vom Verfassungsschutz aus Wien hier schon über seinen Kopf hinweg, im sprichwörtlichen Sinne, ohne dass ihm Mitteilung gemacht wurde? Das sähe ihnen ähnlich. Kommunikation ist ja sowieso ein Fremdwort für die. Aber da sollen sie ihn kennen lernen, die Geheimniskrämer vom Dienst! Hier geschieht nichts hinter seinem Rücken! Nicht mit ihm. Doch da entdeckt er weiter unten einen Mann mit einer Fernbedienung in der Hand.

Herwig Kolsasser sieht den Chefinspektor entschlossenen Schrittes auf sich zukommen. Der hat ihm gerade noch gefehlt. Was macht er denn ausgerechnet hier in dieser Gegend, am helllichten Nachmittag? Sollte er da nicht in seinem Büro in der Polizeiinspektion vor seinem Computer sitzen? Kann man denn nirgendwo seine Ruhe haben in diesem verdammten Schmörgl?

„Guten Tag, Herr Chefinspektor Hofer!", flötet Herwig Kolsasser.

„Kennen wir uns?"

Harald Hofer stiert auf die Fernbedienung in den Händen des Mannes.

„Herwig Kolsasser. Wir haben uns bei der Beerdigung auf dem Friedhof gesehen."

„Aha."

„Schönes Wetter zum Spazieren gehen, nicht? Haben Sie schon Dienstschluss heute?"

Herwig Kolsasser blickt auf die unverkennbaren roten Striemen an den Fußknöcheln des Chefinspektors.

„Sind Sie in die Brennnesseln geraten? Ich kann Ihnen einen Tipp geben gegen das Jucken ..."

„Ich brauche keine Tipps!"

Harald Hofer deutet mit dem Zeigefinger in den Himmel.

„Spielen Sie mit diesem Ding da oben herum?"

„Ein Test. Beruflich."

„Hm."

„Ich arbeite bei einer Sicherheitsfirma."

„Holen Sie es mal her, das Ding."

Herwig Kolsasser lässt die Drohne neben ihnen landen. Harald Hofer setzt eine Kennermiene auf und begutachtet die Kamera.

„Und was nehmen Sie da so auf?"

„Ach, die schöne Landschaft in unserem schönen Land."

„Hm."

„Testbilder."

„Lassen sie mal ein paar Bilder sehen."

Harald Hofer deutet auf das Handy von Herwig Kolsasser.

„O, der Herr Chefinspektor kennt sich aus."

Harald Hofer lächelt. Das hat er seinem Sohn Bruno zu verdanken, dieses Wissen, dass die Bilder der Drohnenkameras per w-lan aufs Handy übertragen werden können. Bruno hält ihn mit allen technischen Neuerungen à jour. Er allein wäre noch auf dem Stand des Schnurtelefons.

„Muss ich Ihnen die Fotos zeigen?"

„Haben Sie etwas zu verbergen?"

„Nein, natürlich nicht."

Herwig Kolsasser rückt seinen Hemdkragen zurecht. An einer seiner Schuhspitzen klebt ein Grashalm. Er bückt sich und wischt ihn weg.

„Ich kann Sie auch auf die Polizeiinspektion vorladen, wenn Ihnen das lieber ist."

Widerwillig macht sich Herwig Kolsasser an seinem Handy zu schaffen. Dem penetranten Chefinspektor ein paar Bilder zu zeigen, ist womöglich die beste Methode, ihn so schnell wie möglich los zu werden. Und nichts anderes will Herwig Kolsasser.

„Da, schauen Sie her. Das sind die letzten Aufnahmen."

Er hält Harald Hofer das Handy hin. Man sieht Wald, Wiese, Liftsessel, Betonpfeiler, die Bergstation des Lifts. Bilder aus der Umgebung. Wirklich nichts Aufregendes.

„Zufrieden, der Herr Chefinspektor?"

„Hm. Den Chip nehme ich mit. Für alle Fälle."

Herwig Kolsasser bleibt der Mund offen stehen. Aber er händigt Harald Hofer den Chip aus.

„Und wie schaut's überhaupt mit einer Erlaubnis für das Ding da aus?"

„Braucht man bei dieser ... Größe und ... Höhe noch nicht", stottert Herwig Kolsasser.

„Sie haben auch schon einmal besser gelogen", höhnt Harald Hofer.

„Meine Nachbarin ist übrigens auch bei der Polizei,"
bricht es unvermittelt aus Herwig Kolsasser hervor.

„Ihre Nachbarin?"

„Anni Schenk."

„Ach, die Anni."

„Meine Frau und ich sind mit ihrer Mutter und Großmutter befreundet."

Bei der Erwähnung der Mutter verfinstert sich Harald
Hofers Miene. Das eben geführte Telefonat fällt ihm ein,
und das, was ihm bevor steht.

„Ich muss weiter", sagt er mit Blick auf die Uhr. „Sie
hören von uns."

Er hebt den Chip hoch und lässt ihn dann in die Tasche gleiten.

Herwig Kolsasser setzt ein gezwungenes Lächeln auf.
Wie schön, ein paar Worte gewechselt zu haben, schö-
nen Tag auch und man sieht man sich. Hinter Hofers
Rücken zieht er eine Grimasse und wendet sich seiner
Drohne zu.

„Jetzt sind wir endlich wieder alleine, mein Bienchen",
sagt er zu ihr und nimmt sie liebevoll in den Arm. „Und
unser Geheimnis, das verraten wir keinem."

Harald Hofer eilt den Hang hinab. Ein unangenehmer
Kerl, dieser Drohnenpilot. Die Aufnahmen, die er ihm
gezeigt hat, könnten ja wirklich nichtssagender nicht
sein. Aber so schnell lässt sich ein Harald Hofer nicht
abfrühstücken. Er wird den Chip sofort auswerten lassen. Vielleicht findet sich ja doch ein brauchbarer Hinweis darauf. Und jetzt erinnert er sich auch wieder vage,
dass Anni Schenk etwas von einem Essen bei den
Nachbarn und Patschen, Paschen, irgend so etwas
erwähnt hat, mit ihrer Mutter und Großmutter.

Mutter! Er fingert eine Zigarette aus der Tasche und raucht im Gehen. Bei seiner Mutter wird ihn die Anhörung der Jammerlitanei erwarten, die er inzwischen auswendig kennt. Keine ist so gut wie Maleika. Warum hat sie mich nur verlassen. Der blöde Gärtner. Ich bin so allein. Du verstehst mich nicht. Alt werden ist furchtbar. Ein Graus. Wenn ich mich doch schon unter der Erde hätte. Missmutig wirft er die nur halb gerauchte Zigarette weg. Nicht einmal die Zigaretten schmecken ihm bei diesen Gedanken. Hinzu kommt sein schlechtes Gewissen, dass er sich selbst nicht mehr um die Mutter kümmern kann. Und gar nicht zu reden von dem zeit- und nervenfressenden praktischen Teil, der Organisation einer neuen Pflegerin. Die die Mutter auch bald wieder hinausekeln wird. Und der Juckreiz an den Füßen will auch nicht nachlassen. Er hat es wirklich nicht leicht.

24

Am Berg oben knallt es, als wäre ein Meteorit einge-
schlagen. Die Detonationswelle erschüttert das Beton-
fundament des obersten Liftpfeilers, es bekommt einen
Riss. Der Pfeiler gerät in Schräglage, das Stahlseil
springt aus den Führungsrollen, mehrere Liftsessel kra-
chen zu Boden.

Die Bergstation des Lifts verwandelt sich in einen
Schutthaufen aus Betonbrocken, Holzstücken, Eisentei-
len und Erdbrocken. Der Berg bebt. Bäume knacken
und Äste brechen.

In der selbst gezimmerten Hütte des Moser-Bauern
birst der große Glasballon in tausend Splitter und sein
kostbarer Inhalt sickert in den Waldboden. Ein Glück,
dass keiner mehr in der Hütte ist. Der Knall ist in ganz
Schmörgl zu hören und die Schmörgler wissen sofort,
was das bedeutet. Die dritte Bombe.

Die Sirene heult. Die Feuerwehr rückt aus. Die
Schmörgler laufen mit Ferngläsern vor ihre Häuser und
versuchen, da oben am Berg etwas ausfindig zu machen. Von der Liftstation steigt eine Wolke aus Rauch
und Staub auf, was aber nur diejenigen erkennen können, die jenseits des Flusses wohnen. Die anderen,
diesseits des Flusses, sehen gar nichts. Sie haben nur
den unglaublich lauten Knall gehört. Der Berg steht da
wie immer. Aber nichts ist mehr wie immer. Eine unheimliche Bedrohung liegt in der Luft. Die sonst so plau-
derfreudigen Schmörgler sind ganz still geworden.

Zur Bergstation des Lifts führt nur ein schmaler Forstweg. Die Einsatzkräfte müssen die großen Autos unten stehen lassen und in Jeeps hochfahren. Die Sanitäter zwängen sich in den Allrad-Jeeps der Feuerwehr zusammen. Die Feuerwehrleute können nur kleine Gerätschaften mit hinauf nehmen. Harald Hofer und Anni Schenk sind mit ihren Kollegen sofort bei dem Knall los gefahren. Harald Hofer war gerade erst in der Polizeiinspektion eingetroffen gewesen und drehte noch im Flur wieder um. Mit ihren kleinen Allrad-Suzukis sind die Polizisten als erste am Tatort.

Erdbrocken, Betonteile. Staub, entwurzelte Bäume. Auf den ersten Blick kein Schaden an Leib und Leben, vermerkt Harald Hofer im Beamtenjargon, auf den er nur selten zurück greift, in seinem Kim-Jong-Un-Notizbuch. Anni Schenk starrt auf den Schutt und das Geröll ringsum. Bilder der Verwüstung. Nicht weit vor ihr ist der riesige Krater, den die Bombe gerissen hat. Ein noch viel größerer Krater als im Hotel Alpenrose und am Speicherteich. Eine viel größere Bombe. Anni Schenk greift sich an den Hals und schließt die Augen. Vor kurzem ist sie mit Franz genau an dieser Stelle auf der Decke gelegen. Sie sieht sich, wie sie auf ihn zuläuft und er sich von ihr umwerfen lässt. Nun ist die Liftstation zum Großteil zerstört. Bis auf eine Wand. Sie öffnet die Augen wieder, starrt geradeaus und fasst Harald Hofer am Arm.

„Schau, Harry."

Aufgeregt deutet Anni Schenk auf die einzige stehen gebliebene Wand der Liftstation. Diesmal hat der Täter keine Wortbotschaft hinterlassen, sondern ein Zeichen:

Ein Kreuz.

Wieder war die Explosion exakt berechnet, wieder hat er gezeigt, dass er sich auskennt. Der Wirkungsgrad der

Zerstörung war genau kalkuliert. Der Täter wusste, dass diese Wand stehen bleiben würde.

Die Einsatzkräfte treffen ein. Der Tatort wird weiträumig abgesperrt. Anni Schenk tippt mit zitternden Fingern auf die Nummer von Franz, aber er geht nicht ran. Sie schreibt ihm eine sms: Melde dich sofort.

Während die Kollegen das Absperrband entrollen, stehen Anni Schenk und Harald Hofer reglos da. Ihre Arme berühren sich, sie lauschen auf die Geräusche des Berges. Vogelgezwitscher, der Wind säuselt in den Ästen, das Motorengeräusch eines Flugzeugs, das näher kommt und sich entfernt.

„Es könnte zum Täter passen, dass er sich noch in der Nähe aufhält und die Wirkung seines Werkes auf uns beobachtet", sagt Anni Schenk.

„Hm."

„Er hat uns diesmal ein bedeutungsbeladenes Zeichen als Botschaft hinterlassen. Vielleicht will er sehen, wie dieses Zeichen auf uns wirkt. Das ist zumindest nicht ausgeschlossen."

„Hm."

Harald Hofer nickt. Es ist früh am Abend, noch hell, ein wolkenloser Tag, gute Sicht. Er ruft die Kollegen zu einer kurzen Besprechung und weist sie an, die Gegend in einem größeren Umkreis abzusuchen. Mit Luchsaugen zu beobachten, ob sich irgendwo etwas bewegt. Ob jemand in seinem Versteck lauert und seinen Triumph genießt. Und sich vielleicht durch eine kleine falsche Bewegung verrät. Aus der Ferne ist Hundegebell zu vernehmen. Einen der Kollegen winkt Harald Hofer zu sich und übergibt ihm den Kamerachip. Er soll die Bilder darauf sofort auswerten und ihn umgehend informieren, wenn Personen auf den Aufnahmen zu sehen sind. Der

Kollege eilt im Laufschritt zu einem der Suzukis und Harald Hofer stellt sich direkt vor Anni Schenk.

„Anni, diesmal muss ich dir etwas beichten", sagt er.

„So?"

Er erzählt ihr von der Observierung Mohsen Nazimis – Einzelheiten lässt er weg - und von der Begegnung danach, mit ihrem Nachbarn und seiner Kamera-Drohne.

„Es waren Aufnahmen von der Bergstation des Lifts dabei. Und ich habe dem keine Bedeutung zugemessen! Ich Trottel!"

„Wie solltest du auch? Du bist ja kein Hellseher, oder?"

Anni Schenk legt ihren Arm um Harald Hofer und beugt ihren Kopf zu ihm hinab.

„Du hast dir nichts vorzuwerfen. Und außerdem, ich habe Herwig Kolsasser auch schon einmal mit einer Drohne gesehen, in den Feldern bei der Polizeiinspektion."

Einzelheiten lässt auch sie weg. Harald Hofer runzelt die Stirn.

„Wir müssen sofort mit diesem Kolsasser sprechen."

Anni Schenk hat die Nummer der Nachbarn eingespeichert. Marie hebt ab. Nein, der Herwig ist nicht zu Hause. Wo er ist? Genau weiß sie das nicht, aber sie glaubt, er ist nach der Arbeit noch eine Runde mit dem Radl fahren gegangen. Das Radl hat er in der Firma stehen. Ja, sie sagt ihm Bescheid, dass er sich gleich melden soll, wenn er kommt. Anni Schenk lässt sich die Handynummer geben. Aber Herwig Kolsasser geht nicht ran.

Die Feuerwehrleute kommen zu ihnen und geben ihren Kurzbericht nach der Sichtung des Tatortes. Sie bestätigen, was der Chefinspektor schon gesehen hat: Nach erstem Augenschein ist diesmal keine Person zu Schaden gekommen. Sie steigen in ihre Jeeps, nehmen die Sanitäter mit und fahren wieder ins Tal hinunter. Auf die Kollegen von der Polizei, die auf Ansage des Chefinspektors hin noch weiter den Wald hier oben durchstreifen müssen, werfen sie mitleidige Blicke.

Harald Hofer und Anni Schenk stehen immer noch dicht beieinander. Harald Hofer macht einen Schritt nach oben, höher am Hang stehend wirkt er gleich groß wie Anni Schenk. Sie zupft an ihrem Pferdeschwanz.

„Was soll das Kreuz bedeuten?", fragt sie ihn. „Ein Gipfelkreuz? Ein Friedhofskreuz? Wir müssen das Symbol verstehen."

„Hm", knurrt Harald Hofer.

„Sieg? Tod?"

„Hm."

„Was will uns der Täter sagen? Wenn wir die Bilderwelt des Täters nicht verstehen, werden wir nicht weiter kommen."

„Hm."

„Was geht in ihm vor? Was ist sein Tatmotiv?"

„Anni..."

„Diesmal hat er uns ein Symbol hinterlassen. Das heißt, dieser Ort hat eine besondere Bedeutung für ihn."

Sie fährt sich mit dem Finger über die Zungenspitze und dann über die Oberlippe. Die Zungenspitze ist hellrot, weich und feucht. Harald Hofer spürt diese Zungenspitze zwischen seinen Beinen, sie fährt über sein Glied und wandert zum Bauchnabel hoch, um dann wieder zurück zu kehren und an seiner Schwanzspitze zu verharren. Ein wohliges Schnalzgeräusch entfährt ihm.

„Harry?"

„Mmm."

„Hast du etwas gesagt?"

„Nein."

Er macht drei entschlossene Schritte zur Seite, weg von seiner Kollegin, weg von seinen Fantasien. Kampf diesen Bildern! In so einem Moment. Nach einer Bombenexplosion, die den ganzen Ort in Schock versetzt hat. Wie kann er nur! Er schüttelt sich.

„Harry? Ist was?"

„Nichts."

„Was denkst du?"

„Nichts, was du wissen möchtest."

25

In der Polizeiinspektion läuft das Telefon heiß. Anrainer, die meinen, etwas Relevantes beobachtet zu haben, aber vor allem Neugierige, die wissen wollen, was passiert ist. Der diensthabende Polizist erklärt immer wieder das Gleiche. Leider ist das, was er zu sagen hat, schnell gesagt. Denn viele Informationen gibt es nicht. Er muss sich wüste Beschimpfungen von nervösen Bürgern anhören. Was, das ist alles, was die Polizei weiß? Obwohl es schon die dritte Bombe ist? Unerhört! Und die Beamten werden schließlich von den Steuergeldern bezahlt! Da kann man sich schon etwas mehr erwarten, oder? Sein Kopf ist schon ganz rot. Was kann er dafür, dass er nicht mehr Informationen hat? Soll er das Blaue vom Himmel herunter erfinden, nur, damit sie eine Ruhe geben?

Auch Harald Hofer muss sich so einiges gefallen lassen am Telefon. Der Oberst brüllt in den Hörer.

„So geht das nicht weiter! Das ganze Land schaut auf uns. Wir können es uns nicht länger leisten, nichts zu liefern. Ich gebe euch noch drei Tage. Dann bitte ich Wien um Hilfe."

Noch bevor Harald Hofer etwas erwidern kann, hat der Oberst aufgelegt. Harald Hofer dreht das Rädchen am Büroklammerspender. Er muss sich dringend eine Trostschlange bauen, eine ganz große, um den ganzen Schreibtisch herum. Anni Schenk steht mit gesenktem Kopf vor ihm und beobachtet ihn dabei, wie er gedankenverloren eine Büroklammer an die nächste hängt. Die

Tür ist geschlossen, es ist schwül im Raum. Die Hitze des Tages hat sich angestaut.

„Kann ich das Fenster aufmachen?", fragt Anni Schenk und macht einen Schritt in Richtung Fenster.

Harald Hofer knurrt nicht einmal sein übliches „Mhm". Er gibt keinen Laut von sich. Er nimmt Anni Schenk gar nicht richtig wahr. Sie öffnet das Fenster und holt demonstrativ tief Luft.

„Die frische Luft wird dir gut tun."

„Ich brauche keine frische Luft."

Mit einem kräftigen Stoß schließt Anni Schenk das Fenster wieder und macht, dass sie davonkommt. Harald Hofer bleibt in sich selbst versunken. Er möchte von seiner Schlange gefressen werden und in ihrem dunklen Bauch verschwinden, auf Nimmerwiedersehen. So klein hat er sich schon lange nicht mehr gefühlt. Wie einer dieser Kalksteinfelsen, die ihn im Karwendelgebirge hier umgeben, lastet dieser Fall auf ihm.

Die Auswertung der Bilder von Herwig Kolsassers Drohnenkamera brachte ihn auch nicht so richtig weiter. Auf mehreren Aufnahmen sind ein Mann und ein Hund zu sehen, unterhalb der Liftstation, vier Stunden vor der Explosion. Wenn man die Aufnahmen vergrößert, sind sie arg verpixelt, doch der Mann mit den breiten Hosenträgern ist eindeutig zu erkennen: der Moser-Bauer. Harald Hofer starrt auf die Bilder und klopft mit den Fingern auf den Tisch. Der Moser-Bauer in der Nähe des Tatorts. Allerdings behauptet er, nur einen Spaziergang mit seiner Hündin gemacht zu haben und nach seiner Holzhütte im Wald geschaut zu haben. Ein unschuldiger Spaziergänger! Und Herwig Kolsasser, der Sicherheitsfanatiker? Irgendetwas muss doch dahinter stecken, dass der gute Mann ausgerechnet die Liftstation fotografiert, kurz bevor sie in die Luft fliegt. Das kann doch kein Zufall sein! Und dann ist da noch dieser Josef Danner, der Herr Künstler. Den hat er eben entlassen müssen. Er war während der dritten Bombenexplosion in U-Haft gesessen und kann also diesmal nicht der Täter sein. Zum Abschied hat ihn dieser Herr Danner noch aufs Wüsteste beschimpft. Dagegen war das, was der Herr Oberst vom Stapel ließ, eine wahre Lobrede. Einen hirnlosen Apparatschki hatte Josef Danner ihn genannt, einen von Vorurteilen und Hass zerfressenen Provinzpolizisten, einen hörigen Mittelscheitelträger, und - das war das Schlimmste – ein Müttersöhnchen. Leid tun könne er ihm, giftete Josef Danner noch im Hinausgehen weiter. Dass man ihn so lange in Untersuchungshaft behalten hat! Eine Staatssauerei! Von wegen Rechtsstaat. Sein Anwalt wird sich in Kürze bei ihm melden. Und dann werden sich dem Herrn Chefinspektor garantiert ein paar Härchen rund um seinen akkurat gekämmten Mittelscheitel aufstellen!

Wenn er daran denkt, schwirrt Harald Hofer sofort wieder der Kopf. Nun, soll er ihm eben kommen mit seinem Anwalt! Er hat im Moment andere Sorgen. Er muss dringend mit den Ermittlungen vorankommen. Wo bleibt nur dieser Liftbesitzer?

Harald Hofer verlängert seine Trostschlange noch um zehn Zentimeter, dann hebt er unwillig den Kopf von den Büroklammern und vertieft sich in den vor ihm liegenden Schnellbericht der Kollegen von der Spurensuche. Zur Beschaffenheit der Bombe haben sie folgendes vermerkt:

Sprengstoff: Donarit
Abgepackt in Rohren

Im Nachbarbüro starrt Anni Schenk auf die Fotos vom Tatort. Ihre Gedanken kreisen um das Symbol des Kreuzes. Was wollte ihnen der Täter nur damit sagen? Sie zeichnet mit dem Füller lauter kleine Kreuze auf ein weißes Blatt. Hat der Täter das Kreuz als religiöses Symbol eingesetzt? Oder als Warnung vor dem nahen Tod? Dieses Mal hat die Botschaft eine andere Qualität. Ein Symbol, kein Text. Es besteht kein besonderer Zusammenhang zu den Sprachbotschaften. Diese Explosion muss für den Täter etwas vollkommen anderes bedeutet haben als die anderen beiden Anschläge. Aber was? Inwiefern unterscheidet sich die Liftstation von den anderen Tatorten?

Anni Schenk steht auf. Sie kann sich nicht richtig konzentrieren. Unruhig kontrolliert sie ihr Handy. Franz hat noch immer nicht geantwortet.

In einer betont langsamen Bewegung streckt sie die Beine, erst das rechte, dann das linke, und führt die Handflächen zum Boden. Der Pferdeschwanz fällt nach vorne, das Blut schießt in ihren Kopf. Da klingelt das Telefon auf dem Schreibtisch. Der Kollege vom Dienst. Franz ist da.

Anni Schenk reißt die Bürotür auf und stürmt zum Eingang vor. Ihre Backen glühen.

„Endlich!"

Da steht Franz, mit seinen grünen Augen und seiner braunen Haarlocke, breitbeinig, in seiner Cowboy-Art. Sie wirft sich ihm in die Arme.

„Franz! Es tut mir so leid, was passiert ist!"

Franz drückt sie halbherzig an sich. Harald Hofers grimmiger Blick hält ihn von weiteren Gefühlsbezeugungen ab.

Harald Hofer zwickt seine Augen zusammen, so fest es geht. Was er da vor sich sieht, die Kollegin in den Armen des Liftbetreibers, gefällt ihm ganz und gar nicht.

„Harry, Franz ist ein guter Freund. Darf ich ihn dir vorstellen..."

Ein guter Freund. Der Küsserfrechling. Vorstellen muss er sich den nun wirklich nicht mehr lassen. Als würde er sich nicht genau an seinen Auftritt bei dem Begräbnis auf dem Friedhof erinnern. Er verscheucht das Bild. Und jetzt liegt sie auch noch in seinen Armen. Das will er nicht verstehen müssen. Hier ist die Polizeiinspektion und kein Kuschelverein.

„Kommen Sie", sagt er streng und beobachtet aus dem Augenwinkel, wie Franz Anni Schenk endlich loslässt. „Wir haben Sie früher erwartet."

„Ich musste vorher noch zur Liftstation, um mir das Unglück anzusehen. Sie werden verstehen."

„Hm", knurrt Harald Hofer.

Er geleitet den Liftbetreiber in den Verhörraum. Anni Schenk geht in einigem Abstand hinter ihnen her. Sie setzen sich. Franz nimmt ihnen gegenüber Platz. Er bittet um ein Glas Wasser.

Zur Tatzeit war er unterwegs, um seinen Sohn Lukas vom Kung-Fu-Training abzuholen. Der Sohn lebt bei seiner Ex-Frau. Sie sind seit ein paar Jahren getrennt und haben sich die Aufgaben der Kindererziehung, naja, der Erziehung des Jugendlichen, soweit man überhaupt noch von Erziehung sprechen kann, aufgeteilt. Das Kung-Fu-Training fällt in seinen Aufgabenbereich. Das ist Männersache. Das Training findet im Nachbarort statt, einmal in der Woche. Er holt ihn dort immer ab.

Feinde? Menschen, die ihn hassen? Seine Ex-Frau. Nochmals seine Ex-Frau. Dann kommt lange nichts. Vor einem Jahr hat er drei Angestellte entlassen müssen. Er nennt die Namen und Adressen. Aber er kann sich nicht vorstellen, dass einer von denen so etwas tut. Dazu sind die doch gar nicht in der Lage. Wozu sind sie nicht in der Lage? Na, eine Bombe zu basteln.

Harald Hofer macht sich Notizen in sein Kim-Jong-Un-Notizbuch. Anni Schenk sagt gar nichts. Sie starrt auf die Hände von Franz. Sie zittern leicht. Er tut ihr so leid. Sie möchte ihn am liebsten umarmen, bleibt aber brav aufrecht auf ihrem Stuhl sitzen, die Hände im Schoß. Harald Hofer fährt mit seinen Fragen fort.

Drohungen? Nein, hat er keine erhalten. Noch nie. Er wüsste auch nicht, warum. Er glaubt, er ist beliebt im Ort.

„Oder, Anni?"

Franz sieht sie durchdringend an.

„Ja", sagt sie.

Harald Hofer spitzt die Ohren. War da ein Unterton zu hören? Was ist mit den beiden? Verheimlicht ihm Anni Schenk etwas? Womöglich weiß dieser Liftfuzzi etwas über sie, das er nicht weiß. Womöglich haben die beiden etwas miteinander. Harald Hofer spürt einen Stich in der Magengrube. Er beugt sich bedrohlich nah zu dem Gesicht von Franz vor. Ob ihm etwas aufgefallen ist in letzter Zeit?

Franz verschränkt die Arme. Nein, ihm ist nichts aufgefallen in letzter Zeit. Und was das hin gesprayte Kreuz bedeuten könnte? Keine Ahnung. Er ist seit langem aus der Kirche ausgetreten.

Da sollen sie doch lieber den Sprayer-Künstler fragen. Der wird ihnen sicher beantworten können, was es damit auf sich hat. Vielleicht ist es ja sein Kreuz. Weiß man's?

„Herr Danner saß zur Tatzeit in Untersuchungshaft", bemerkt Harald Hofer trocken.

Franz hebt erstaunt den Kopf. Seine Mundwinkel zucken. Er trinkt das Wasserglas leer und legt die Hände auf die Knie.

„Ach ja?"

„Denken Sie nach. Alles, was Ihnen zur Tat einfällt, kann uns weiter helfen. Und Sie wollen uns doch helfen, oder?"

Harald Hofer trommelt mit den Fingern auf den Tisch. Franz lehnt sich zurück.

„Für mich ist das ein herber Schlag. Meine Existenz ist vernichtet. Der Lift war mein Ein und Alles. Mein Erbe, mein Leben. Ich will Ihnen wirklich helfen, den Täter zu finden. Ich liebe den Lift wie meinen eigenen Sohn. Das können Sie mir glauben!"

Schwungvoll wirft er seine braune Haarlocke zurück.

Harald Hofer macht ein Schnalzgeräusch. Gar nichts glaubt er ihm, diesem unverschämten Anni-Schenk-Umarmer. Irgendeinen Grund hat jeder, um zu lügen. Das hat Harald Hofer in seinen vielen Berufsjahren begriffen. In diesem Job ist er zum Misanthropen geworden. Er hat gänzlich das Vertrauen in die Menschen verloren. Letztlich hat ihn das auch seine Ehe gekostet. Du hast keinen Funken Vertrauen mehr in dir, hatte seine Frau ihm vorgehalten. Es gibt nur eine Frau, der du je vertraut hast, und das ist deine Mutter. Und nach der Scheidung meinte die Ex, wie froh sie sei, endlich nicht mehr täglich etwas von ihm zu erhoffen, was zu geben er nicht mehr im Stande war.

„Wir glauben dir, Franz."

Anni Schenks Stimme zerreißt die Stille im Raum. Nun, wenn sie meint. Sie wird schon sehen, was sie davon hat. Verärgert erhebt sich Harald Hofer. Das Gespräch ist beendet. Er hält dem Liftbetreiber die Hand zum Abschied hin.

„Wir sehen uns", sagt er. „Halten Sie sich zu unserer Verfügung."

„Wir sehen uns", bestätigt Franz barsch.

Anni Schenk bringt ihn zur Tür, während Harald Hofer sein Büro betritt. Er will gar nicht sehen, wie sich die beiden verabschieden.

26

Franz kocht. In der Küche duftet es nach exotischen Gewürzen. Auf dem Herd schmort ein Gemüse-Curry in einem großen schweren Wok. Franz hat eine braune Schürze umgebunden.

„Danke. Wäre aber nicht nötig gewesen", sagt er und nimmt die Weinflasche entgegen, die Anni Schenk auch diesmal wieder mitgebracht hat.

Er stellt die Flasche auf den Herd.

„Wird vielleicht ein wenig heiß hier", meint Anni Schenk und schafft im Kühlschrank Platz für die Flasche.

Franz sieht ihr zu. Sein Blick ist fahrig. Normalerweise beruhigt es ihn, zu kochen. Heute steht er schon seit zwei Stunden in seiner picobello-Küche, aber von Beruhigung keine Spur.

„Entschuldige, ich bin etwas durcheinander", sagt er. „Das ist noch der Schock."

„Kein Wunder."

Sie will ihn umarmen, aber er reagiert abwehrend. Er nimmt eine kalte Weißweinflasche aus dem Kühlschrank und gießt zwei Gläser ein. Anni Schenk und er stehen nebeneinander, an seine Küchenzeile gelehnt, ohne sich zu berühren, und trinken.

„Hast du irgendeinen Verdacht, wer es gewesen sein könnte?", fragt Anni Schenk.

„Nein. Habe ich doch schon deinem Kollegen gesagt", antwortet Franz genervt.

Anni wirft ihm einen irritierten Blick zu. Er ist so abweisend. Sie leert ihr Glas in wenigen Schlucken und fordert ihn auf, ihr nachzuschenken.

„Ist dir noch etwas eingefallen, das uns weiterhelfen könnte?"

„Nein."

Nun gut, sie wird nicht insistieren. Sie muss ihm Zeit geben. Schließlich ist es nicht einfach, so eine Sache zu verarbeiten. Anni Schenk wechselt das Thema. Sie lenkt das Gespräch auf Lukas und das Kung-Fu-Training.

„Ich wusste gar nicht, dass man hier in der Gegend Kung-Fu machen kann."

„Bei uns kann man alles machen. Wir tun ja alles für die Touristen. Wahrscheinlich gibt es die Kung-Fu-Kurse, seit der erste schlitzäugige Tourist danach gefragt hat."

„Franz!"

„Ich mach nur einen Witz."

„Einen schlechten."

„Ist nicht mein bester Tag heute."

„Ich weiß."

Eine Pause entsteht. Anni Schenk wartet ab.

Nach einer Weile fährt Franz gedankenverloren fort.

„Im Sommer trainieren sie draußen, mit Stöcken."

„Mit Stöcken?"

„Ja, sie gehen in den Wald und suchen geeignete Stöcke aus. Richtig lange."

„Das sieht sicher toll aus. Hast du Lukas schon einmal beim Training zugesehen?"

„Ja."

Anni Schenk fragt trotz der einsilbigen Antwort nach, so schnell lässt sie sich nicht von einem Thema abbringen.

„Hat es dir gefallen?"

„Nicht besonders. Aber ich interessiere mich für alles, was Lukas wichtig ist. Ich will alles tun, damit ich ihm ein guter Vater bin."

„Ein besserer Vater, als es deiner war?"

Franz antwortet ihr nicht. Er macht ein düsteres Gesicht.

„Das ist sicher nicht schwer. Dein Vater hat ja nie etwas mit dir gemacht, wenn ich mich richtig erinnere."

„Doch. Gebastelt."

„Wie?"

„Er hat mit mir gebastelt."

„Und was?"

„Ach, alles Mögliche."

„Erinnerst du dich an etwas Konkretes?"

„An Dinosaurierskelette ... und..."

„Und was?"

„Ach, nichts."

Franz wendet sich ab und rührt mit einem Holzkochlöffel lustlos in dem Gemüsecurry, der schon längst fertig ist. Die Unterhaltung gerät wieder ins Stocken. Anni Schenk gießt Wein nach. Sie erinnert sich an den Vater von Franz als großen stattlichen Mann. Er hatte etwas Furchteinflößendes. Als Kind hatte sie Angst vor ihm. In Schmörgl wurde hinter vorgehaltener Hand über ihn gemunkelt. Bei irgendwas hat er irgendeine Rolle gespielt. Aber sie wusste nichts. Es wurde nicht darüber gesprochen. Und wenn Kinder ein Tabu-Gefühl spüren, fragen sie nicht nach. Als Bastler, der mit seinem kleinen Sohn am Boden kniet und Dinosaurierskelette zusammensetzt, sieht sie ihn jedenfalls nicht vor sich.

„Er kommt übrigens auch zum Essen. Er wird gleich klingeln."

„Wer?"

„Lukas."

„Ah."

Anni Schenk ist für einen Moment lang irritiert, das hatte ihr Franz gar nicht angekündigt. Aber dann freut sie sich. Sie ist gespannt auf den Sohn von Franz. Sie hat ihn nie getroffen. Als es klingelt, eilt Franz sofort zur Tür, und Anni Schenk stockt der Atem. Vor ihr steht die Version von Franz, in die sie sich vor zwanzig Jahren verliebt hatte. Der junge Franz.

„Mensch, seht ihr euch aber ähnlich!"

„Das sagen alle", sagt Franz stolz.

Lukas lächelt gequält. Er hilft seinem Vater beim Aufdecken und trägt den schweren Wok auf den Balkontisch.

„Ich hab einen Bärenhunger", sagt er und hebt den Deckel hoch.

Franz serviert ihm als erstes. Lukas beginnt gierig zu essen, ohne zu warten, bis alle etwas auf dem Teller haben.

„Wie war die Nachhilfestunde?", fragt Franz.

„Wie immer."

„Er hat bei meiner Nachbarin Mathe-Nachhilfe", erklärt Franz. „Danach kommt er zum Essen zu mir."

„Magst du Mathe nicht?", fragt Anni Schenk den jungen Franz-Verschnitt.

Der schüttelt mit vollem Mund den Kopf und mampft weiter. Eine ausführlichere Antwort scheint nicht in Vorbereitung. Anni Schenk sieht ihn an.

„Franz hat mir erzählt, dass du Kung-Fu machst."

„Mhm."

Nun nickt er, jedoch ohne von seinem Teller hochzusehen.

Was geht dich das an, warum lässt du mich nicht einfach in Ruhe essen?, sagt seine Körpersprache.

„Anni ist bei der Polizei. Sie ist mit den Bombenattentaten beschäftigt", sagt Franz.

Dass sie früher einmal zusammen waren, sagt er nicht.

„Furchtbar, dass es jetzt auch euren Lift getroffen hat", sagt Anni Schenk.

Der junge Franz-Verschnitt hebt interesselos die Schultern.

„Hat eh schon längst kein Geld mehr gebracht", bemerkt er patzig.

„Lukas!"

„Ist doch wahr."

Vater und Sohn sehen sich giftig an. Lukas häuft den letzten Bissen auf seine Gabel.

„Wir müssen los", befehligt er seinen Vater, noch mit vollem Mund. „Bringst du mich?"

Franz springt auf.

„Ich bin gleich wieder zurück. Mach's dir gemütlich", ruft er Anni Schenk im Hinausgehen zu.

Lukas murmelt ein „Tschüss" in ihre Richtung, ohne sie anzusehen. Als sie alleine ist, gießt sie sich erst nochmal das Glas voll. Das hat sie sich jetzt verdient. Den Sohn von Franz hat sie sich nun wirklich anders vorgestellt.

Mit dem Weinglas in der Hand steht Anni Schenk auf. Sie will sich die Räume ansehen, die ihr Franz bislang vorenthalten hat. Das Schlafzimmer ist karg eingerichtet, Bett, Schrank, Nachttisch. Kein einziges Kleidungsstück liegt herum. So eine Ordnung! Da sieht es bei ihr aber anders aus. Oder hat Franz extra aufgeräumt, weil er vielleicht vorhat, sie später in dieses Zimmer auf dieses Bett zu ziehen?

Das Wohnzimmer hingegen wirkt benutzter. Auf dem Sofa liegen verstreute Zettel, auf dem Couchtisch eine angebrochene Erdnusspackung und Chips. In der Ecke ein Schreibtisch, Computer, Drucker. Und ein Bücherregal, das eine Wand komplett einnimmt. Anni Schenk stellt sich vor das Regal und liest die Titel auf den Buchdeckeln. Viele Bücher über Tirol und Südtirol. Kaum Romane, fast nur Sachbücher. In der Mitte des Regals, auf Augenhöhe, steht ein gerahmtes Bild des Vaters von Franz. Daneben ein Familienfotoalbum. Anni Schenk zieht es aus dem Regal und blättert darin. Der Bauernhof des Großvaters von Franz. Kinderfotos des Vaters. Erstkommunion im schwarzen Anzug mit großer Kerze. Der Vater als junger Mann, mit Tirolerhut und kämpferischer Miene. Zwischen den Seiten stecken zusammengefaltete Flugblätter mit den Sprüchen:

„Die Italiener haben uns das Land gestohlen!"

„Der Hass bleibt in der Faust. Die Faust will aus dem Sack."

Dazwischen zwei Aufkleber auf rot-weißem Hintergrund:

„Los von Rom."

„Südtirol ist nicht Italien."

Dahinter kommen noch ein paar Fotos, in einer Alpenvereinshütte aufgenommen, mehrere Männer in Tracht. Unter einem Gruppenfoto steht:

„'Trutzlied'-Treffen der Nord- und Südtiroler Aktivisten im Gasthof ‚Birke'."

Das letzte Foto im Album ist ein Portraitfoto des Vaters von Franz.

Anni Schenk stellt das Album zurück. Kommt Franz aus einer Südtiroler Familie? Sie haben nie darüber gesprochen. War der Vater von Franz ein Südtiroler Freiheitskämpfer? Der Reihe nach zieht Anni Schenk ein Buch nach dem anderen aus dem Regal. Landwirtschaft und Brauchtum in Südtirol. Ein Wanderführer, „Zu Fuß über die Alpen", ein Bildband, „Das Schönste auf der Welt ist mein Tirolerland", und am äußersten Ende des Regalbretts, von der Seitenwand gestützt, ein dicker Wälzer: „Die Südtiroler Bombenjahre", eine historische Abhandlung mit vielen Fotos.

Anni Schenk nimmt das schwere Buch aus dem Regal, bläst den Staub weg und öffnet es. Es geht um die Bombenattentate auf fast vierzig Südtiroler Strommasten in der so genannten Herz-Jesu-Nacht, am 12. Juni 1961. Mit der Attentatsserie wollten die „Südtiroler Bomber" die Unabhängigkeit Südtirols von Italien erwirken. Sie hatten damals das komplette Stromnetz Südtirols lahmgelegt.

Fieberhaft sucht Anni Schenk hinten im Register nach dem Namen Kirchler. Und bingo! In einem Kapitel über Helfershelfer aus Nordtirol, die die Südtiroler Aktivisten unterstützten, erscheint der Name Alois Kirchler. Der Vater von Franz.

Auf einem ganzseitigen Foto ist er gut zu erkennen, mit Hut, vor einer Almhütte. „Alois Kirchler, der Sprengstoff-Alois" lautet die Bildunterschrift. Anni Schenk kann kaum glauben, was sie sieht. Der Sprengstoff-Alois? Mit bis zum Hals klopfendem Herzen beginnt sie eilig zu lesen.

Doch da hört sie den Schlüssel im Türschloss. Die Tür geht auf. Franz ist schneller zurück als erwartet. Sie schafft es gerade noch, den Wälzer zuzuklappen und ins Regal zurück zu stellen.

„Was machst du da?", fragt Franz mit schneidender Stimme.

Er steht in seiner breitbeinigen Cowboy-Haltung direkt hinter ihr.

„Ich schaue mir deine Bibliothek an."

Ihre Stimme zittert leicht.

„Du hast hier nichts zu suchen."

„Gutes Foto von deinem Vater. War ein schöner Mann in jungen Jahren."

Anni Schenk deutet auf das eingerahmte Bild im Regal. Franz drängt sie unwirsch aus dem Raum.

„He, he, nicht so unhöflich."

„Wer ist denn hier unhöflich? Du bist doch ganz die Polizistin, die bei fremden Leuten herumschnüffelt."

„Bei fremden Leuten?"

„Du weißt schon, wie ich's meine."

Sie setzen sich wieder in die Korbsessel auf dem Balkon.

„Ich weiß eigentlich gar nichts über deine Familie."

„Ich will nicht über meine Familie sprechen."

„Und über deinen Vater?"

„Über den am allerwenigsten."

Eine Pause entsteht. Anni Schenk lässt sich Wein nachschenken.

„Dann sprechen wir eben über deinen Sohn. Ganz schön anstrengend, so ein Kind in der Pubertät, oder?"

„Passt schon."

Franz hat auch keine Lust, über Lukas zu sprechen. Sie trinken die Flasche leer und starren beide schweigend auf die Berge, wie ein lange verheiratetes Ehepaar, das sich für diesen Tag bereits alles gesagt hat.

Jetzt sollte er eigentlich über Anni Schenk herfallen. Das erwartet sie sicher von ihm, wie sie da vor ihm im Sessel sitzt und ihre langen nackten Beine ausstreckt. Aber Franz ist so ganz und gar nicht nach Sex.

„Tut mir leid. Heute ist nicht mein Tag", sagt er.

„Passt schon, Franz", sagt sie und legt ihre Hand auf seine.

So bleiben sie noch eine Weile sitzen. Dann steht Anni Schenk auf. Sie rückt ihren Rock zurecht. Auch ihr ist nicht nach Sex. Sie ist viel zu aufgeregt über die Entdeckung, die sie gemacht hat. Sie muss unbedingt mehr über den Vater von Franz erfahren.

„Ich mache mich dann einmal auf den Weg", sagt sie und küsst Franz flüchtig auf den Mund.

Er presst die Lippen zusammen. Als er die Tür hinter Anni Schenk schließt, atmet er erleichtert auf. Endlich allein. Er muss allein sein und die Gedanken zu ordnen versuchen, die in seinem Hirn durcheinander wirbeln. Er öffnet noch eine Flasche Wein und nimmt einen großen Schluck. Seit Monaten, ach was, seit Jahren, liegt er nachts wie ein Eichhörnchen mit runden offenen Augen wach im Bett. Betäubung mit Alkohol hilft ihm, wenigstens ein paar Stunden zu schlafen, bevor er jede Nacht pünktlich um vier Uhr wieder erwacht.

Jede Nacht ratterte das verdammte Räderwerk in seinem Kopf: Excel-Tabellen mit fälligen Zahlungen, Mahnungen, Lohnforderungen, Sozialbeiträge, Eingangsrechnung, Ausgangsrechnung, Kontostand, Minuszahlen in Tausendern, minus 50, minus 220, minus 470. Schwindel erregend.

Falls er im Morgengrauen doch wieder einschläft, bevölkern grüne Excelmonster seine Träume. Sie haben spitze Zähne und jagen ihn. Und er ist alleine, allein gegen die vielen Ungeheuer. Eine tiefe Einsamkeit umgibt ihn und zieht ihn immer weiter in ein schwarzes Loch hinab. Da ist niemand, mit dem er reden kann. Niemand, der ihm helfen kann.

Franz erhebt sich aus dem Korbsessel. Aber jetzt hat das alles ein Ende. Die Bombe hat alles zerstört. Es wird keinen Lift mehr geben. Es ist aus. Er lehnt sich über das Balkongeländer und schaut auf die dunkle Straße hinunter. Wie oft ist er in den letzten Jahren hier gestanden und hat überlegt zu springen. Aber er hat es nicht getan, wegen Lukas. Er will Lukas ein guter Vater sein. Franz fährt sich mit der Hand über die Stirn. Er schwitzt, obwohl ein kühles Lüftchen weht. Bevor er sich zu Bett begibt, bleibt er einen Augenblick vor dem Foto seines Vaters im Bücherregal stehen. „Gute Nacht, Vatter", sagt er.

27

Harald Hofer ist ein Mensch, der sich selbst nicht leicht durchschauen lässt, andere aber genau beobachtet. Damit flößt er den Kollegen Respekt ein. Seine rehbraunen Augen können sich tief in die Seelen der anderen bohren und in ihnen forschen. Was er dort sieht, behält er jedoch erst einmal für sich.

Vor ihm steht Anni Schenk und senkt ihren Kopf auf den Stapel von Gutachten, die auf seinem Schreibtisch liegen. Ihr Auftreten ist wie immer fast unsympathisch sportlich, mit ihren durchgestreckten Beinen steht sie da, mit ihrem betont geraden Rücken. In dieser Haltung, die ihm zeigt, ich bin durchtrainiert und du nicht. Doch irgendetwas ist heute anders als sonst. Sie tritt von einem Bein auf das andere. Ihre Finger krabbeln nervös auf dem Tisch. Eine Unruhe geht von ihr aus, die für Harald Hofer neu ist. Er lehnt sich mit verschränkten Armen in seinem Schreibtischsessel zurück und mustert sie von oben bis unten. Sie bemerkt es nicht. Sie starrt auf den Papierstapel, ohne richtig zu lesen.

„Was suchst du?", fragt Harald Hofer.

Gemeint ist: Was hast du auf meinem Schreibtisch zu suchen?

„Was ist das?"

„Alle möglichen Informationen über die Verwüstungen am letzten Tatort. Ich will mir einen Gesamtüberblick verschaffen und habe deshalb alles ausgedruckt."

Anni Schenk blickt hoch. Durch das Trippeln mit den Füßen bewegen sich ihre Hüften.

„Gibst du mir die Unterlagen weiter, wenn du sie gelesen hast?", sagt sie.

„Klar. Aber vorher lese ich selbst."

Er zieht den Stapel zu sich.

„Danke."

Sie fährt sich mit dem Finger über die Oberlippe.

„Ist was, Anni?"

„Nein."

Sie bleibt reglos vor ihm stehen.

„Willst du mir etwas sagen?"

„Nein ... das heißt ... später."

„Was soll das? Hast du etwas herausgekriegt? Warum später?"

„Ich muss da erst was nachprüfen."

„Dann also bis später."

Harald Hofer nimmt entschlossen einen Bleistift und dreht ihn zwischen seinen Fingern, um zu demonstrieren, dass er nun mit der Lektüre beginnen möchte.

Endlich löst sich Anni Schenk aus ihrer Starre, deutet ein gezwungenes Lächeln an und stakst unsicheren Schritts aus dem Raum.

Harald Hofer sieht ihr nachdenklich nach. Was ist passiert? Was muss sie nachprüfen, bevor sie mit ihm spricht? Harald Hofer ist ein erfahrener Polizist. Er weiß, dass man den richtigen Zeitpunkt abwarten muss, um Menschen nach ihren Vermutungen zu fragen. Wenn man zu früh fragt oder zu sehr insistiert, wird man abgewiesen und die Tür bleibt für immer verschlossen. Bei Anni Schenk schien ihm der Moment zu früh. Er seufzt, macht ein Schnalzgeräusch und beugt sich über den Papierstapel.

Das oberste Gutachten stammt von einem beeideten Sachverständigen für Alpinistik, der ein „Weg-Zeit-

Diagramm" erstellte. Bei durchschnittlicher Gangart, ohne übermäßige Anstrengung oder sportliche Leistung brauchte ein mittelmäßig trainierter Mann zu Fuß mit einer mittelmäßig bis schweren Last im Rucksack circa zweieinhalb Stunden bis zur Bergstation des Lifts hinauf. Ein Amtssachverständiger für Schieß- und Sprengstoff kommt zu dem Ergebnis, dass die Sprengvorrichtung schon vorher mit einem eingebauten Zeitzünder präpariert war, damit der Täter am Tatort nicht zu viel Zeit verliert. Das verlangt elektrotechnische Kenntnisse.

Harald Hofer versucht sich einen Mann vorzustellen, der zügig den Berg hoch geht, um eine Bombe zu zünden. Was wohl vorgeht in dem Mann? Offensichtlich handelt es sich bei allen drei Bombenattentaten um den gleichen Täter.

Alle drei Explosionen wurden mit demselben System durchgeführt. Die Bomben haben die gleiche Beschaffenheit. Der gleiche Sprengstoff wurde verwendet. Woher kam der Sprengstoff? Wer hat diese Bomben gebastelt? Warum haben sie keine einzige verdammte winzige Spur? Harald Hofer steht auf. Er geht eine rauchen.

Anni Schenk hat die Bürotür geschlossen. Sie starrt auf ihren Bildschirm. Warum hat sie Harald Hofer nichts von ihrer Entdeckung erzählt? Weil es noch unklar ist, ob das überhaupt eine Spur sein könnte. Sie weiß zu wenig über diese Südtiroler Bomber. Und, was noch viel mehr zählt, sie will Franz nicht in die Sache mit hineinziehen, bevor sie sich nicht hundertprozentig sicher ist. Eigentlich will sie Franz überhaupt nicht in diese Sache mit hineinziehen. Im Internet versucht sie, etwas über das im Familienalbum erwähnte Südtiroler Trutzlied herauszufinden. Was war das? Wer hat es gesungen? Wofür stand es? Aber der Wikipedia-Eintrag ist gelöscht. Anni Schenk beißt sich auf die Unterlippe. So kommt sie nicht weiter. Das hier hat alles keinen Zweck. Alleine ist sie aufgeschmissen. Sie braucht Nachhilfeunterricht in Tiroler Geschichte. Leise vor sich hin murmelnd geht Anni Schenk ihr Adressverzeichnis durch, auf der Suche nach jemandem, der ihr in Sachen aufständischer Heimatkunde auf die Sprünge helfen könnte. Franziska! Natürlich! Ihre Schulfreundin Franziska hat schließlich nicht nur Germanistik, sondern auch Geschichte studiert.

28

Uli stellt Anni Schenk ohne zu fragen ein Glas Grünen Veltliner hin. Franziska trinkt grünen Tee. Die meisten Tische des Cafés sind besetzt. Die beiden Frauen stehen an der Theke. Sie haben sich seit dem Treffen am Speicherteich nicht mehr gesehen. Jedoch keine von ihnen macht eine Bemerkung über ihr Abenteuer. Franziska rührt in ihrem grünen Tee, um ihn abzukühlen. Anni Schenk fährt sich mit der rechten Hand immer wieder durch die Haare, die sie ausnahmsweise offen trägt.

„Steht dir gut. Ich mag offene Haare, sieht nicht so streng aus", sagt Franziska.

„Danke."

Anni Schenk hat rote Fingernägel und rote Lippen, während Franziska vollkommen ungeschminkt ist. Sie hatte sich nie geschminkt, auch in den Schuljahren nicht, in denen fast alle Mädchen mit dick aufgetragenem buntem Lidschatten in der Schulbank saßen und Augenaufschläge für die Lehrer übten. Sie waren auf einer relativ neuen Schule und hatten daher viele junge Lehrer. Anni Schenks Lidschatten war golden. Er kam zwar auch beim Geschichtslehrer zum Einsatz, der der Schwarm der ganzen Klasse war, doch an den Geschichtsunterricht hat sie keinerlei Erinnerung. Wenn größere Tests anstanden, hatte Franziska mit ihr gelernt. Franziska mochte Geschichte. Deutsch und Geschichte waren schon in der Schule ihre Lieblingsfächer. Die Lieblingsfächer von Anni Schenk waren Psychologie und

Sport. Franziska legt den Teelöffel ab und trinkt in kleinen Schlucken.

„Ich soll dir Nachhilfe in Heimatkunde geben, oder was?"

„Genau."

Anni Schenk lächelt sie mit ihrem knallroten Mund gewinnend an.

„Und worum geht's?"

„Sagt dir die sogenannte Feuernacht in Südtirol etwas?"

„Klar. Das war die Herz-Jesu-Nacht, der 12. Juni 1961. In dieser einen Nacht wurden an die vierzig Strommasten gesprengt. Die Südtiroler wollten sich politische Unabhängigkeit von Rom erbomben und wieder ein vereintes Tirol erwirken. Das hat nicht ganz geklappt. Aber in einem gewissen Sinne waren sie erfolgreich. Denn damals haben die Autonomieverhandlungen begonnen. Die heutige Autonomie Südtirols geht darauf zurück."

Anni Schenk klopft ihr auf die Schulter.

„Mädl, ich wusste es. Bei dir bin ich bei der Richtigen."

Franziska macht ein zufriedenes Gesicht, als hätte sie eine Prüfung bestanden.

„Und was willst du jetzt genau wissen?"

„Haben die Südtiroler damals Unterstützung aus Nordtirol bekommen?"

„Und wie. Einer der größten Unterstützer des ‚Anliegen Südtirols' war der Walli."

„Wer?"

„Der Landeshauptmann Wallnöfer. Aber der Draht reichte bis nach Wien zu Kreisky, dem damaligen Außenminister."

„Nein. Ich meine, Unterstützung von einzelnen Leuten, zum Beispiel auch aus Schmörgl?"

„Man erzählt sich ... Ja... Worauf willst du hinaus?"

„Ganz konkret. Weißt du, ob der Vater von Franz ein Sympathisant der Sache war?"

„Franz ... Sein Großvater hatte einen Bauernhof in Südtirol und hat in den Jahren der Option, zwischen 1939 und 1943, wo die Südtiroler zwischen der reichsdeutschen und der italienischen Staatsbürgerschaft wählen konnten, für die reichsdeutsche optiert."

„Zwischen Hitler und Mussolini. Einer schlimmer als der andere."

„Ja. Die Wahl zwischen Nazis und Faschos. Der Großvater von Franz jedenfalls hat gegen Italien optiert und ist nach Nordtirol gezogen. Daher ist Franz auch hier geboren."

„Komisch, ich habe mit Franz nie über seine Familiengeschichte gesprochen."

„Du hast dich eben mehr für den Franz als für die Tiroler Geschichte interessiert ..."

„Tja ..."

„Der Vater war damals auch in einen Prozess verwickelt, oder so."

„Warum?"

„Es gab eine polizeiliche Anzeige. Man hat ihm vorgeworfen, für die großangelegte Bombenattentatsserie in der Herz-Jesu-Nacht 1961 Sprengstoff gestohlen zu haben."

„Woher sollte denn der Vater von Franz Sprengstoff gehabt haben?"

„Die Inntal-Autobahn war im Bau. Und der Vater von Franz hat als Ingenieur an einer der Autobahnbaustellen gearbeitet. Und dort soll regelmäßig Sprengstoff abhanden gekommen sein ..."

„Das ist nicht wahr..."

Anni Schenks Herzschlag wird schneller. Immer mehr Puzzlestücke kommen zusammen.

„Das munkelte man. Es ist nur ein Gerücht."

„Haben sie ihn nicht verknackt?"

„Nein. Natürlich nicht. Er hat sich raus geredet. Schließlich wurde er frei gesprochen. Sie konnten ihm wirklich gar nichts beweisen."

„Was du alles weißt ..."

„Es gab ein paar Aufarbeitungsversuche an der Uni, zu der Zeit, als ich studiert habe. Aber es ist nicht viel dabei heraus gekommen."

„Und was glaubst du?"

„Keine Ahnung. Der Vater von Franz war ein Patriarch und ein Patriot. Ich kann mir schon vorstellen, dass er für die Südtirol-Sache war und auch einiges dafür getan hat. Er war einer vom alten Schlag. Der Franz hatte keine leichte Kindheit."

„Das kannst du laut sagen."

Franziska bestellt einen zweiten grünen Tee. Uli füllt Anni Schenks Weinglas nach.

„Ich hatte auch keine leichte Kindheit", sagt er, weil er den letzten Satz - oder vielleicht auch mehr - mitgehört hat, und lässt dabei offen, ob er das zum Spaß sagt oder ernst meint. Von einem der hinteren Tische aus wird er zum Zahlen gerufen.

„Und ich habe es auch heute noch nicht leicht. Keine Ruhe hat man."

Unwillig begibt er sich zu den Gästen, die bezahlen wollen. Franziska stützt den Kopf in ihre Hände und sieht Anni Schenk in die Augen.

„Hast du mich jetzt genug ausgequetscht?", sagt sie ruppig.

„Danke, ja. Du bist die Beste. Ich wusste, wenn sich jemand in Lokalgeschichte auskennt, bist du es. Dafür lade ich dich auch auf deine zwei Tees ein."

Franziska zieht die Augenbrauen hoch.

„Anni, siehst du einen Zusammenhang zwischen den Südtiroler Bombern und den Attentaten in Schmörgl?", fragt sie im Flüsterton.

Anni Schenk hebt die Schultern.

„Weiß nicht."

Es ist ein richtig heißer Tag. Hinten im Tal braut sich ein Gewitter zusammen. Uli hält die Fenster des Cafés geschlossen, damit die Hitze draußen bleibt. Die dicken Steinmauern des alten Hauses sorgen dafür, dass im Café eine angenehme Temperatur herrscht. Die Leute, die hereinkommen, geben wohlige Laute von sich, wenn sie die kühle Luft auf ihrer Haut spüren.

„Ah!"

„Oh!"

„Fein!"

„Nice!"

„Hier lässt sich's aushalten!"

Der Klang dieser Stimme fährt Anni Schenk durch Mark und Bein. Was macht ausgerechnet der denn jetzt hier? Sie strafft ihren Rücken, nimmt die Finger vom Weinglas und dreht sich betont langsam um.

„Hallo, Franz!", sagt sie.

„Schau an, die beiden Schulfreundinnen beim Tratsch."

Er legt einen Arm um Anni Schenk und stellt sich breitbeinig zwischen Franziska und sie.

„Um wen geht es denn?"

Anni Schenk wirft Franziska einen hilfesuchenden Blick zu. Er hat wirklich einen siebten Sinn, dieser Franz. Doch auf Franziskas schnelle Auffassungsgabe ist Verlass. Messerscharf und blitzschnell kombiniert sie, dass Anni Schenks Interesse für den Vater von Franz vor Franz selbst verborgen bleiben soll.

„Weiberkram, nichts für Männer", sagt sie.

Franz bestellt bei Uli per Handzeichen ein großes Bier und blättert in der Karte. Er will sich etwas zu essen aussuchen. Für sich alleine zu Hause zu kochen, macht keinen Spaß. Anni Schenk hat es plötzlich eilig. In einem Schluck stürzt sie den Rest Grünen Veltliner hinunter.

„Wie blöd, du kommst und ich muss los. Ich hab Dienst und bin schon spät dran."

Sie steckt Uli einen Geldschein zu und bedeutet ihm, dass sie auch Franziskas Tee übernimmt. Franz drückt sie einen Kuss auf die Lippen, der Spuren ihres Lippenstifts hinterlässt. Franziska lächelt süffisant.

„Und jetzt soll ich mich mit Franz weiter über unseren Weiberkram unterhalten?"

Franz hebt sein Glas.

„Na, dann mal los", sagt er und winkt Uli herbei, um ein Tiroler Gröstl zu bestellen.

29

Anni Schenk radelt, als wäre der Teufel hinter ihr her. Sie darf jetzt keine Zeit verlieren. Ein lauer Sommerregen entlädt sich aus einer grauen Wolke direkt über ihr, der Vorbote des Gewitters. Große Tropfen fallen auf ihre Haut. Der Regen ist sonderbar wohltuend, als würde das Wasser all ihre Aufregung wegspülen.

„Karl, du musst mir helfen. Ich brauche ganz schnell alles, was ihr über Alois Kirchler hier habt. Es ist rasend eilig!"

Der Stadtarchivar erhebt sich gemächlich von seinem Schreibtischstuhl. Er residiert im dritten Stock des Rathauses und bekommt selten Besuch.

„Aber Anni, wo brennt's denn so?"

„Ich erklär dir alles später, Karl, bitte!"

„Na, gut. Weil du's bist. Sonderbehandlung. Aber das ist eine große Ausnahme. Sonst geht das nicht so dalli hier bei uns."

Karl trottet aus dem Zimmer. Anni Schenk sieht ihm nach. Er geht leicht gebeugt und wirkt älter, als er ist. Sie waren zusammen im Kindergarten. Schon damals war Karl ein eher gemächlicher Junge gewesen, der lieber Verstecken als Fangen spielte. Er hat im Stadtarchiv von Schmörgl seinen Traumjob gefunden.

Ungeduldig geht Anni Schenk im Zimmer auf und ab. Sie blickt auf die leere Straße hinunter. Früher war die Hauptstraße belebter, als es noch keine Einkaufszentren gab. Jetzt sind nur vereinzelt Gestalten zu sehen, vor allem Touristen in schicken Funktionsjacken mit Kapuzen.

Es sind keine drei Minuten vergangen und Karl erscheint wieder, mit einem Stapel verstaubter Aktenordner.

„Das hab ich gefunden."

„Karl, du bist ein Schatz!"

Anni Schenk küsst ihn auf die Wange. Karl fährt sich verlegen mit der Hand übers Gesicht.

„Gewusst wo ... Man bemüht sich ... Da kannst du schon einmal anfangen. Es kommt noch mehr."

Und tatsächlich bringt er noch weiteres Material. Dokumente, Bücher, Broschüren.

Anni Schenk überfliegt eine bebilderte Broschüre, in der beschrieben wird, wie heldenhaft Alois Kirchler den Kampf der Südtiroler Kumpanen für ein unabhängiges freies Tirol unterstützte. Der Ton des Textes ist der einer Götterverehrung. Der Autor verhehlt nicht, auf wessen Seite er steht.

In einem der Ordner findet Anni Schenk bestätigt, was ihr Franziska erzählt hat. Es gab einen Prozess. Einer der italienischen Bauarbeiter hatte Alois Kirchler des Sprengstoffdiebstahls bezichtigt. Alois Kirchler bestritt vehement, dass er mit dem Verschwinden des Donarits von der Baustelle an der Autobahn etwas zu tun hätte. Er wüsste von nichts. Da man ihm tatsächlich nichts nachweisen konnte, wurde er freigesprochen.

Mit spitzen Fingern nimmt Anni Schenk nimmt ein vergilbtes Zeitungsblatt in die Hand, das schon fast zu zerbröseln droht. Ein Artikel über Alois Kirchler und den Prozess. Was da in verblasster Schrift steht, lässt Anni Schenk den Atem stocken: Der Vater von Franz wurde nicht nur des Sprengstoffdiebstahls beschuldigt, er soll in den Bergen von Schmörgl auch ein Sprengstofflager angelegt haben. Allerdings hat er das bestritten, und das Lager wurde nie gefunden. Anni Schenk legt beide Hände an ihre Stirn und schließt die Augen. Was, wenn es dieses Lager tatsächlich gab und heute noch gäbe? Und wenn Franz davon wüsste? Wenn ihm sein Vater das Lager gezeigt hätte? Dann hätte Franz Zugang zu Sprengstoff. Anni Schenk schluckt. Sie will diesen Gedanken nicht zu Ende denken. Sie fährt sich mit den Fingern über die Stirn. Sie ist schweißnass.

„Danke, Karl", murmelt Anni Schenk und springt auf.

„Hast was gefunden über den Kirchler?"

„Er soll ein Sprengstofflager hier irgendwo gehabt haben?"

„Ist nie gefunden worden."

„Du weißt davon?"

„Die Leute reden viel, wenn der Tag lang ist."

„Ich muss los, Karl. Aber lass die Unterlagen draußen liegen. Die brauchen wir vielleicht noch."

Karl nickt gutmütig.

„Ja, die Anni", ruft er ihr nach, „immer noch das gleiche Springginggerl wie früher."

30

Anni Schenk tritt in die Pedale, so fest sie kann. In der Ferne ist Donnergrollen zu hören. Die feuchte Luft wirkt abkühlend, aber es gelingt ihr trotzdem nicht, einen klaren Gedanken zu fassen. Die Vermutung, die sie hat, ist zu heftig. Der Mann, in den sie sich gerade wieder verliebt hat, könnte die Bomben gelegt und für den Tod von Matthias Angerer verantwortlich sein?

Das kann nicht sein. Sie will ihn sehen und will von ihm hören, dass es nicht so war. So kann es nicht gewesen sein. Sie muss es wissen, sie will aus seinem Mund erfahren, dass alles ganz anders war.

Anni Schenk lehnt das Fahrrad an die Wand neben der offen stehenden Haustür und sprintet die Treppen hoch. Nach längerem Klingeln öffnet ihr Franz. Sichtlich überrascht mustert er sie von oben bis unten.

„Komm herein", presst er zwischen den Lippen hervor.

Einladend klingt anders. Anni Schenk will ihn küssen, aber Franz weicht zurück.

„Was ist?", fragt sie.

„Das sollte ich dich fragen. Du bist vor mir geflohen, als ich ins Café kam."

„Ich musste dringend etwas erledigen."

„So. Was denn?"

Anni Schenk antwortet nicht. Erschrocken sieht sie in die grünen Augen von Franz und will den offenen Blick der letzten Tage darin wieder finden. Aber sein Blick bleibt verschlossen. Etwas hat sich geändert.

Der Mann, den sie eigentlich nur küssen und umarmen möchte, steht wie ein abweisender Klotz vor ihr.

„Hast du ein Glas Wein für mich?"

Wortlos geht Franz zum Kühlschrank und holt eine Weinflasche heraus. Er stellt zwei Gläser auf die Anrichte und füllt sie.

Sie trinken ohne sich anzusehen.

„Was willst du hier, Anni?"

„Ich brauche Klarheit."

„Klarheit?"

Franz lacht hysterisch auf. Anni Schenk fährt zusammen. Sie ahnt, dass sie im Begriff ist, einen großen Fehler zu begehen. Aber sie kann nicht anders.

„Klarheit über deinen Vater."

„Kluges Mädl."

Die Stimme von Franz klingt eiskalt wie das Wasser eines Gletscherbachs. Hohn und Hass liegen in ihr. Mit einem Mal fühlt sich Anni Schenk wegsinken, in ein tiefes schwarzes Loch ohne Boden. Instinktiv greift sie an ihre Hüfte. Ihre Glock hat sie dabei.

Franz überlegt nicht lange. Sie ist ihm auf der Spur. Er muss jetzt handeln. Grob fasst er Anni Schenk an beiden Handgelenken und schiebt sie vor sich her auf den Balkon. Er drückt sie auf den Balkonsessel, auf dem sie vor nicht allzu langer Zeit zusammen fickten. Es scheint in einem anderen Leben gewesen zu sein. Als sei ein Eisenvorhang zwischen den damaligen Abend und jetzt gefallen. Anni Schenk bleibt aufrecht am Sesselrand sitzen. Franz setzt sich ihr gegenüber und hält sie weiterhin fest.

„Ist es das, was man bei der Polizei lernt? Im Leben der anderen zu schnüffeln?"

Anni Schenk antwortet nicht. Sie mustert Franz und versucht, den Grad seiner Wut zu erraten.

„Machst du das immer so? Ist das deine Ermittlungsmasche? Zuerst ficken, dann ausspionieren?"

Anni Schenk konzentriert sich auf ihre Atmung. In ihrem Kopf dreht sich alles. Ihr schlimmster Verdacht bestätigt sich. Darauf ist sie nicht vorbereitet. Franz lässt sie los, stellt sich breitbeinig vor sie und stemmt die Hände in die Hüften.

„Hast du gefunden, was du gesucht hast?"

„Nein, nichts."

Ihre Stimme klingt piepsig.

„Du bist eine miserable Lügnerin."

In seinen Augen flackert wilde Wut, aber seine Bewegungen sind beherrscht. Er hat sich im Griff, denkt Anni Schenk und ihr Atem beruhigt sich etwas. Die Drehungen in ihrem Kopf werden langsamer. Sie entscheidet sich für eine Strategie der relativen Wahrheit.

„Ich wollte alles über deinen Vater herausfinden. Und du hast mir ja nichts erzählt."

Sie schlägt die Beine übereinander, verschränkt die Arme und versucht, ein aufmunterndes Lächeln aufzusetzen, das als verzerrte Grimasse bei Franz ankommt.

„Bemüh dich nicht. Du machst mir nichts vor. So gut kenne ich dich immerhin."

Franz lacht bitter. Er beugt sich zu Anni Schenk hinab. Sie kann seinen Atem spüren. Sie sehen sich in die Augen.

„Willst du uns nicht den Wein heraus holen?", schlägt Anni Schenk vor, um Zeit zu gewinnen.

„Die Spionin will sich bedienen lassen, wie in den guten alten Zeiten, in denen sie noch als Fickmadame kam", höhnt Franz.

Was soll er tun? Anni Schenk hat etwas herausgefunden. Aber warum ist sie noch einmal zu ihm zurückgekommen? Er wird die Frauen nie verstehen.

Franz richtet sich auf. Anni Schenk folgt seinen Bewegungen mit den Augen.

„Na gut. Ich hole uns eine neue Flasche Wein", sagt er. „Die alte ist leer."

Sie hört, wie er die Küchenschranktür öffnet. Jetzt wird er die Weinflasche entkorken. Ihr bleibt verdammt wenig Zeit. Anni Schenk entsperrt ihr Handy – wie urlange das dauert – und tippt hektisch eine Nachricht an Harald Hofer. „Bin bei F ..." Weiter kommt sie nicht. Wie ein Leopard schnellt Franz aus der Küche und reißt ihr das Handy aus der Hand.

Voller Wut wirft er einen kurzen Blick auf den begonnenen Text, löscht ihn und steckt das Handy in seine Hosentasche. Er darf sie nicht mehr aus den Augen lassen. Sie sitzt reglos da. Mit seinen gletscherbacheiskalten Augen fixiert er sie, während er ein paar Schritte rückwärts macht, um die Gläser und den Wein aus der Küche zu holen.

Auch beim Einschenken lässt er den Blick nicht von ihr ab. Mit der rechten Hand fegt er sich die Haarlocke aus der Stirn, dann setzt er sich ihr gegenüber und hebt das Glas.

„Prost, cara mia. Ich fürchte, wir sind jetzt ein für immer vereintes Paar."

Anni Schenk nippt am Wein. Sie benetzt kaum ihre Zunge. Was meint er damit? Sie darf jetzt auf keinen Fall trinken. Sie muss einen kühlen Kopf bewahren. Was hat Franz vor?

„Das hatte ich mir anders vorgestellt, caro mio."

„Ich mir auch, das kannst du mir glauben."

Die Bitterkeit und der Hass in seiner Stimme lassen Anni Schenk zusammenzucken. Dieser Mann vor ihr hat nichts mehr mit dem Franz zu tun, den sie schon so lange kennt und in den sie sich ein zweites Mal verliebt hat. Er ist ein anderer geworden. Fremd, unberechenbar.

Ein letztes Mal muss sie es noch versuchen, an den früheren Franz heranzukommen. Sie will es einfach nicht wahrhaben, dass das Vertrauen zwischen ihnen so vollkommen verschwunden ist. Sieht er jetzt wirklich nur mehr die Polizistin in ihr und nicht mehr die Frau, die er begehrte? Sie räuspert sich.

„Es war schön mit dir, Franz. Ich werde das nicht vergessen."

„Die Romantik-Schiene kannst du dir sparen."

Der Hohn kommt aus seinem tiefsten Inneren. Seine Unterlippe zittert. Er legt die Hände auf die Knie. Das Gewitter ist jetzt über ihnen. Es kracht und blitzt. Vor ihnen prasselt der Regen nieder, eine graue Wand. Auf dem überdachten Balkon sind sie mäßig geschützt. Der Wind treibt vereinzelte Regentropfen in ihre Gesichter, aber sie spüren sie nicht.

„Franz, lass uns vernünftig bleiben. Es gibt für alles eine Lösung."

Er ballt seine Hände zu Fäusten und beugt seinen Kopf vor, sein Mund ist nah an ihrem.

„Nein, Anni. Da täuscht du dich. Es gibt nicht für alles eine Lösung."

Sein Atem geht schwer, seine Brust hebt und senkt sich dicht vor ihr.

„Franz! Schau mich an. Sprich mit mir. Ich kann dir helfen."

„Du! Mir helfen?"

Er starrt sie mit weit aufgerissenen Augen an und bricht in ein schrilles Gelächter aus.

„Warum nicht? Schließlich sind wir uns doch nah, oder?"

„Nah! Ha! Du hast ja keine Ahnung ..."

„Ich habe vielleicht mehr Ahnung, als du denkst ..."

„Umso schlimmer."

„Wir finden zusammen eine Lösung."

„Wir stehen auf zwei verschiedenen Seiten."

Franz hämmert mit den Fäusten auf seine Stirn. Er ist unnahbarer denn je.

Der kurze Moment, in dem sich so etwas wie ein Dialog hätte entwickeln können, ist vorbei. Die Verzweiflung übermannt Franz und macht ihn zu allem fähig. Anni Schenk bleibt keine Wahl. Sie muss jetzt sofort reagieren und ihre Jugendliebe mit der Waffe bedrohen. Blitzschnell springt sie auf, greift zu ihrer Glock, richtet die Pistole auf Franz und schreit ihn an:

„Hände auf den Rücken! Auf den Boden!"

Der Schreckmoment wirkt. In diesem Augenblick tut Franz, was sie sagt. Er legt die Hände auf den Rücken und kniet sich hin. Anni Schenk steigt ihm mit einem Fuß auf die Wirbelsäule und drückt seinen Oberkörper nieder. Sie bohrt ihm die Pistole zwischen die Rippen und beugt sich zu ihm hinunter, um ihr Handy aus seiner Hosentasche zu ziehen.

Als er ihre Hand an seiner Hüfte spürt, erwacht Franz jedoch aus seiner Schreckstarre. Der Überraschungseffekt ist vorüber.

„Willst du mich jetzt umbringen, oder was? War ich ein so schlechter Liebhaber?"

„Sei still!"

Blitzschnell dreht Franz sich um, schlägt ihr die Pistole aus der Hand, und stößt ihr mit aller Kraft den Fuß in die Magengrube, sodass sie zu Boden geht. Im Nu ist er auf ihr. Er hat leichtes Spiel, er ist viel stärker als sie. Er reißt ihr den grünen Sommerschal, den sie um den Hals trägt, vom Körper und fesselt damit ihre Hände auf dem Rücken.

„Hilfe!" ruft sie, so laut sie kann.

Mit einem losen Wäscheseil, das auf dem Balkon hängt, fesselt Franz ihre Beine. Er hebt sie hoch, wirft sie über die Schulter und trägt sie vom Balkon ins Wohnzimmer. Wie eine Puppe setzt er sie auf das Sofa. Aus seiner Hosentasche holt er ein benutztes Taschentuch und stopft es ihr zwischen die Zähne. Sie versucht, ihn dabei zu beißen und spuckt das Taschentuch wieder aus. Franz reißt die kleine rot gemusterte Zierdecke, die er von einer Indienreise mitgebracht hat, vom Couchtisch und bindet Anni Schenk damit den Mund zu. Nun kann sie nicht mehr schreien. Stumm wie ein Fisch sieht sie ihn aus ihren runden blauen Augen an. Franz hat sie in seiner Gewalt.

31

Harald Hofer steht in seinem Büro vor dem Fenster und blickt auf die nasse Straße. Nach dem heftigen Gewitter hat es die ganze Nacht geregnet. Anni Schenk ist nicht zur Arbeit erschienen. Ein Anruf bei ihrer Mutter und Großmutter ergibt, dass sie nicht zu Hause geschlafen hat. Sie ist eine erwachsene Frau, die ihr keine Rechenschaft schuldig ist, wo sie ihre Nächte verbringt, meint die Mutter gelassen. Doch die Nachricht, dass ihre Tochter nicht zur Arbeit erschienen ist und nicht an ihr Handy geht, versetzt auch sie mit einem Schlag in höchste Alarmbereitschaft. Das ist äußerst ungewöhnlich. Da stimmt etwas nicht.

„Auf Anni ist sonst immer hundertprozentig Verlass."

„Was ist los?", ruft die Großmutter im Hintergrund.

„Wen hat die Anni verlassen?"

Harald Hofer schreibt drei Fakten in sein Kim-Jong-Un-Notizbuch: Anni Schenk ist nicht da, sie hat sich nicht abgemeldet und sie ist nicht erreichbar. Das kann nichts Gutes bedeuten. Harald Hofer beschließt, auf der Stelle zu handeln. Er weist den auf Handyortung spezialisierten Kollegen an, Anni Schenks Handy zu finden. Und zwar sofort! Das ist ein Befehl! Es wird nicht erst der übliche Bürokratiekram abgewartet, der normalerweise einer Handyortung vorausgeht. Anni Schenk könnte in Gefahr sein. Der Kollege hebt erstaunt die Augenbrauen und setzt sich ohne eine weitere Frage zu stellen unverzüglich an den Computer. So hat er den Chefinspektor noch nie erlebt.

Harald Hofer schließt seine Bürotür und hängt sich ans Telefon. In seinem Kopf listet er den gesamten Personenkreis auf, mit dem sie in letzter Zeit zu tun hatten. Der Alpenrose-Wirt hat keine Ahnung, verspricht aber, sich umzuhören. Die Geliebte des Bademeisters hat andere Sorgen. Man möge sie mit verschwundenen Polizistinnen in Ruhe lassen und endlich den Mörder ihres Geliebten finden. Die Frau des Bademeisters ist mit ihrer Schwester verreist. Handynummer hat sie keine hinterlassen. Der Künstler und der Liftbetreiber gehen nicht ran. Auch Mohsen Nazimi ist nicht erreichbar. Der Moser-Bauer bellt ins Telefon, warum er denn nun schon wieder verdächtigt werde, er habe keinen blassen Schimmer, wo sich die Anni herumtreibt. Bei ihm ist sie sicher nicht. Ihm leistet nur seine Wanda Gesellschaft, das einzige weibliche Wesen weit und breit. Im übrigen sollen sie sich alle zum Teufel scheren und insbesondere der Herr Chefinspektor möge sich dorthin begeben, wo der Pfeffer wächst. Harald Hofer muss den Redeschwall des Moser-Bauern barsch unterbrechen. Er hat keine Zeit zu verlieren. Dann wählt er die Nummer von Franziska. Sie hebt ab.

Franziska erzählt Harald Hofer, dass sie sich gestern mit Anni Schenk im Café getroffen hat. Anni wollte alles über den Vater von Franz wissen. Über den Vater von Franz? Von ihr? Ja, weil sie Geschichte studiert hat und sich insbesondere in der Tiroler Geschichte gut auskennt. Ob sie der Anni weiterhelfen konnte? Natürlich. Franziska klingt barsch, aber auskunftsbereit. Es ging um die Südtiroler Bomber. Der Herr Chefinspektor erinnert sich doch sicher. An die Bomben in der Herz-Jesu-Nacht.

„Hm", knurrt Harald Hofer.

„Der Autonomie-Kampf der Südtiroler. Ein heißes politisches Thema, mit Unterstützung auch von der österreichischen Politik, dem damaligem Außenminister Kreisky und dem Tiroler Landeshauptmann ..."

„Werden Sie nicht zu ausführlich", unterbricht sie Harald Hofer ungeduldig. „Was hat Franz Kirchler damit zu tun?"

„Sein Vater war Südtiroler. Alois Kirchler galt als Sympathisant der Südtiroler Bomber."

„Das ist alles?"

„Nein."

„Und?"

„Es gab einen Prozess gegen Alois Kirchler. Er hat in den Sechzigern als Ingenieur an einer Autobahnbaustelle gearbeitet, an der regelmäßig Sprengstoff entwendet wurde."

„Sprengstoff?"

„Ein Bauarbeiter hat den Kirchler des Diebstahls beschuldigt. Aber man konnte ihm nichts nachweisen. Er wurde freigesprochen."

„Hm. Und das wollte Anni wissen?"

„Ja."

„Wo kann ich mehr über diese Sprengstoff-Geschichte erfahren?"

„Ich weiß nicht .. Vielleicht im Stadtarchiv."

Harald Hofer hat es plötzlich eilig, das Gespräch zu beenden. Franziska kann gerade noch fragen, worum es eigentlich geht. Ach ja, das hatte er ihr gar nicht gesagt.

„Anni Schenk ist verschwunden."

Franziska stößt einen spitzen Schrei aus, den Harald Hofer jedoch nicht mehr hört. Er hat schon aufgelegt und springt auf. Er deutet zwei Kollegen, mitzukommen. Sie laufen zum Dienstwagen. Vor dem Rathaus befiehlt er den Kollegen, auf ihn zu warten. Harald Hofer hetzt die Treppen hoch. Für den Aufzug hat er keine Geduld. Im Stadtarchiv im dritten Stock malt Karl mit einem schwarzen Filzstift Kringel auf ein Blatt Papier, hängt Erinnerungen an die Kindergartenzeit mit Anni Schenk nach und wartet auf die Kaffeepause. Harald Hofer kommt ohne anzuklopfen in das Zimmer gestürzt.

„Chefinspektor Harald Hofer," presst er atemlos hervor.

Er hält ihm den Ausweis vor die Nase. Karl hebt langsam den Blick von seinem Blatt und winkt ab.

„Passt schon. Ich brauch keinen Ausweis."

„Hm."

„Was suchen Sie denn hier bei uns, Herr Chefinspektor? Das ist gar nicht gut fürs Herz, diese Hektik."

Eine Gesundheitsdiskussion, das ist das letzte, was Harald Hofer jetzt gebrauchen kann. Er fährt den Archivar unfreundlich an. Aber der ist nicht aus der Ruhe zu bringen.

Unterlagen zu Alois Kirchler? Damit kann er dienen, jawohl! Karl wölbt seine Brust. Und sie liegen auch schon hier. Denn danach ist er gestern schon einmal gefragt worden. Jahrzehntelang interessiert sich kein Mensch für die lokale Geschichte, und dann kommen gleich zwei!

„Wer noch?"

„Die Anni war da und hat danach gefragt."

„Anni Schenk?"

„Ja."

„Und das hier hat sie besonders interessiert."

Vorsichtig hebt Karl den Zeitungsartikel hoch, der ganz oben liegt. Der Herr Chefinspektor möge Platz nehmen und lesen. Harald Hofer überfliegt den Artikel im Stehen.

Er liest quer und registriert die zentralen Begriffe. Kirchler, Sprengstoff, Diebstahl. Und dann bleiben seine Augen an einem neuen Wort hängen: Sprengstoffversteck.

„Was? Der Kirchler soll auch ein Sprengstoffversteck gehabt haben?"

„Munkelt man, ja ..."

„Wussten Sie das?"

„Der halbe Ort weiß das. Aber es ist nur ein Tratsch. Gefunden wurde nie etwas."

„Sicher?"

„Ein guter Archivar kennt sein Archiv. Darüber haben wir keine Unterlagen. Also gibt es auch nichts."

„Wenn Sie das sagen."

Harald Hofer hat bereits die Türklinke in der Hand.

„Die Höflichkeit hat man bei der Polizei auch nicht gerade mit dem Löffel gefressen,"

„Danke, Herr Archivar."

Harald Hofer deutet eine leichte Verbeugung an, dann knallt er die Tür zu und saust die Treppe hinunter.

Im Dienstwagen diskutieren die beiden wartenden Kollegen mit einem Beamten. Sie stehen im absoluten Halteverbot. Harald Hofer springt auf den Beifahrersitz.

„Wir sind im Einsatz!", ruft er.

Mit Blaulicht rasen sie zur Wohnung von Franz. Während der Fahrt telefoniert Harald Hofer mit der Dienststelle im alten Flughafen in Innsbruck. Dort sind die Diensthunde untergebracht. Er braucht einen Sprengstoffspürhund und fünfzig Leute. Wenn es in der Schmörgler Umgebung irgendwo ein Sprengstofflager gibt, wird er es finden, und wenn er jeden Stein einzeln umdrehen lassen muss!

Kannte Franz das Sprengstofflager seines Vaters und hat sich daraus bedient? Ist es das, was Anni herausgefunden hat? Wenn ja, ist sie in großer Gefahr. Warum ist sie nur im Alleingang unterwegs, verdammt!

Mit quietschenden Reifen biegen sie auf den Parkplatz vor dem Haus von Franz ein.

Die Haustür steht offen. Sie laufen die Treppen hoch und klingeln Sturm an der Wohnungstür.

„Polizei! Aufmachen!"

In der Wohnung rührt sich nichts. Die Nachbarn stecken verdutzt ihre Köpfe aus der Tür. Nein, sie haben nichts Auffälliges gehört oder gesehen. Das behaupten sie jedenfalls vor den Polizisten. In Wahrheit haben sie schon seltsame Geräusche gehört, und sogar Hilferufe, während des Gewitters, aber nicht reagiert. Doch das sagen sie nicht. Sie wollen mit der Polizei nichts zu tun haben und keinen Ärger kriegen. Sollen doch die Leute ihre Probleme alleine lösen!

Harald Hofer befiehlt, die Tür aufzubrechen. Er zieht seine Dienstwaffe. Sie stürmen die Wohnung.

„Verdammte Scheiße!"

Harald Hofer klammert sich an das Balkongeländer, beugt sich über den Balkon und schreit ins Freie hinaus.

„Verflucht! Verflucht! Verflucht!"

Die Wohnung ist leer. Sie wirkt sorgfältig aufgeräumt, keine Kampfspuren, kein Blut. Auf dem Balkontischchen steht eine Weinflasche, keine Gläser. Ein schlaues Bürschchen, der Franz Kirchler. Er hat die Gläser weggeräumt, um die auffälligsten Spuren zu beseitigen. Anni Schenk muss hier gewesen sein. Und jetzt ist er weg mit ihr.

„Tausendmal verdammt! Wir sind zu spät!"

Harald Hofer hat einen dunkelroten Kopf vor Ärger. Auf seiner Stirn wird eine Ader sichtbar. Die Kollegen weichen vor ihm zurück. So zornig haben sie den Chefinspektor noch nie gesehen. Entengequake ertönt. Harald Hofer bekommt einen Anruf.

„Hm", knurrt er ins Telefon. „Gut. Fahrt sofort hin. Wir treffen uns dort."

Das Handy von Anni Schenk ist geortet worden, in der Nähe von Josef Danners Wohnung. Harald Hofer weist seine beiden Kollegen an, in der Wohnung von Franz auf die Leute von der Spurensicherung zu warten und läuft alleine die Treppe hinab, zwei Stufen auf einmal nehmend.

Zwei Einsatzwagen sind bereits vor Ort. Das Handy von Anni Schenk lag im Straßengraben, vom Regen in ein Loch gespült. Weit und breit niemand zu sehen. Es wurde weggeworfen. Von wem? Von Anni Schenk selbst? Das ergibt keinen Sinn. Von jemand anderem. Von Franz? Und warum ausgerechnet hier? Hat Josef Danner etwas damit zu tun?

„Anrufe checken!", befiehlt Harald Hofer dem Kollegen, der auf Handyauswertungen spezialisiert ist. Er läuft, so schnell er kann und klingelt Sturm bei Josef Danner.

„Polizei! Aufmachen!"

Die Tür geht auf und der Künstler erscheint mit entspanntem Gesichtsausdruck. Natürlich ist er zu Hause. Den ganzen Vormittag schon. Aber ans Telefon ging er nicht.

„Bei unbekannten Rufnummern gehe ich prinzipiell nicht ran. Das werden Sie doch verstehen, Herr Chefinspektor?"

Harald Hofer ist nicht in der Stimmung, sich auf diesen Ton einzulassen. Dafür ist jetzt keine Zeit. Und als der Herr Künstler hört, dass seine Freundin verschwunden ist, wird auch er ganz blass um die Nase.

„Ihr Handy wurde bei Ihnen um die Ecke im Straßengraben gefunden."

„Verdächtigen Sie mich jetzt wieder?"

„Das weiß ich noch nicht. Haben Sie eine Erklärung dafür?"

„Nein."

„Haben Sie Anni Schenk gestern abends gesehen?"

„Nein."

„Wer könnte sie beschuldigen wollen? Haben Sie Feinde? Denken Sie nach!"

Josef Danner zieht die Augenbrauen hoch. Feinde hat er viele.

„Wir verdächtigen Franz Kirchler."

„Den Franz?"

Josef Danner sieht mit offenem Mund auf Harald Hofer herab. Er ist sichtlich verblüfft.

„Der soll Anni Schenk entführt haben?"

„Er ist jedenfalls auch verschwunden."

„Vielleicht sind die beiden nur miteinander abgehauen."

„Mhm", knurrt Harald Hofer.

Das will er am liebsten nicht gehört haben.

„Wo sie doch gerade dabei waren, ihre alte Jugendliebe wieder aufleben zu lassen."

„Was?"

„Das erzählt man sich jedenfalls hier im Ort. Hier macht keiner etwas unbeobachtet."

Harald Hofer schließt die Augen. Eine Jugendliebe! Mit dem Küsser-Frechling! Die jetzt wieder aktiviert wird. Das würde den Alleingang erklären. Anni Schenk hat ihm vertraut. Harald Hofer sieht Anni Schenk vor sich, wie sie in der Zentrale in der Polizeistation, in der Sicherheitsschleuse, hinter dem Panzerglas, dem Liftbesitzer

235

einen Kuss auf den Mund drückt. Und auch auf dem Friedhof, mitten unter den Trauergästen, hat dieser Cowboy Anni Schenk auf den Mund geküsst. Harald Hofer verscheucht diese Bilder mit einer heftigen Handbewegung.

„Herr Chefinspektor?"

Harald Hofer öffnet die Augen.

„Anni Schenk ist in Gefahr", sagt er wie in Trance, aber mit fester Stimme.

„Wie kann ich Ihnen helfen?"

Josef Danner klingt ehrlich besorgt. Die beiden Männer sehen sich an. Häme und Misstrauen sind mit einem Mal aus ihren Blicken verschwunden. Die Sorge um Anni Schenk vereint sie. Das könnte womöglich noch der Beginn einer wunderbaren Freundschaft werden.

„Bleiben Sie wachsam", sagt Harald Hofer. „Und gehen Sie ran, wenn die Polizei anruft."

Sie verabschieden sich mit einem festen Händedruck.

Alleine steht Harald Hofer mit einer Zigarette in der Hand vor der Polizeiinspektion und wünscht aus tiefstem Herzen, Anni Schenk wäre an seiner Seite. Er muss sie finden! Schnell! Es ist schon viel zu viel wertvolle Zeit vergangen. Wohin hat Franz Kirchler seine Jugendliebe Anni Schenk gebracht? Die Ex-Frau und der Sohn gaben an, keine Lieblingsorte des Ex-Mannes beziehungsweise des Vaters zu kennen. Hütte in den Bergen besitzt er keine, nein, schön wär's. Dazu hat es nie gereicht. Sie haben nicht die geringste Idee, wo er sich aufhalten könnte.

Die Suche nach dem alten Mitsubishi Pajero von Franz läuft auf Hochtouren. Eine Reihe von Hinweisen aus der Bevölkerung ging ein, alle unbrauchbar. An den Straßen

sind Kontrollen aufgestellt. Die Parkhäuser und Park-
plätze von Schmörgl werden flächendeckend abge-
sucht. Nichts.

„Harry, es gibt was Neues!", ruft die Kollegin vom Te-
lefondienst durch den Gang.

Harald Hofer stürzt aus seinem Büro zu ihr.

„Der Suchtrupp mit dem Hund ist vor Ort und wartet
auf dich", sagt die Kollegin.

Harald Hofer kann seine Enttäuschung darüber nicht
verbergen, dass nur der Hund da ist und nicht Anni
Schenk.

„Ich komme," knurrt er und macht sich auf den Weg.

Am Ende der Autostraße oben am Berg wartet der
Trupp.

Der Hundeführer ist ein junger schlaksiger Kerl. Dem
Sprengstoffspürhund möchte man nicht alleine begegnen. Er sitzt zwar folgsam neben dem Hundeführer,
fletscht aber die Zähne, als Harald Hofer näher kommt.

Harald Hofer kritzelt eine Skizze in sein Kim-Jong-Un-
Notizbuch. Fünfzig Leute warten auf seine Anweisung,
wo sie mit der Suche nach dem Sprengstofflager beginnen sollen.

Sein Bauchgefühl sagt ihm, dass die Bergstation des
Lifts der Ausgangspunkt ist. Würde er Sprengstoff steh-
len, würde er ein Versteck in der Nähe des Lifts suchen,
damit er den Sprengstoff auf einem Liftsessel hoch
transportieren kann und nicht vom Tal aus alles im
Rucksack schleppen muss.

Und für die Schmugglerkumpanen, die das Zeug dann
den Südtirolern brachten – so es sie gegeben hat –
wäre es auch einfach gewesen, mit dem Lift hochfahren
zu können und dann nicht mehr allzu weit über den
Bergkamm laufen zu müssen.

„Verstecke liegen meist näher, als man denkt. Die Menschen begeben sich nicht weit fort, auch wenn sie noch so wichtige Dinge zu verbergen haben. Es heißt ja auch: Jeder hat eine Leiche im Keller. Eigentlich wäre es sinnvoller, die Leiche in des Nachbars Keller zu verstecken."

Harald Hofer denkt laut und die Leute des Suchtrupps blicken ihn verständnislos an. Er kümmert sich nicht darum. Nichts liegt ihm ferner, als jemandem in diesem Moment seine Gedanken zu erklären. Mit kurzen Befehlen weist er die Leute an, ihr Augenmerk auf die nähere und weitere Umgebung der in Trümmern liegenden und weitläufig abgesperrten Bergstation des Lifts zu richten.

Die Männer bilden geometrische Linien und beginnen damit, den Wald aufwärts Meter für Meter abzusuchen. Der Sprengstoffspürhund läuft neben dem Hundeführer her und wedelt mit dem Schwanz. Harald Hofer schaut auf die Männer, den Hund, die Baumstämme, die Äste, die sich im Wind bewegen. Wenn er Pech hat, dauert diese Aktion tagelang. Aber manchmal im Leben braucht man ein Quäntchen Glück. Am Himmel ziehen vereinzelte Wolken vorüber, sie bilden kleine Kreise um die Berggipfel. Ihr Anblick beruhigt Harald Hofer. Er zündet sich eine Zigarette an, lehnt sich an einen Baum. Die Natur kennt keine Eile. Wir sind nur Teil in einem großen Ganzen, das wir zu bestimmen glauben. Doch in Wahrheit ist unser Handlungsradius klein und unser Einfluss auf die Dinge, die geschehen, winzig. Harald Hofer bläst den Rauch zu den Wolken hinauf. Nach dem Gewitterregen ist die Luft ganz klar.

Wo kann Anni Schenk sein? Alle möglichen Leute lässt er befragen, nach allen möglichen Orten, wo Franz Anni Schenk hingebracht haben könnte. Und am Ende wird es ein klitzekleiner Zufall sein, der ihn zu ihr führt. Man sucht nach den großen Zeichen in der Ferne und neigt dazu, die kleinen Zeichen in der Nähe zu übersehen. Harald Hofer knurrt in sich hinein. Ein Sonnenstrahl fällt durch die Bäume direkt auf ihn. Er betrachtet das Lichtmuster auf seiner Hose. Plötzlich ist er vollkommen ruhig und sicher. Er wird Anni Schenk finden, und zwar lebend.

32

Anni Schenk hat Mühe, genug Luft zu bekommen. Ihr ist schwindlig, aber sie registriert genau, was mit ihr passiert. Franz hat die Mundfessel verstärkt und auch die Schnüre an den Händen und Füßen noch fester gezogen. Er wäscht die Weingläser und stellt sie zurück. Er nimmt ihr Handy und ihre Waffe an sich. Er denkt an alles.

Wie ein Bündel Stroh wirft Franz Anni Schenk über die Schulter. Auf dem kurzen Weg zwischen Wohnungstür und Aufzug versucht sie zu schreien und mit den Knien zu stoßen. Doch ihre Schreiversuche ersticken und ihre Bewegungen bleiben wirkungslos. Franz ist stark, er hält sie fest, sie hat keine Chance, ihm zu entkommen. Sie fahren in den Keller, direkt in die Garage. Die Aufzugtür öffnet sich. Es ist dunkel. Nur wenige Meter entfernt steht der Mitsubishi Pajero von Franz.

Anni Schenk ist vor vielen Jahren aus der Kirche ausgetreten. Doch in diesem Moment betet sie: Lieber Gott, lass jemanden vorbeikommen.

Franz macht große schnelle Schritte. Dies ist der heikelste Moment seines Plans. Es darf niemand zufällig in diesen vier Sekunden, die er bis zum Auto braucht, die Garage betreten. Wenn jemand kommt, ist er geliefert. Doch er muss das Risiko eingehen. Das ist seine einzige Chance. Er muss mit ihr weg. Denn der Herr Chefinspektor wird Anni Schenk suchen und früher oder später, eher früher, bei ihm aufkreuzen.

Niemand kommt. Franz öffnet den Kofferraum, legt Anni Schenk wie ein Gepäckstück hinein, wirft eine Decke über sie und schließt ab. Der Kofferraumdeckel macht kaum ein Geräusch. Glück gehabt. Man braucht ein Quäntchen Glück. Ein paar Sekunden später, und alles wäre schief gelaufen. Denn in diesem Moment tritt die Nachbarin aus dem zweiten Stock in einem adretten beigen Kostüm aus dem Aufzug, winkt Franz grüßend zu und betätigt die Fernbedienung, um ihren roten Fiat 500 zu öffnen, der eine Reihe weiter als sein klappriger jagdgrüner Allrad-Mitsubishi Pajero steht. Zahlreiche Roststellen sind dürftig mit Polyester geflickt. Die Nachbarin bemerkt nichts Auffälliges und braust schwungvoll davon. Franz wartet, bis sie weg ist. Dann startet auch er seine Karre und fährt los.

Anni Schenk zählt die Sekunden, um ein Zeitgefühl dafür zu bekommen, wie lange sie fahren. Schon nach zwei, drei Minuten bleibt das Auto stehen. Franz steigt bei laufendem Motor aus, die Wagentür bleibt offen. Es gießt immer noch in Strömen, der Regen prasselt auf den Kofferraumdeckel. Keine halbe Minute vergeht und die Wagentür wird zugeschlagen. Franz setzt sich wieder ans Steuer und rast los.

Anni Schenk zählt. Sechzig, hundertzwanzig, hundertachtzig, zweihundertvierzig. Wieder bleibt das Auto stehen. Diesmal geht der Motor aus.

Der Pajero parkt an einem kleinen Kiosk, außerhalb von Schmörgl. Die korpulente rothaarige Kioskbesitzerin döst in einem weiten indischen Hippiegewand in einem Schaukelstuhl in einer Kioskecke. Zwei Jungs stehen vor dem Regen Schutz suchend unter dem Vordach. Sie haben Sportsäcke um die Schultern. Der Junge, der Franz den Rücken zuwendet, packt etwas ein. Vor ihnen stehen zwei Cola-Flaschen. Die Hippie-Kioskbesitzerin hat die Augen halb geschlossen und beachtet sie nicht weiter. Der Franz zugewandte Junge nickt ihm zu. Es ist Mohsen Nazimi. Franz tut so, als würde er ihn nicht sehen und grüßt nicht zurück. Er verlangt sechs große Wasserflaschen. Die Hippie-Kioskbesitzerin quält sich schlecht gelaunt aus dem Schaukelstuhl und reicht ihm die Ware. Franz kramt in seiner Hosentasche nach ein paar Münzen und wirft sie auf den Tresen. Die Autotür fällt ins Schloss. Die Fahrt geht weiter. Die Strecke ist kurvenreich, die Wasserflaschen rollen auf dem Boden vor dem Nebensitz hin und her.

Siebenhundertachtzig. Oder schon achthundertvierzig? Anni Schenk spürt ihre Konzentration schwinden. Der Sauerstoffmangel im Kofferraum macht ihr zusehends zu schaffen. Ihr Körper schmerzt. Er bekommt andauernd Schläge ab, die Straße, die sie nun hochfahren, ist nicht asphaltiert und voller Löcher und Steine. Anni Schenk gibt das Zählen auf. Sie ringt nach Luft. Der Schwindel wird immer stärker, in ihrem Kopf dröhnt und hämmert es, Anni Schenk verliert das Bewusstsein.

Als Franz an seinem Ziel angekommen ist, hat er Mühe, den bewusstlosen, schweren Körper aus dem Auto zu hieven. Nur das Prasseln des Regens ist zu hören, sonst ist es still.

Franz hört nur seinen eigenen lauten Atem. Es kommt ihm wie ein drohendes Rasseln vor, was da aus seiner Kehle dringt. Der Krampus rasselt mit der Kette. Gleich wird er ihn schlagen, weil er ein ungezogener Junge ist. Er sieht sich als kleiner Junge. Der Krampus mit seiner mächtigen roten Maske schlägt mit der Kette auf ihn ein. Sein Vater steht mit verschränkten Armen daneben und schaut zu.

Franz nimmt Anni Schenk die Mundfessel ab und klopft auf ihre Wangen. Er schüttet ihr Wasser über den Kopf. Ihr Körper ist sowieso schon vom Regen durchnässt. Anni Schenk kommt langsam wieder zu Bewusstsein. Sie öffnet die Augen. Vor ihr steht Franz mit einer Wasserflasche in der Hand. Neben ihr steht eine Madonna mit Kind. Es ist kühl. Ihr ist kalt. Sie wendet den Kopf. Christus am Kreuz. Eine Kanzel. Sie liegt auf einem Altar. Franz hebt ihren Kopf an und gibt ihr zu trinken. Er hat sie an den Altar angebunden, aber sie kann sich halb aufrichten und auf ihre Unterarme stützen.

„Wo sind wir?", fragt sie.

„Erinnerst du dich nicht?"

Anni Schenk schließt die Augen. Sie erinnert sich. Sie sind von einer Bergtour zurückgekommen und haben in der kühlen Wallfahrtskapelle Zuflucht gesucht. Franz hat sie in den Arm genommen. Hier haben sie sich zum ersten Mal geküsst.

„Doch, ich erinnere mich", sagt sie. Und nach einer längeren Pause: „Es ist eine schöne Erinnerung."

Franz lacht bitter auf.

„Seither ist einiges passiert."

„Franz, wir können Vergangenes nicht ungeschehen machen. Aber wir können jetzt vernünftig sein. Dein halbes Leben liegt noch vor dir."

„Ha, das Fräulein Psychologin! Willst du mir jetzt gut zureden, oder was?"

„Es ist noch nicht zu spät. Glaub mir."

„Es ist zu spät."

„Denk an Lukas."

Bei der Erwähnung seines Sohnes blickt Franz sie hasserfüllt an.

„Halt den Mund!"

243

In ihm lodert es. Was weiß diese Frau schon von seinen Qualen. Nichts. Nichts!

„Nichts!"

Anni Schenk verharrt stumm und reglos. Der Mann vor ihr ist ein Bündel aus Hass und Verzweiflung. Kurz vor dem Entflammen. Eine falsche Geste und er verliert die Nerven.

„Keine Ahnung hast du!", brüllt er. „Ihr alle habt keine Ahnung!"

Er schleudert eine der Wasserflaschen auf die Madonna.

„Gaff mich nicht so an!", schreit er, zur Madonna gewandt.

Anni Schenk zuckt zusammen.

„Und du auch nicht!"

Sie senkt den Blick. Franz lässt sich auf der Kirchenbank in der ersten Reihe nieder. Er sackt in sich zusammen. Er starrt auf Anni Schenk, auf den Christus am Kreuz, auf die Madonna, von deren Arm mit dem Kind noch das Wasser der geplatzten Plastikflasche tropft.

„Ich habe den Lift von meinem Onkel geerbt. Ich war so stolz. Ich wollte Lukas ein Vermögen hinterlassen."

Franz spricht mit glasigen Augen und mit monotoner Stimme, als säße er im Beichtstuhl.

„Am Anfang lief alles gut. Und dann ging es plötzlich bergab. Scheiß Klimawandel. Die großen Liftbetreiber haben sofort reagiert. Schneekanonen, Kunstschnee, Nachtschifahren und andere depperte Events. Ich nicht. Ich habe in den Schnee vertraut. Aber er kam nicht mehr, der Schnee. Und so blieben die Liftfahrgäste im Winter aus. Ich blöder Hund!"

Wieder lacht er hysterisch auf. Anni Schenk dreht den Kopf zu ihm. Franz wirkt wie weggetreten, als umhülle ihn ein undurchsichtiger Kokon. Anni Schenk bewegt ihre Finger und versucht, die Fesseln zu lockern.

„Und weiter?", fragt sie, so zurückhaltend wie möglich, um Franz nicht erneut zu erzürnen. Sie will ihn zum Weiterreden bringen, um Zeit für ihre Lockerungsversuche zu gewinnen.

„Weiter?"

Er sieht sie aus verschwommenen Augen von ganz weit her an.

„Es geht nicht weiter."

Anni Schenk hütet sich, etwas Gegenteiliges, Aufmunterndes zu sagen. Sie wartet ab. Franz stützt sein Kinn in die Hände.

„Jahrelang hat der Betrieb Verluste gemacht und von Jahr zu Jahr dachte ich, es wird besser, irgendetwas wird passieren. Es kann nicht sein. Es durfte nicht sein."

Er hält kurz inne.

„Ich wollte es nicht wahrhaben. Ich wollte kein Versager sein. Ich wollte Lukas doch einen florierenden Betrieb hinterlassen."

Franz beginnt zu schluchzen.

„Aber irgendwann war der Schuldenberg riesig. Es gab keinen Ausweg mehr."

„Und da hast du dich an das Sprengstofflager deines Vaters erinnert..."

„Ja."

„Hat er es dir gezeigt?"

„Als ich zwölf war. ‚Du bist jetzt ein großer Junge und kannst ein Geheimnis bewahren', meinte er zu mir. ‚Vielleicht kannst du das Zeug ja nochmal gebrauchen', fügte er noch höhnisch hinzu. Wenn er wüsste! Es war jedenfalls der einzige Vertrauensbeweis, den er mir jemals erbracht hat. Was war ich stolz! Damals hat er mir auch eine Karte gezeichnet. Die Karte habe ich jahrzehntelang wie einen Schatz bewahrt ..."

„Und dann hast du mit ihr das Lager gesucht und wieder gefunden ..."

„Als ich den Sprengstoff vor mir sah ..."

Franz unterbricht sich. Er starrt vor sich hin. Anni Schenk spricht für ihn weiter:

„ ... hast du beschlossen, den Lift in die Luft zu jagen, um die Versicherungssumme zu kassieren."

Franz nickt.

Anni Schenk blickt zur Madonna. Bitte mach, dass das alles nicht wahr ist.

„Schlaues Mädl ... Ja, um wenigstens den Zeitwert zu kriegen. Das war mein Ziel. Und alle Sorgen los zu haben ..."

„Und wo hast du das Bombenbasteln gelernt?"

„Mein Vater hatte in seinen Büchern Unterlagen darüber. Und dann gibt es ja das Internet. Ist nicht schwer, wenn man technisches Wissen mitbringt ..."

„Das ist nicht dein Ernst ..."

„Doch ..."

Anni Schenk blickt wieder zur Madonna.

„Mensch, Franz! Weißt du, was du getan hast?"

„Ich habe alles genau überlegt."

„Und die anderen beiden Bomben. Warst das auch du?"

„Sie waren Teil meines Gesamtplans."

„Deines Gesamtplans? Zu dem auch ein Toter gehörte?"

„Das war ein Versehen!", schreit Franz. „Ich habe nicht gesehen, dass da jemand ist. Damit habe ich nicht gerechnet, dass um diese Zeit einer im Wald herum kreucht. Es war ein Unfall."

Franz schluchzt und schlägt sich die Hände vors Gesicht.

„Warst du es, der uns am Speicherteich verfolgt hat?"

„Ja, ich bin euch nachgelaufen, um euch zu erschrecken und zu vertreiben. Ich wollte sicher gehen, dass ihr weg seid und nicht mehr wieder kommt. Aber den Matthias, den Matthias hab ich nicht gesehen ..."

Franz wischt sich mit den Handflächen die Tränen von den Wangen. Sein ganzes Gesicht ist nass. Seine Augen sind feuerrot.

„Und die gesprayten Botschaften?"

„Ich wollte den Verdacht auf Sepp lenken."

„Das war dein Gesamtplan ... Und warum ausgerechnet Sepp?"

„Wir waren als Kinder Nachbarn. Sepp war das Vorzeigekind für meinen Vater. Alles, was er machte, war toll. Ich habe ihn gehasst. Ich wollte mich rächen."

„Du meine Güte."

Anni Schenk blickt zur Madonna. Eine lange Pause entsteht, in der nur die Schluchzer von Franz zu hören sind. Dann wendet sich Anni Schenk wird Franz zu.

„Franz, eine Frage habe ich noch: Warum hast du an die Liftstation ein Kreuz gesprayt?"

„Weil jetzt alles aus ist. Ende. Für ewig. Ich habe den Lift begraben."

„Mit einem Kreuz?"

„Ja."

„Warum, Franz? Warum?"

„Ich habe es für Lukas getan. Ich will ihm ein guter Vater sein."

Nun hämmert Franz mit den Fäusten gegen seine Stirn. Anni Schenk starrt die Madonna an. Ihr kommt es vor, als würde die Holzfigur den Kopf schütteln.

33

Nur halb aufgeraucht tritt Harald Hofer die Kippe schon wieder aus. Sogar zum Rauchen ist er zu nervös. Er muss weiterkommen, verdammt! In kleinen Schritten trippelt er vor der Polizeiinspektion auf und ab.

Er hat gefühlte tausend Telefonate geführt, um so viele Fakten wie möglich zu sammeln. Und er hat eine allumfassende Suche angeordnet. Kontrollen überall – keiner kommt im Moment unkontrolliert durch Schmörgl. Die Dienststelle steht Kopf. Alles, was Beine hat, ist unterwegs, um Anni Schenk zu suchen. Bislang ohne Erfolg. Entengequake ertönt: Das Sprengstofflager wurde gefunden.

Der Sprengstoffspürhund hat ganze Arbeit geleistet. Vor einer unscheinbaren Höhle, auf der direkten Linie zwischen der Bergstation des Lifts und dem Kamm, hinter dem es hinunter geht ins nächste Tal, Richtung Italien, hat der Hund vor dem mit Laubwerk und Steinen gut kaschierten Eingang zur Höhle angeschlagen.

„Die Höhle ist halb leer beziehungsweise halb voll mit in Rohren gelagertem Sprengstoff", berichtet der Kollege.

Halb leer oder halb voll? Solche Fragen der Perspektive verwirren Harald Hofer. Aber er darf sich jetzt nicht mit unwesentlichen Kleinigkeiten aufhalten. Es muss so schnell wie möglich eine Vergleichssprengstoffanalyse gemacht werden. So schnell wie möglich. Wenn das zu lange dauert, kann Anni Schenk schon tot sein. Harald Hofer erschrickt über seinen eigenen Gedanken. Er verbietet ihn sich sofort. Das darf kein zweites Mal gedacht werden! In seinem Notizheft fasst er zusammen, was er weiß: Ein Täter, der Zugang zu Sprengstoff hatte und wahrscheinlich für die Explosionen verantwortlich ist, hat Anni Schenk in seiner Gewalt. Ein Täter, der bereits einen Toten in Kauf genommen hat. Der eine besondere emotionale Beziehung zu Anni Schenk hat. Seine Jugendliebe! Die er jetzt dabei war, wieder aufzufrischen. Das hat die Auswertung von Anni Schenks Handydaten bestätigt. Unzählige Simse wurden zwischen ihr und diesem Franz gewechselt. Ein schamloser Draufgänger. Harald Hofer unterdrückt ein Schnappgeräusch. Wo versteckt sich so einer mit Anni Schenk? Wird er seine frühere Jugendliebe auch in die Luft jagen? Dann müsste er versuchen, an den Sprengstoff ranzukommen. Das jedenfalls haben sie ihm vereitelt. Verdammt! Wo stecken die beiden? Er nimmt eine Büroklammer aus dem Büroklammerspender und beißt mit den Zähnen darauf. Um eine Schlange zu bauen, fehlt ihm die Ruhe. Er springt auf und trippelt in seinem Büro auf und ab. Wie kommt er weiter? Was soll er als nächstes tun?

Da wird Harald Hofer zum Eingang gerufen. Er hat Besuch. Im Warteraum, hinter dem Panzerglas, sitzt Mohsen Nazimi. Hofer kann sein Erstaunen nicht verbergen.

„Mit Ihnen habe ich jetzt am allerwenigsten gerechnet."

Mohsen Nazimi schlägt seine tiefschwarzen Augen nieder. Er nimmt im Büro des Chefinspektors Platz.

„Ich habe gehört, dass Ihre Kollegin Anni Schenk verschwunden ist."

„Von wem?"

„Franziska hat es mir erzählt."

„Sie hat mir auch erzählt, dass Franz gesucht wird."

„Sie kennen Franz Kirchler?"

„Ja."

„Woher?"

Mohsen Nazimi rutscht auf seinem Stuhl hin und her. Er fühlt sich sichtlich unbehaglich.

„Das möchte ich nicht sagen."

Harald Hofer trommelt mit der linken Hand ungeduldig auf die Schreibtischplatte. Mit der rechten kritzelt er etwas in sein Kim-Jong-Un-Notizheft. Dann hebt er den Kopf und blickt Mohsen Nazimi direkt in die Augen.

„Und was möchten Sie mir sagen?"

„Ich habe Franz gesehen."

Harald Hofer springt auf.

„Wo?"

„An einem Kiosk außerhalb von Schmörgl."

„War er allein?"

„Ja. Er hat dort Wasser gekauft."

„War er mit einem Auto da?"

„Ja. Mit einem alten grünen Mitsubishi."

„Kommen Sie mit!"

Harald Hofer reißt Mohsen Nazimi förmlich aus seinem Stuhl hoch.

„Zeigen Sie mir den Kiosk!"

Im Flur klatscht er in die Hände.

„Einsatz, Leute!", ruft er. „Wir haben eine Spur."

Die rothaarige Hippie-Kioskbesitzerin döst wie gewohnt in ihrem Schaukelstuhl vor sich hin. Aber als sie Harald Hofer „Polizei!" rufen hört und gleich mehrere Polizeiautos mit Blaulicht vor ihrem Kiosk erblickt, schreckt sie beflissen hoch.

Ja, da war so ein Typ, der Wasser kaufte, aber richtig erinnern kann sie sich nicht. Sie bespitzelt doch nicht ihre Kunden. Das wäre ja noch schöner. Sie hat sich weder das Gesicht gemerkt noch das Auto. Sie kennt keine Automarken, das ist etwas für kapitalistische Machos, nichts für sie. Oder für kapitalismusgierige Flüchtlinge. Dabei blickt sie Mohsen Nazimi an. Nein. Sie hat nicht gesehen, wohin das Auto gefahren ist, keine Ahnung. Das interessiert sie auch nicht. Ob die Herren von der Polizei etwas kaufen wollen? Sonst würde sie sich, wenn Sie gestatten, wieder verziehen. Unwillig blickt die Kioskbesitzerin wie zum Abschied mit halb geschlossenen Lidern in die Runde, dann tritt sie in ihrem flatternden Gewand den Rückzug in Richtung Schaukelstuhl an.

Der Kiosk liegt an einer Weggabelung. Von der Landstraße führen an dieser Stelle drei asphaltierte Straßen und ein Schotterweg hoch. Harald Hofer öffnet auf seinem Handy google maps und sucht nach besonderen Orten. Fünf Kapellen werden in der Umgebung angezeigt. Verflucht, so ein heiliges Land! Er braucht Verstärkung.

34

Anni Schenk weiß nicht genau, wie lange sie geschlafen hat. Hat sie überhaupt geschlafen? Ihr Mund ist trocken. Sie fährt mit der Zunge die Zähne entlang und erinnert sich erst jetzt daran, dass Franz ihr wieder den Mund zugebunden hat. Die Wasserflaschen, die er mitbrachte, sind leer. Wie viel Zeit ist vergangen? Wie lange liegt sie schon hier auf diesem Altar? Sie dreht den Kopf zu den Holzbänken hin. Vor ihr sitzt Franz mit irrem Blick und hält ihre Glock auf sie gerichtet. Das sind nicht die Augen, die sie kennt. Das ist nicht der Franz, den sie kennt. Er ist vollkommen außer sich. Seine Hand zittert.

„Es ist aus. Wir sterben", flüstert er ihr zu und steht auf.

In der Wallfahrtskirche herrscht gespenstische Ruhe. Durch die Mosaikfenster fällt mattes Licht herein. Die Bänke verströmen den Geruch von altem Holz.

In Anni Schenk erwachen Kindheitserinnerungen. Maiandacht in der kleinen Bergkapelle. Fronleichnamsprozession im weißen Kleid mit einem Bastkörbchen voller Wiesenblumen um den Arm. Ein Rosenkranz aus hellblauen Glasperlen. Wann genau hat sie den Glauben an Gott verloren? Sie kann sich nicht erinnern. Irgendwann wusste sie mit einem Mal, mit glasklarer Gewissheit, dass das alles für sie nur Rituale waren und sie im Grunde ihres Herzens kein gläubiger Mensch ist. Wie viele Kriege wegen Religionen geführt wurden. Sie ist froh, in einem Land zu leben, in dem es eine klare Trennung von Staat und Kirche gibt. Ihr können sämtliche

Religionen gestohlen bleiben. Und ausgerechnet ihr Leben soll nun in einer Wallfahrtskirche zu Ende gehen?

Anni Schenk denkt an Harald Hofer. Er wird alles in Bewegung setzen, um sie zu finden. Hat Franz einen Fehler gemacht? Hat er eine Spur hinterlassen? Harry, der Faktenschnüffler, er wird überall nach Hinweisen suchen. Er ist ihre einzige Hoffnung. Anni Schenk presst ihre Daumen in die Handflächen und umschließt sie mit ihren Fingern, so weit das in ihren Fesseln geht. Bitte, bitte, Harry, komm und befreie mich, bevor dieser Mann hier vor mir die Nerven verliert.

Franz sieht auf das Wesen, das auf dem Altar liegt. Wie gut er fesseln kann. Das war ihm gar nicht bewusst. Als hätte er sein Leben lang nichts anderes getan. Bitterkeit mischt sich mit dumpfer Verzweiflung. Er schwitzt und zittert. Er macht einen Schritt auf Anni Schenk zu. Er befindet sich in einem Zustand vollkommener Ausweglosigkeit. Da draußen, außerhalb von ihm, blitzen Bilder auf. Kolonnen roter Zahlen, braune Wiesen, leere Liftsessel, die Rohre mit dem Sprengstoff, das Babygesicht von Lukas.

Er hatte einen Plan. Aber Anni Schenk musste ihm dazwischen kommen. Seitdem ist alles aus dem Ruder gelaufen. Jetzt wird er sie opfern, seine Jugendliebe, auf dem Altar. Er lacht auf, es klingt wie ein verzweifeltes Brüllen. Und dann wird er sich selbst erschießen.

Ein Vogel fliegt gegen eines der Mosaikfenster. Der dumpfe Knall lässt Franz hochschrecken. Er blickt auf die Pistole. In seinem Kopf kribbelt ein Ameisenhaufen. Franz schaltet das Denken aus und entsichert die Glock. Anni Schenk erkennt das Geräusch. Panik erfasst sie. Sie schüttelt den Kopf und versucht zu schreien. Doch die gurgelnden Laute verhallen in ihrer Mundfessel.

Es ist nicht aussichtslos, gib nicht auf, Lukas braucht dich, will sie ihm entgegenrufen. Doch sie sieht die Eiseskälte in den grünen Augen. Er ist hinter schwarzer Verzweiflung abgetaucht. Sie traut ihm jetzt alles zu.

"Herr Kirchler, lassen Sie die Waffe fallen!"

In dem Moment, in dem Franz auf Anni Schenk zielt, wird die Kirchentür plötzlich aufgerissen. Harald Hofer stürmt herein.

"Geben Sie auf."

Die Stimme von Harald Hofer klingt tief, klar, beruhigend.

Anni Schenk schließt die Augen. Ist das ein Traum oder ist es wahr. Ganz langsam hebt sie die Lider. Da steht tatsächlich Harry, jetzt direkt neben Franz. Er hat seine Glock auf ihn gerichtet und redet mit seiner tiefen Stimme beruhigend auf ihn ein.

„Geben Sie mir die Waffe. Machen Sie keinen Blödsinn. Ihr Sohn Lukas braucht Sie. Es gibt aus allem einen Ausweg."

„Nein, das ist nicht wahr. Es gibt keinen Ausweg", keucht Franz.

Er dreht die Hand und wendet den Pistolenlauf auf seine Stirn. Harald Hofer reißt blitzschnellen seinen Arm hoch. Der Schuss geht in das barocke Deckengemälde der Wallfahrtskirche. Verputz rieselt herab. Franz sinkt ist in sich zusammen. Schwer atmend dreht Harald Hofer den Arm von Franz auf den Rücken legt ihm Handschellen an. Franz wehrt sich nicht. Sein ganzer Körper fühlt sich jetzt wie ein Ameisenhaufen an.

Harald Hofer geht zu Anni Schenk und nimmt ihr die Fesseln ab. Sie keucht. Er streicht ihr über die Stirn.

„Ganz ruhig, Anni, es ist alles gut", sagt er.

Seine Stimme klingt tief und samten.

Anni Schenk zieht ihn zu sich hinab. Sie umarmt ihn und drückt ihn fest an sich. Sein Spitzbart kratzt an ihrer Wange. Sie spürt sein Herz klopfen.

„Danke, Harry", flüstert sie ihm ins Ohr.

Die Kollegen, die herein stürmen, um Franz festzunehmen, finden den Chefinspektor und Anni Schenk Arm in Arm wie ein Liebespaar auf dem Altar liegend vor. Sie bekreuzigen sich. Keiner sagt ein Wort.

35

Es regnet schon den ganzen Tag. Anni Schenk nimmt trotzdem das Fahrrad. Bis zum Café ist es nicht weit. Der Regen tut ihr gut. Sie spürt die Tropfen wie feine Nadelstiche im Gesicht. Die Haare werden nass und auch die nackten Füße in den Sandalen. Den Rest hält ihre blaue Sommerregenjacke trocken. Sie stellt das Rad unter dem Vordach des Cafés ab.

„Anni!"

Uli kommt hinter dem Tresen hervor und küsst sie links und rechts auf die Wangen.

„Schön, dass du wieder da bist."

Die Leute an den Cafétischen drehen sich nach ihr um. Ein Raunen geht durch den Raum. Wie ein Lauffeuer hatte sich in Schmörgl herumgesprochen, dass Anni Schenk von Franz entführt worden war und sie der Chefinspektor auf dem Altar gerettet hat.

Anni Schenk hängt ihre Regenjacke an den Kleiderständer und schüttelt ihre nassen Haare. Uli stellt ein Glas Grünen Veltliner vor sie und gießt sich selbst auch eins ein.

„Prost, Anni!", sagt er und hebt das Glas.

„Prost."

Anni Schenks Blick ist ernster geworden. Sie nimmt einen großen Schluck.

„Anni, du musst mir genau berichten. Du hast ja keine Ahnung, was die Leute hier alles reden. Im Café erzählt man sich die irrsten Geschichten. Der Franz soll seinen Vater in einer Höhle mit Sprengstoff begraben haben.

Der ganze Wald soll voller Sprengstoffdepots sein. Der Franz wollte sich selbst und dich in die Luft sprengen. Der Franz wollte nur dich in die Luft sprengen. Der Franz wollte die nächste Bombe auf dem Stadtplatz von Schmörgl zünden."

„Das sind ja wilde Gerüchte ..."

„Es gibt kein anderes Thema im Café, Anni. Du kannst es dir nicht vorstellen. Jeder hat seine eigene Version."

„Ich wusste gar nicht, dass die Schmörgler so fantasievolle Leute sind."

„Du hast uns eben unterschätzt ..."

„Das kann man laut sagen. Vor allem einen ..."

„Ich hätte das dem Franz auch nie zugetraut."

„Was?"

„Das alles, was er gemacht hat. Anni, du musst mir unbedingt die Wahrheit erzählen."

„Die Wahrheit? Gibt es die?"

Die Stimme kommt von der Tür. Die beiden drehen sich um. Halb verdeckt im Eingang steht ein Mann, der damit beschäftigt ist, den Regenschirm zu schließen. Er hängt den Schirm an die Garderobe, geht mit drei großen Schritten auf Anni Schenk zu und schließt sie in die Arme.

„Sepp ..."

„Anni, ich hatte solche Angst um dich."

Anni Schenk sieht ihn an, Sepp, ihren Kindheitsfreund, der eine Zeitlang auch zu den Verdächtigen gehörte. Sie hat ihm immer vertraut. Sie sagt nichts. Sie lehnt ihren Kopf an seine Schulter und bricht in Tränen aus. Zum ersten Mal, seit alles vorüber ist, weint sie, hemmungslos. Sepp legt seine Hand in ihren Nacken.

Während Franz abgeführt wurde – er ließ sich widerstandslos festnehmen -, lösten Harald Hofer und sie sich vor den Augen der erstaunten Polizisten aus ihrer Umarmung und kletterten von dem Altar herab.

„Anni, es tut mir leid", sagte Franz.

Sie war unfähig, etwas zu erwidern.

Nach einem medizinischen Check im Rettungswagen hat Harald Hofer sie nach Hause gebracht. Die Mutter und die Großmutter erwarteten sie vor der Haustür. Sie wollte nichts. Nur schlafen. Harald Hofer setzte sich mit der Mutter und der Großmutter auf die Terrasse und erzählte ihnen in groben Zügen, was geschehen ist.

„Mein Gott, der Franz, ich kenne ihn doch von klein auf", murmelte die Mutter. „Er war so ein netter Junge. Und dann legt er Bomben ..."

„Kamerad! Ran an den Feind! Bomben auf Engeland ...", begann die Großmutter zu singen.

„Mutter!"

Anni Schenk hatte sich in ihrem Zimmer eingeschlossen, auf ihrem Bett ausgestreckt und nichts gefühlt, nur eine große Leere. Sie hat keine Träne vergossen.

Aber nun weint sie, an der Schulter von Sepp. Und es ist so wohltuend, als würden all die Angst, all der Schrecken aus ihr heraus geschwemmt.

„Und der Hofer hat dich gefunden?"

„Ja."

„Gar kein so schlechter Typ."

„Nein."

„Stell dir vor, in meiner Sorge um dich habe ich sogar meine Beziehung zur Staatsgewalt überdacht."

Anni Schenk trocknet sich an Sepps Schulter die Tränen ab.

Uli hält ihr dezent ein Papiertaschentuch hin, das sie dankend annimmt.

„Das will ja was heißen."

„Ich wünschte, ich hätte dem Hofer mehr helfen können. Ich habe mir das Hirn zermartert. Aber auf Franz
wäre ich nie gekommen."

„Weißt du, warum er die Fährte auf dich lenken wollte?"

„Nein. Ich habe keinen blassen Schimmer."

Sepp hebt die Schultern. Uli drängt sich eng an die
beiden heran, streckt den Kopf vor und spitzt die Ohren.

„Er war eifersüchtig auf dich."

„Eifersüchtig? Aber ich hatte doch nie etwas mit dir."

„Nein, nicht wegen mir. Quatsch!"

Anni Schenk huscht ein Lächeln über die Lippen.

„Sondern? Ich versteh nicht ..."

„Sein Vater ... Es geht um seinen Vater. Der hat dich
Franz gegenüber immer als Vorbild hingestellt."

„Der alte Kirchler, ja, er war immer richtig nett zu mir,
stimmt ..."

„Du hast von Alois Kirchler die Anerkennung bekommen, die Franz von seinem eigenen Vater nie bekommen
hat ... So hat er es jedenfalls empfunden."

„Das war mir als Kind gar nicht klar."

„Franz war als Kind wahnsinnig eifersüchtig auf dich."

„Sein Vater ist der Schlüssel zu allem ..."

„Als ich entdeckte, dass sein Vater bei den Südtiroler
Bombern war, fiel es mir wie Schuppen von den Augen."

„Er hat sein Schicksal bestimmt."

Sie sehen sich an. Anni Schenk schließt ihre geröteten
Lider. Sepp senkt den Kopf.

„Ich hatte nie etwas gegen Franz", sagt er, mehr zu
sich selbst als zu Anni Schenk.

Anni Schenk deutet Uli, dass er ihr Glas noch einmal
füllen soll.

„Ich brauch mehr Alkohol."

Uli hält die Flasche schon bereit.

„Es war eine Verzweiflungstat", sagt sie und stürzt den Grünen Veltliner hinunter.

„Franz ..."

Wieder füllen sich ihre Augen mit Tränen.

„Langsam, Anni."

Sepp nimmt ihr das Glas aus der Hand, stellt es auf dem Tresen ab und drückt noch einmal ihren Kopf an seine Schulter und streichelt ihr den Nacken. Die anderen Gäste im Café lugen mehr oder weniger verstohlen zu ihnen hin und machen sich so ihre Gedanken. Aber, was die anderen denken, das war Sepp schon immer egal.

36

Auf dem großen Holztisch des Moser-Bauern liegt die Lokalzeitung ausgebreitet. „Schmörgler Bomber verhaftet" steht in riesigen roten Buchstaben auf der Titelseite. Der Moser-Bauer sitzt am Tisch und liest mit gerunzelter Stirn. Er schüttelt immer wieder den Kopf.

„Nicht zu fassen", brummelt er vor sich hin. „Ein Wahnsinn, das alles."

Er schiebt die Zeitung noch näher zu sich heran. Mit dem Finger fährt er die Zeilen ab. Er ist ein langsamer, genauer Leser. Als er die Lektüre beendet hat, schenkt er sich erst einmal einen Schnaps ein. Den braucht er jetzt. Wie gut, dass man stets etwas Selbstgemachtes zu Hause hat.

„Und er hat noch zu uns in die Hütte hereingeschaut", sagt er laut zu Wanda, die neben ihm unter dem Tisch liegt. „An dem Tag, an dem wir beide lange im Wald spazieren gegangen sind, bevor ich mich dann an die Arbeit machte ... Weißt du noch? Ach, Wanda!"

Der Moser-Bauer legt eine Hand auf den Kopf seiner Hündin. Sie sieht ihn aus traurigen Augen an, als würde sie verstehen, was er sagt.

„Was in den Menschen vorgeht ... Was jeder mit sich trägt..."

Er schenkt sich noch einen Schnaps ein und prostet seiner Hündin zu. Die Zeitung faltet er sorgfältig zusammen und legt sie in die Ecke zu dem Holz. Die kann er zum Feuermachen gebrauchen.

„Was? Dieser Depp hat unsere schöne Snow-Bar zerstört, und jetzt heißt es, das soll nur ein Ablenkungsmanöver gewesen sein? Eigentlich wollte er einen Versicherungsbetrug für seinen Lift drehen? Mir könnten die Tränen kommen!"

Die Alpenrose-Wirtin hat rote Flecken auf den Wangen vor Ärger.

„Wir bauen eine neue Snow-Bar", beruhigt sie der Alpenrose-Wirt.

„Eine noch größere und schönere. Mit noch mehr Kunstschneewürfeln. "

Er tritt ans Fenster und deutet hinaus.

„Schau, das ist alles unseres."

„Ja", seufzt die Alpenrose-Wirtin und blickt auf die zerstörte Terrasse.

„Die Hauptsache ist doch, dass es kein Anschlag auf uns war. Dass uns niemand angreifen will."

„Wir haben's ja immer gesagt. Wir sind friedliche Leute. Wir sind keine Streithansln."

„Und wir sind stolz auf unser Haus, im Herzen Tirols! Unsere Gäste lieben uns."

Der Alpenrose-Wirt zupft an seinen Hosenträgern und reckt das Kinn nach vorne.

„Tirol bleibt Tirol!"

Die Alpenrose-Wirtin richtet ihrem Mann den weißen Hemdkragen gerade.

„Was ist eigentlich mit dem Araber, den du beschuldigt hast?"

„Afghane, nicht Araber."

„Was?"

„Er ist Afghane. Das ist was anderes als Araber. Das hat mir der Chefinspektor beigebracht.

„Ach so. Wie auch immer. Jedenfalls mit dem Asylanten halt."

„Nix. Was soll sein?"

„Willst du dich nicht entschuldigen bei ihm?"

„Spinnst du?"

„Warum nicht? Immerhin hast du ihn als Täter bezeichnet. Und jetzt stehen wir blöd da, weil er in ganz Schmörgl dafür gefeiert wird, dass er dem Chefinspektor den entscheidenden Hinweis gab."

„Kommt überhaupt nicht in Frage!"

Der Alpenrose-Wirt haut mit der Faust aufs Fensterbrett.

„Bei denen weiß man nie, bei den Asylanten. Was denen noch alles einfällt! Nur, weil er's diesmal nicht war!"

„Jetzt reg dich ab."

Der Alpenrose-Wirt seufzt. Seine Frau legt ihre Hände auf seine Schultern.

„Komm her, Bussi!", sagt sie und drückt ihm einen Kuss auf die Nase.

Diana, die Geliebte des zu Tode gekommenen Bademeisters, steht in ihrem Laden. Sie arrangiert einen Strauß Kornblumen.

„So viel Blau", sagt sie. „Vielleicht noch etwas Rotes dazu?"

„Nein, nein, nur Blau, bloß nichts Rotes, das passt nicht zu uns", sagt Herwig Kolsasser bestimmt.

Diana macht sich an den Blumen zu schaffen und bindet den Strauß fest zusammen.

„So recht?"

Herwig Kolsasser nickt. Sein Blick fällt auf die Zeitung.

„Furchtbar, dass der Matthias Angerer sterben musste. Er war viel zu jung. Und kein Mensch weiß, was er mitten in der Nacht da oben am Speicherteich zu suchen hatte, oder?"

Diana drückt Herwig Kolsasser die Blumen in die Hand. Er soll schnell zahlen und gehen und die Tränen in ihren Augen nicht sehen. Denn sie weiß sehr wohl, warum Matthias um diese Zeit da oben war. Um mit ihr von seinem Lieblingsfelsen aus zu telefonieren, unterhalb des Teichs, allein unter dem Sternenhimmel. Von dort sieht man die Sterne am besten, hat er behauptet.

Als Herwig Kolsasser gegangen ist, hängt Diana Schröck das „Geschlossen"-Schild an die Tür. Sie stellt sich in eine Ecke im hintersten Raum ihres Ladens und weint hemmungslos. Wenn sie ihr nächtliches Telefonritual nicht gehabt hätten, wäre Matthias noch am Leben. Dieser Gedanke hämmert in ihrem Kopf und lässt sich nicht vertreiben.

Mit dem Strauß Kornblumen im Arm steht er vor seiner Frau.

„Marie, für dich."

„Mein Herwiglein, wie schön, meine Lieblingsblumen!"

„Blau. Unsere Farbe."

„Aber das wär doch nicht nötig gewesen."

„Doch! Heute kriegst du Blumen, habe ich beschlossen."

„Warum das denn?"

„Weil du mein Geheimnis so toll für dich behältst."

„Na, mit der Nachbarin hab ich mich einmal verplappert, beim Pascher-Essen, da war sogar die Anni dabei."

„Das hab ich dir inzwischen verziehen. Aber jetzt musst du noch ein bisschen dicht halten. Versprichst du mir das? Es soll eine Überraschung werden."

Marie Kolsasser nickt.

„Dauern sie noch lang, deine Versuche?", fragt sie.

„Nicht mehr lang! Und dann werde ich das System der Öffentlichkeit präsentieren. Die Tiroler werden staunen! Das gibt es im ganzen Land noch nicht. Das perfekte Überwachungssystem, mit Drohnen und Infrarot-Kameras. Schmörgl kann der erste Ort in Tirol werden, wo sich alle Bürger Tag und Nacht 24 Stunden lang sicher fühlen können. Dann gibt es keine Bombenattentate mehr! Und die Asylanten hat man auch immer im Blick. Schöne neue Welt! Wir Blauen sorgen für die Sicherheit unserer Bürger!"

„Jaja, ist ja gut! Spar dir deine Rede auf für später. Komm jetzt Mittagessen! Die Schlutzkrapfen werden kalt."

Franziska und Mohsen tragen einen Tisch ein schmales Treppenhaus hoch. Mohsen Nazimi ist der bekannteste und beliebteste Flüchtling Schmörgls geworden. Der Mann, der mit seinem Hinweis das Leben von Anni Schenk rettete und mithalf, den Täter zu fassen. Der Bürgermeister selbst hat sich dafür eingesetzt, dass er eine kleine Wohnung bekommt. Man tut ja schließlich etwas für alle Mitbürger, die etwas zum friedlichen Zusammenleben beitragen. Das ist eine gute Gelegenheit, Schmörgl als offenherzige Gemeinde zu präsentieren. Die lässt sich der Bürgermeister nicht entgehen.

Und die Schmörgler spenden Möbel und Einrichtungsgegenstände, mit denen man ein ganzes Haus füllen könnte.

Franziska und Mohsen stellen den Tisch ab. Franziska geht zum Fenster und öffnet es. Sie blicken auf die Berge.

Mohsen öffnet die Arme. Wie ein Prophet steht er am Fenster.

„Passt gut zu dir, diese Geste. Der berühmte Mohsen."

Er dreht sich zu Franziska um und sieht sie mit seinen tiefschwarzen Augen an.

„Und vorher war ich das schwarze Schaf. So sagt man doch, oder?"

„Genau! So sagt man. Du sprichst wirklich gut Deutsch."

„Ich hatte eben eine gute Deutschlehrerin."

Vergnügt mustert Franziska den jungen Mann, der vor ihr steht. Er hat sich verändert. Sein Blick ist angstfrei. Er ist selbstbewusster geworden. Und die in Schmörgl ansässige Sicherheitsfirma hat ihm – obwohl Herwig Kolsasser davon alles andere als begeistert war - einen Ausbildungsplatz angeboten.

„Eins musst du mir jetzt noch erklären, Mohsen."

„Ja?"

„Warum meinte der Alpenrose-Wirt, dich in der Snow-Bar gesehen zu haben?"

„Er hat mich gesehen."

„Was?"

Überrascht hebt Franziska den Kopf.

„Du warst wirklich da?"

Sie starrt ihn an.

„Ich hab mich dort mit jemandem getroffen, um ein kleines Geschäft abzuwickeln. Das bleibt aber unter uns, okay?"

Er legt den Finger an den Mund. Franziska zieht die Augenbrauen hoch.

„Welches Geschäft?"

„Ist nicht wichtig. Ein kleines eben."

Sie schüttelt skeptisch den Kopf. Er fasst sie bei den Schultern und sieht ihr in die Augen.

„Komm", sagt er.

Vor dem Hauseingang stehen mehrere große Kisten und warten darauf, hochgetragen zu werden.

„Es gibt noch viel zu tun."

37

In der Alpenlounge „Rundblick" herrscht Hochbetrieb. Sie ist ein beliebtes Ausflugsziel, das hält, was der Name verspricht. Man hat einen fantastischen Blick auf die Berggipfel rundum. An einem Tisch ganz vorne, unter einem großen Sonnenschirm, sitzen Harald Hofer und Anni Schenk mit ihren Müttern. Die Großmutter ist auch dabei.

„Sie haben unsere Anni gerettet, wir müssen uns bei Ihnen bedanken", sagt die Mutter von Anni Schenk.

„Hm", knurrt Harald Hofer.

„Ich habe nur meinen Job gemacht."

Harald Hofers Mutter beugt sich vor.

„Du hast das hübsche Fräulein gerettet?"

„Ja, Mama."

„O lala."

„Mama!"

Die Mutter von Harald Hofer dreht sich zur Mutter von Anni Schenk.

„Wissen Sie, mein Sohn ist ein richtiger Kavalier."

Sie zwickt Harald Hofer, dem das sichtlich peinlich ist, in die Wange. Anni Schenk grinst amüsiert.

„Das ist Ihre gute Erziehung!", sagt sie laut und deutlich, damit sie auch verstanden wird, zur Mutter von Harald Hofer.

Diese lächelt geschmeichelt. Harald Hofer rückt mit seinem Stuhl ein wenig ab von ihr, um weiteren mütterlichen Berührungen in der Öffentlichkeit zu entgehen. Er betrachtet seine Mutter. Sie hat sich richtig hübsch gemacht. Ein bunter Seidenschal flattert um ihre Schultern. Die Augenbrauen hat sie mit einem viel zu dunklen Augenbrauenstift nachgezogen. Sie sieht ein wenig aus wie ein Uhu. Es hat etwas Rührendes. Harald Hofer lächelt sie liebevoll an. Ihre Laune ist prächtig, seit es ihm gelungen ist, Maleika davon zu überzeugen, zweimal in der Woche wieder bei der Mutter zu arbeiten. Der Gärtner hatte nichts dagegen. Maleika hat kein schlechtes Gewissen mehr und die Mutter erträgt die wechselnde Betreuung der verschiedenen Polinnen an den anderen Tagen stoisch. Alle sind zufrieden.

Manchmal ergeben sich die Dinge wie von selbst und es finden sich einfache Lösungen. Harald Hofer lehnt sich zufrieden zurück.

Die Kellnerin kommt mit ihrer weißen Schürze und ihren gebräunten Wadeln. Sie bestellen Kaffee und Kirschkuchen für alle, die Großmutter verlangt eine Extraportion Schlagobers.

„Sie sind ja ganz eine Süße", sagt Harald Hofer zur Großmutter.

„Ja! Und es hat mir nicht geschadet. Bedenken Sie, welch ein stolzes Alter ich erreicht habe! Aber die Jugend von heute isst ja nichts. Schauen Sie nur, was für ein Hungergestell!"

Die Großmutter deutet mit dem Kopf auf Anni Schenk.

„Sie ist ja auch so sportlich, ihr Enkelin", sagt Harald Hofer, mit einem Hauch von Spott in der Stimme.

„Sport ist Mord", sagt die Großmutter.

Harald Hofer nickt versonnen. Da könnte er ihr geradezu beipflichten, der alten Dame mit den rötlich gefärbten Haaren. Aber er schweigt höflich.

„Ich freue mich nur, dass ich den Mohsen jetzt wieder bei uns im Garten arbeiten lassen kann, ohne dass die

Anni ausrastet", sagt die Mutter mit einem Seitenblick auf ihre Tochter.

Anni Schenk ruckelt an ihrer großen Sonnenbrille. Unangenehme Erinnerungen werden wach.

„Mohsen Nazimi hat den entscheidenden Hinweis zur Klärung des Falles gegeben", sagt Harald Hofer. „Ich habe mich revanchiert und dafür ein Auge zugedrückt, was seine kleinen Geschäfte betrifft."

„Welche kleinen Geschäfte?", fragt die Mutter von Anni Schenk.

„Er hat nicht nur bei Ihnen im Garten Gras gemäht, sondern mit selbigem auch gehandelt, wenn Sie verstehen, was ich meine. Aber damit ist jetzt Schluss, das hat er mir versprochen."

„Natürlich verstehe ich, was Sie meinen. Und ich habe auch gar nichts dagegen. Wir Grünen sind für die Legalisierung von Marihuana."

„Wer ist Marie Huana?", fragt die Großmutter.

„Eine Bekannte vom Chefinspektor, Omi."

Anni Schenk zwinkert Harald Hofer zu, der sieht sie strafend an. Die Großmutter will es noch genauer wissen.

„Aber die ist nicht von hier, mit dem Namen, oder?"

„Nein, eine Auswärtige."

„Eine Bärtige?", fragt die Mutter von Harald Hofer, die schlecht versteht, weil Anni Schenk zu ihrer Großmutter gewandt spricht und nicht in ihre Richtung.

„Mm", knurrt Harald Hofer und schüttelt den Kopf.

Diese Unterhaltung gefällt ihm gar nicht, während sich Anni Schenk zu amüsieren scheint. Seine Mutter insistiert nicht weiter. Sie winkt die Kellnerin herbei. Sie soll ein Foto von ihnen allen machen, mit dem Handy ihres Sohnes.

Widerwillig rückt Harald Hofer sein Handy heraus. Er hasst diese Art von Fotos, wo alle mit einem gezwungenen Lächeln in die Kamera starren. Anni Schenk steckt sich die Sonnenbrille in die Haare. Ihre großen blauen Augen treffen sich mit den rehbraunen Augen von Harald Hofer. Sie sehen sich lange an.

„Zu mir her schauen!", ruft die Kellnerin, die eine konkrete Vorstellung davon hat, wie Andenkenfotos von der Terrasse ihrer Alpenlounge auszusehen haben.

Sie macht drei Bilder und gibt Harald Hofer das Handy zurück.

„Das druckst du mir daheim aus", sagt seine Mutter zu ihm.

„Wir wollen auch eins", sagt die Mutter von Anni Schenk.

„Jawohl, die Damen!"

Harald Hofer deutet eine dienerhafte Verbeugung an. Anni Schenks Mutter schmunzelt.

„Der Herr hat Manieren! Anni, wär der nicht was für dich?", flüstert die Großmutter Anni Schenk ins Ohr, so laut, dass es auch Harald Hofer hört.

„Aber Omi!"

Anni Schenk errötet. Die Großmutter kichert.

„Was ist los?", fragt die Mutter von Harald Hofer.

„Meine Mutter findet, dass Ihr Sohn und meine Tochter ein schönes Paar abgeben würden", erklärt ihr die Mutter von Anni Schenk.

„Aber sie ist doch um einen Kopf zu groß für meinen Sohn!"

Jetzt kichert auch die Mutter von Harald Hofer. Sie hält sich ihre zierliche Hand vor den Mund.

Harald Hofer würde gern aufstehen und eine rauchen gehen. Und er würde sich wünschen, dass Anni Schenk mitkäme und neben ihm stünde und mit ihren durchgestreckten langen Beinen Turnübungen machte. Und dass das jeden Tag so wäre. Aber ihre Zusammenarbeit ist beendet. Er hat sein Büro in Schmörgl schon geräumt.

Anni Schenk sieht ihn durchdringend an, als könnte sie in seinen Gedanken lesen.

„Ich werde dich vermissen, Harry," sagt sie.

„Mhm."

Ich dich auch, sagen seine Augen. Für einen Moment lang spricht keiner am Tisch.

Da zerreißt ein Schuss die Stille. Anni Schenk und Harald Hofer springen gleichzeitig auf. Sie laufen in die Richtung, aus der der Schuss kam. Es geht steil bergauf. Harald Hofer fällt keuchend hinter Anni Schenk zurück. Nach einigen Höhenmetern bleibt sie abrupt stehen. In einer Mulde mitten auf der Wiese oberhalb der Alpenlounge liegt eine Frau im hohen Gras. Ihre Hand ist noch warm, aber als Anni Schenk den Pulsschlag fühlen will, sucht sie vergebens. Die Frau ist tot. Blut sickert aus ihrer Brust. Da hat jemand genau ins Herz getroffen. Am Wiesenrand, kurz vor dem Abhang, sitzt ein Fuchs.

„Wir haben eine Leiche und einen Zeugen", sagt Anni Schenk, als Harald Hofer vollkommen außer Atem am Tatort ankommt, und deutet auf die tote Frau und das reglos dasitzende Tier. Sonst ist niemand zu sehen.

Die Großmutter und die Mütter recken die Hälse. Als sie ihre Kinder gemeinsam den Hang herunterkommen sehen, nicken sie sich zu. Die Gäste am Nachbartisch sind aufgesprungen und reden aufgeregt durcheinander. Es ist eine Gruppe von Freundinnen, die hier oben übernachten und in einen Geburtstag hineinfeiern wollen.

Harald Hofer und Anni Schenk gehen auf sie zu. Sie müssen sie bitten, sich zu ihrer Verfügung zu halten.

Eine große Wolke schiebt sich vor die Sonne und ein dunkler Schatten legt sich auf die Terrasse, den Wald, die ganze Talseite. Von der Schattenseite aus betrachtet glänzen die Berggipfel gegenüber umso stärker im Sonnenlicht. Bald wird die Sonne wieder hervorkommen und die gegenüberliegenden Gipfel werden ihre Strahlkraft verlieren. Es ist nur ein kurzer, vergänglicher Moment, das Leuchten der Alpen.

FSC
www.fsc.org

MIX

Papier aus ver-
antwortungsvollen
Quellen
Paper from
responsible sources

FSC® C105338